シャーロック・ホームズの十字架

似鳥 鶏

カバーイラスト＝丹地陽子
カバーデザイン＝坂野公一(welle design)

目次

ファイロ・ヴァンスも国名シリーズの探偵エラリー・クイーンも、
連続殺人事件に際しては最後の被害者が殺されるまで真相を喝破しえず、
どの場合でも事件が終了したあとに、わざとらしい反省や後悔の言葉を口にする。
以上は探偵役のキャラクター論的必然である。

（『探偵小説論Ⅱ　虚空の螺旋』笠井潔）

後期クイーン問題は、私の理解するところ、二つの問題に分かれるかと思います。
一つは、現代社会の中で、素人名探偵は存在しにくいということ。
もう一つは、犯罪という悲劇の渦中に飛び込んで行き、
人の運命を左右する神のような振る舞いをしていいのか、という探偵（作者）のジレンマです。

（柄刀一／「本格ミステリ・ベスト10　2001」収録のインタビューより）

それこそ、探偵という立場にひそむ魔力なのだ。自分が局外者であると信じることの驕り。それまで、彼は自分が触媒のような存在だと思っていた。事件の外部に立って、自分自身は何の変化も被ることなく、客観的な真実を透視することができるという確信が働いていたのだ。
だが、そんな確信など、根拠のない思い上がりの妄想にすぎない。

（『ふたたび赤い悪夢』法月綸太郎）

用語解説

◉ホームズ遺伝子群（ほーむずいでんしぐん）
学会での正式名称は「友田（ともだ）＝メレンドルフ遺伝子群」。出生時には機能していないが、強いストレスを受けるとスイッチが入り、保有者の脳をRD・F（ロールダウン・フロー）状態（後述）にして超人的な集中力と独創性を発揮させる。保有者の数はごくわずかである。

◉RD・F状態（ろーるだうん・ふろーじょうたい）
スポーツ選手などが時折陥る、いわゆる「ゾーンに入っている」状態。目の前の問題の解決に極限まで集中した状態で、周囲の状況が目に入らなくなり、極端な体温上昇・徐脈と脈圧の上昇・まばたきの減少などの症状が現れる。また、大量のエネルギーを消費するため発動後は極度に疲労し低血糖状態に陥る。生存には不要な状態なため通常は発現が抑制されているが、ホームズ遺伝子群はこの抑制のメカニズムを働かなくさせる。

◉保有者（ほゆうしゃ）
ホームズ遺伝子群の保有者。多くの場合、好きなことに関しては非常に集中力が高く、こだわりが強く、数学の成績がよく、協調性を欠く、という特徴的な性格を示す。保有者かどうかは実際に遺伝子群が発現した後でないと判別が不可能。

◉SDQUS（えすでぃー・くーす）
直訳すると「非定型条件下における方策発見型問題」。水平思考パズルや不可能犯罪タイプの推理小説のような、「現実に存在するあらゆる手段を使って、一見不可能な状況を打開する」ことを目的とする問題類型。保有者はこうした「公式のない問題」を好み、とりわけ遺伝子群の発現後は、薬物により興奮状態にすることで寝食を忘れてこれに取り組む性質を持つ。

◉「機関」（しんくたんく）
米国における、各業界団体のトップたちで構成される非公式の団体。大統領を上回る発言力を持ち、米政府を陰から動かす存在。ホームズ遺伝子群の保有者はあらゆる分野における技術革新の鍵を握る、非常に経済的価値の大きい人的資産であるため、世界中に工作員を派遣し、保有者を拉致・監禁。新技術の発明に従事させている。

◉ミコグループ（みこぐるーぷ）
戦前から存在していた旧御子柴財閥。莫大な財力と権力を持ち、米国内でも多数の株式を保有する。日本からの人的資産の流出を防ぐため、国際関係上、「機関」に対し表立って抗議ができない日本政府にかわって非公式に警察に協力し、「機関」の活動を妨害している。

登場人物紹介

天野直人（あまのなおと）
御子柴家の使用人。十八歳。
妹の七海の推理を
代弁する役割を持つ

天野七海（あまのななみ）
九歳。ホームズ遺伝子群
保有者だが、緘黙(かんもく)症のため、
推理を伝えられない

御子柴辰巳（みこしばたつみ）
ミコグループの御曹司。
二十歳。保有者を守るために
活動している

幸村（ゆきむら）
武道に長(た)けた、
御子柴家のジェネラル
メイド

石和（いさわ）
御子柴家の執事兼
運転手兼狙撃手

第3問

家の中で男がなぐり殺されていた。

この家は出入口も窓もすべて内側からしっかり閉めてあったし、ぬけ穴もすき間もどこにもなく、家はノミいっぴき出入りできないじょうたいだった。家の中には殺された男一人だけで、他には何もいなかったし、男はなぐられたしゅんかんに死んでしまったので、なぐられてから死ぬ前に出入口を閉めたのでもない。もちろん、事件のあとにつくり替えられた部分もない。

しかし犯人がつかまった。犯人はハンマーをもっていて、このハンマーで男を殺したことがはっきりした。ハンマーはふつうのハンマーだった。

刑事はふしぎに思い、どうやって家の中の男を殺したのかときいた。

男は「ふつうに家に行って、声をかけて、近づいてきたところをこのハンマーでなぐったのさ」と答えた。

刑事がしらべると、本当にその通りだとわかった。これはどういうことだろう？

頭脳チャレンジ！

第1問

下の図の川に、もっとも短時間でA地点からB地点に渡れるよう、橋をかけてほしい。

ただし橋は必ずまっすぐで、川岸から対岸まで最短距離を通るものでなければならない。

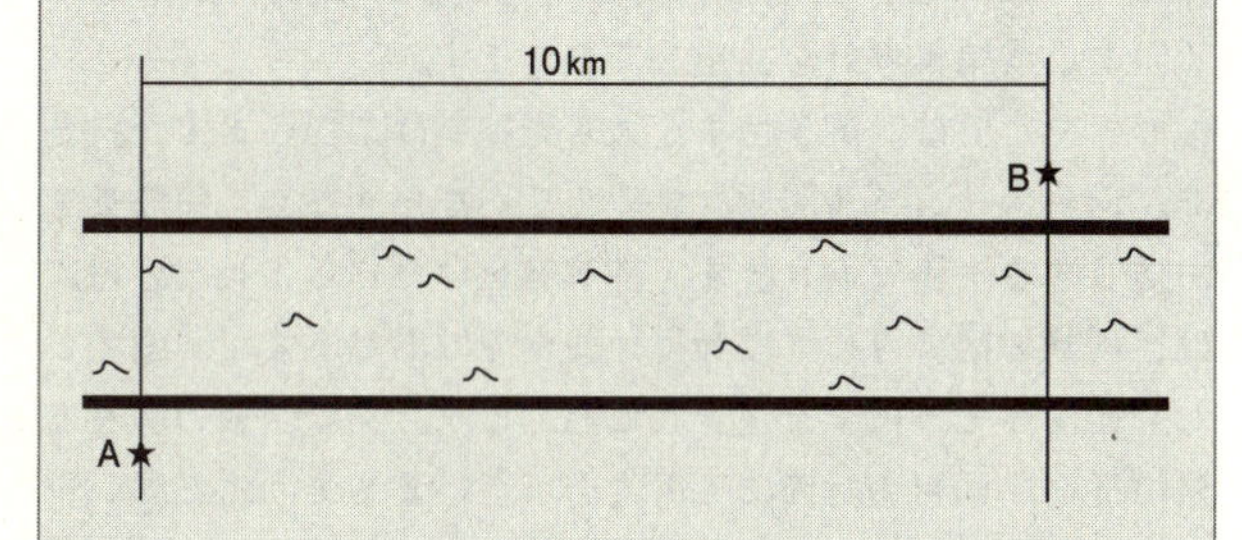

第2問

マンホールのふたはなぜ丸なのだろうか。

四角でも三角でも、作ったり、使ったりするのに必要な手間もお金も変わらない。

こわれやすさも変わらないし、角が危ないというなら角の丸い四角でいい。

もしそうだとしても、やはり、安全のことを考えると丸がよく、他のどんな形でもいけないのだという。

なぜだろうか？

拝啓

時下ますますご清栄のこととお喜び申し上げます。平素は格別のご高配を賜り、誠にありがとうございます。

さて、弊社ではこの度、発想力を鍛えるクイズ本「頭脳検定」シリーズの制作が鋭意進行中であります。本シリーズにおきましては、刊行に先立ち、あらかじめ実際に読者の皆様に問題に挑戦していただき、正答率と解答内容のサンプルを作成することで、問題の精度を高め、より実戦的な本にする、という編集方針を採用しております。

つきましては、御多忙中、大変恐縮ではございますが、是非、同封のサンプル問題に挑戦していただきたく、問題集をお送りする次第であります。御解答をいただきました皆様には、同封の図書カードに加え、些少ではありますが、謝礼として商品券五万円分を進呈しております。別紙記載の解答方法に従い、同封の封筒にて御返送下さいますよう、お願い申し上げます。

なお、御解答例の中で特に際立ったもの等につきましては、事前に御相談申し上げた上、問題解説ページの方に引用させていただく場合がございます。どうか御了承下さい。

また、御質問等ございましたら、下記担当部署まで御連絡下さい。

敬具

記

お問い合わせ担当部署

第三編集部　河北　電話（直通）０３－××××－××××

FAX　０３－××××－××××

以上

シャーロック・ホームズの十字架

第1話　強酸性湖で泳ぐ

真っ暗な湖面に十字架が立っている。

十字架には男が磔にされている。手首と肘のあたり、それに腰と足首がくくりつけられているようだ。首の部分もくくられているため、男は顔を上げてまっすぐにこちらを向いていた。口の端からわずかに血を垂らし、目を閉じている。胸に深い傷があるらしく、着ているTシャツの左胸から腹にかけてがどす黒く染まっていた。

LEDライトの白い光が浮かび上がらせたその光景を、俺の思考の後ろの方が拒絶している。現実ではない。これは現実ではない……と。

俺は死体を見たまま右の手を開き、また握ってみた。掌の感触は確かにある。その手で、口と鼻を覆っているガスマスクを少しずらしてみる。きつく締めすぎていたようで、マスクの縁が鼻筋を圧迫して痛かった。マスクが皮膚から浮くと、そのわずかな隙間から滑り込んできた硫黄の臭いがすぐさま鼻腔をつき、俺は慌ててマスクの位置を直す。それと同時に、やはりこれは現実なのだと認めざるを得なくなった。磔にされた死体に現実味はなくても、マスクがずれる感触の夢など夢らしくない。

「確かに……臼井君だな」

ガスマスク越しのくぐもった声が横の方から聞こえる。暗くて見えないが、ディレクターの磯崎さんだろう。

それに続いて誰かが何か言うかと思い、暗闇の中で耳を澄ます。誰も何も言わなかった。磯崎さんはライトで死体を照らしたまま動かない。同行者の星さんも手代木さんも沈黙している。名前を忘れたカメラマンさんも動いていない。動けないのか、それとも構えたカメラで撮影することに集中しているのか、どちらなのかは分からない。

隣の澁谷君が動いた。小首をかしげながら前に出て、死体に向かって歩いていこうとする。俺は慌てて手を伸ばし、彼の腕を摑んで引っぱった。「危ない。落ちるよ」

澁谷君は俺を振り返り、足を止めた。

水面は夜の闇の中で真っ黒に沈黙している。闇を閉じ込めた硝子板のように静かだが、日によってはpH0近くにもなるという強酸性の水面だ。入ればすぐに服や靴はボロボロになるし、皮膚につけば溶けて焼けただれる。生物が何も棲めない死の水面は、その凄まじさとかけ離れた静けさでぴたりと凪いでいる。

「いきなり深くなってただろ。落ちたらやばいよ」

澁谷君は、ああ、と呟き、水面を振り返り、また俺を見た。「いや、でも……どういうことですか」

答えられるわけがない。真夜中の山肌。たちこめる火山ガス。強酸の湖面。それだけですでに、現実感を失わせるに充分だった。それなのに、水面の上には十字架が立てられ、昼までは普通に喋っていたＡＤの臼井さんが殺されて磔にされている。「どういうことか、って……」

「いや、だって」澁谷君は十字架を指さす。「ここからあそこまで、どう見ても二十メートルはありますよ」

メートル、という現実的な距離単位が出てきたため、俺の思考が行きつ戻りつする。確かにそのくらいの距離がある。十字架が立てられている周囲は岩が出ていたりして浅くなっているようだが、途中は深く、昼間見た限りでは少なくとも水深三、四メートル程度はある。あそこまで泳ぐ自信はないな、とぼんやり考えたが。

すぐに気付いた。「……どういうことだ？」

「謎ですよね」ようやく自分に追いついてきたことを感じてか、澁谷君が同意を求める顔で頷く。「あんなところまでどうやって行ってきたんですか？」

そうなのだ。一番近いここからですら、十字架の立てられているあたりまでは岸から二十メートルは離れている。そしてここはただの湖ではない。触れればあっという間に焼けただれ、溶けてしまう硫酸の湖なのだ。水深はあるがところどころに岩が突き出ており、ボートで近付くのも無理だった。

「そんな……」

そんな、馬鹿な。

頭が痺れるような感覚があり、一度は蘇りかけた現実感が再び遠のいていく。確かに謎だった。犯人はどうやってあそこまで行って、死体を立てて戻ってきたのだろうか？

1

「いやあ、もうだいぶ鼻、慣れてきましたね」前を行く澁谷君は背負ったリュックを揺すりあげてちょっと立ち止まると、なぜかこちらに尻を突き出した。「セイッ」

「……今の何？」

「屁したんです。分かりました？」

「音でね」

「しまった」

「臭いは無理だろ。これじゃ」中学生男子かおのれは、とつっこみたいが、ガスマスク越しではつっこみも鋭さが出なそうなのでやめた。

周囲を見回す。左前方に一ヵ所、白い噴煙を上げている穴が見えた。さっきも右側に一ヵ所あった。穴の周囲だけ岩が黄白色に染まっている。硫黄の噴出口だ。

まったくもって奇妙な光景だった。異世界ではあるが天界より魔界、天国より地獄の方が相応しい光景であり、地獄谷という箱根の地名を思い出した。別府にも阿蘇にも「地獄温泉」はあるが、「天国温泉」という名称は聞いたことがない。充満する硫化水素ガスのせいでほとんどの動物が立ち入れない火口付近のこうした風景は、昔の人にとってもやはり地獄以外の何物でもなかったのだろう。少し前までは普通の林の中を歩いていたのだが、火口に近付くと急に木がなくなって視界が開け、大小の岩が転がる灰白色の砂地と、火山灰をかぶったせいなのか灰をまぶしたように白みがかった丈の低い草だけが生える景観になった。火口といっても山頂ではなく、たいした標高でもないのだが、緩やかなアップダウンがあるだけのひたすらだだっ広い岩場を歩いていると宇宙的な気分になる。歩く全員がガスマスクで鼻と口を塞いでいるせいもあり、月面にいるようでもある。

しかし異世界という感じを最も強く出しているのは、やはり充満する硫黄の臭いだろう。正確に言えば火山活動によって発生した硫化水素ガスの臭いであり、風向き次第とはいえ、長時間マスクを外していると危険だということで、出発前に磯崎さんからマスクが配られた。

[※1]「きれい……マスクをしなければ五分で肺が腐ってしまう死の森なのに」澁谷君が変な演技を始め、俺を振り返る。「行こう。ここもじき腐海に沈む」

※1 『風の谷のナウシカ』（宮崎駿／徳間書店）より。

ガスマスクなど着けているからついはしゃぎたくなるのは分かるが、四つしか歳が違わないのに疲れた様子も全くなく元気そのものである。俺も十九歳の時はこんなに元気だったのだろうか。すでに思い出せない。だが後ろを振り返ると、俺に続いて斜面を登ってくる手代木さんは、後ろの星さんに背中を押してもらいながら俯いたまま行軍している。彼女はたしか十五だか六だかの高校生で、星さんの方は五十代のはずなのだが、手代木さんは「面倒見のいいおばちゃん」そのものである星さんに助けられ通しである。そうすると年齢より性格が問題なのかもしれない。

大きな眼鏡にずんぐりとした体型の手代木さんはいかにも運動が苦手なインドア系であり、よく喋り笑顔一杯の星さんは完全に社交型のアウトドア系だ。かぶっているハットや荷物の背負い方を見るに、ハイキングや山登りは慣れているのだろう。そういえばうちの母も同系統であるし、インドア系の高校生より元気一杯の五十代の方が体力があるのかもしれない。

「休憩しますか?」

二人の後ろ、最後尾にいるADの臼井さんにも聞こえるよう、少し大きな声で言う。星さんが「そうしようかしら」と応じ、臼井さんが二人を窺うように見たが、手代木さんは俯いたまま頑なに首を振る。「大丈夫です」

「無理しちゃ駄目よ。こんなマスク着けてるんだし疲れるでしょう」

少しも疲れていない様子で気遣う星さんに首を振り、手代木さんは「いえ、本当に大丈夫なんで」と言って歩き出す。前を行くディレクターの磯崎さんと、昼に集合した時に自己紹介をされたはずなのだが名前を忘れてしまったカメラマンさんが、立ち止まって振り返った。がっしり肉のついたマッチョな体型の磯崎さんはとにかくとして、ほっそりした女性のカメラマンさんはハンディカメラを持った上、巨大ザックとウェストポーチを装備して軽々と前を歩いている。これを見せられると確かに「疲れた」とは言いにくい。磯崎さんは何か言いかけたようだが、手代木さんが俯いたまま大股で歩き出したので、「もう少しですよ」と声をかけるだけにとどめたようだ。

「うわっ、近付くと臭いですね」澁谷君はいつの間にか道を外れ、噴出口に近付いてはしゃいでいる。集団行動のできない子らしい。「すげえ。屁の国。ははは」

「澁谷君。マスク着けてても顔近付けると危ないよ」

俺は斜面を登り、いや屁だわ、屁の成分って何だっけ[※2]、と独り言を言っている澁谷君を連れ戻す。歳が近くて男同士だからなのか、彼を「見ている」役はいつの間にか俺になっ

※2　基本的に呼気と一緒なので大部分が窒素・酸素・二酸化炭素・水素とメタンであるが、臭いの原因となる硫化水素・アンモニア・インドール・スカトールなどが微量混じっている。水素もメタンも入っているため火がつくが、火をつければ当然「腸内部のガスにまで同時に引火する」ことになるので、試してはいけない。

ている。同様に、星さんは手代木さんを気にかけて世話を焼くという立ち位置に収まっているし、磯崎さんと臼井さん、それにカメラマンさんはスタッフ同士で一歩引いたところからそれを観察するといった感じである。

俺たちはスタッフを含めた全員が初対面で、「参加者」の俺と澁谷君、それに星さんと手代木さんは三時間前、今日の午前十時に集合して顔を合わせたばかりである。周囲の景色もあいまって、不思議な状況だな、と思う。なにしろこれは「テレビ番組の収録」なのである。

俺はタレントでもなければテレビ局の関係者でもない。スポーツ選手でもないし大学院でも目立った研究実績はない。唯一の特技というか趣味が、パズルとかクイズだ。なぞなぞや論理パズルではなく、シチュエーションパズル[※3]のような定型の解き方がない問題を解くのが好きで、それに関してはどうもやたらと成績がいいらしい。それだって「らしい」に過ぎないのだが、まさにそれゆえにこの番組の出演依頼が来たのである。

しばらく前に、携帯のアプリで〈頭脳チャレンジ!〉というものが流行(はや)った。シチュエーションパズルめいたものからマッチ棒パズルや推理クイズなど、様々な問題を解くことで解答者の「脳力」を診断するという、どこかで聞いたようなアプリだったが、無料だったのと、問題やユーザーインターフェースの出来がよかったので、爆発的に話題になった。ネットニュースやテレビで取り上げられ、タレントがバラエティ番組内でこれに挑戦する企画が放送され、一時期は、パソコンでも携帯でも、一日中これの広告ばかり、というほど目にするようになった。一応ゲーム中には制作した会社、さらにゲームメーカーである親会社のＨＰに誘導するバナーが表示されるのだが、完全に課金要素がないにもかかわらずテレビＣＭが流れ、電車のドアに広告が貼（は）られていたから、よほどの宣伝効果があったのだろう。類似のものがすでにあるのにこのアプリだけがやたらとマスコミに取り上げられ、携帯をネットにつなぐと常にこれの広告が表示される、という状況だったため、一部からはゴリ押しという批判もあったが、これと決めた一つだけをやたらとゴリ押しする傾向はだいぶ前からあったし、裏に利権のにおいがせず、制作会社がマスコミに出たがらず、親会社も前面に出てこないという点が好印象を与えたのか、皆わりと安心して流行に乗っていたようだ。〈頭脳チャレンジ！〉は媒体を変え、ＰＣ版から始まりＤＶＤ版、インタラクティブ放送版、果てはアナログに「雑誌掲載の問題を見て葉書で解答する紙媒

※3　水平思考（ラテラル・シンキング）パズルとも言う。ある不可解な状況を設定し、なぜそうなったか、という理由を解答者が考えるクイズ。要するに、ホワイダニットの日常の謎（なぞ）ミステリである。例題として「海亀（うみがめ）のスープ」（下記）など。
「ある水兵が店で出された海亀のスープを一口味わった瞬間、顔をしかめて出ていってしまった。彼はその晩自殺した。同じ日に同じスープを注文した他の客はその後もずっと体を壊すこともなく普通だったのに、なぜ彼だけが？」

体版」まで出たので、結局、老若男女問わず、日本人の半分以上が参加したのではないだろうか。今ではブームは沈静化したが、俺のような普通人がテレビに出演するという事態になったのは、このアプリが原因である。俺は携帯で試してみた〈頭脳チャレンジ！〉で、どうやら他人が驚くほどの高得点を取っていたらしいのだ[※4]。

〈頭脳チャレンジ！〉の特徴は、解答者の解答時間と正答率に合わせて出題する問題が変化してゆくことだった。だから解答者ごとに別の問題を見ることになる。正答率と解答時間に応じてポイントがつけられ、ポイントが低いとすぐに終了になる一方、高い者にはどんどん新しい問題が出題されてゆくから、好成績の者にしか出されない未知の問題が出てくると、刻々と変わる「現在自分が日本中で何位なのか」の表示とあいまって盛り上がる。

　俺は大学の研究室で、暇つぶしにたまたま携帯でやっただけなのだが、出された問題は簡単なものばかりだった。なんだ流行っているのにこんなものなのか、と思いながら解いていったのだが、たまたま後ろから俺の携帯を覗いた後輩が「見たことない問題が出てる！」と驚き、研究室内がちょっとした騒ぎになった。後輩に教えられて気付いたのだが、画面の「現在順位」表示はおおむね22,000人のうちの「61位」となっていた。皆に見守られながら長々と出される問題を解き続けたわけだが、上位陣は皆すごいらしく、ある時点からどんなに急いで解答しても順位が下がるようになり、結局「３０５位」

で落ち着いた。それでも22,000,000人以上のうちの305位となると、約70,000人に一人である。本当かと疑ったのだが、友人たちは皆2,000,000位から10,000,000位程度、一番高かった講師の先生でも650,000位程度だというので、俺は一時期化け物扱いされた。あまりに成績がよかったので「事前に準備していたのではないか」とあくまで疑う友人もいたが、初めてのチャレンジであることは画面に表示されていたし、ネットなどでも上位の問題はどこにも掲載されていなかったから、イカサマのしようがないのである。

その騒ぎからしばらくの後、アパートの俺の部屋に書留が来た。講談社が新たに出版する、本になった〈頭脳チャレンジ！〉の問題制作のため、サンプル問題の解答者になってほしいというのである。もともとこうしたパズルは好きだったし、ごく一部の成績上位者だけに依頼しているということで、謝礼の前金として五万円分の商品券までついていたので、襟(えり)を正して真面目(まじめ)にやった。アプリのものより難しい問題が多かったが、複数解答奨励という指示通り、いくつかの問題にはおそらく出題者が想定していないであろう別解も

※4　（二十一頁の解答例）
水兵は昔、船の事故で漂流したことがあった。食料が尽きて船員は皆飢え、死者も出たが、彼自身は仲間が捕ったという「海亀のスープ」を食べて生き延びた。だが今、あらためて「海亀のスープ」を食べてみると、あの時のものとは明らかに味が違う。あの時食べたのは本当に「海亀のスープ」だったのだろうか。もし別の何かであったとするならば……。

書いたのだが、おそらくそのせいだったのだろう。今度は成績優秀者として、テレビの出演依頼が来た。キー局は関わらず、制作会社が作ったものをネット媒体で発表するということだったが、それでも「テレビは観るもの」だと思っていた俺は驚いた。依頼書とメールが届き、後に電話で打ち合わせもしたのだが、講談社と提携し、〈頭脳チャレンジ！〉とその後のサンプル問題の成績上位者を集め、スタッフの手で設定された問題をその場で解けるか競ってもらう、ということらしい。「リアル脱出ゲーム」[※5]の実況中継です、という説明だったが、昔からホテルのミステリーナイトやテーマパークのアトラクションなどで行われている、体感型イベントである。つまり後ろを歩く手代木さんと星さん、それと初めてドッグランに連れてこられた子犬のように落ち着きのない大学生の澁谷君は、いずれも成績上位により選ばれた出演者ということになる。

　俺はもともとこうした謎解きが大好きな上に、体感型ときてはどうしようもなくわくわくする。澁谷君は見ての通りだし、二時間ドラマのサスペンスで犯人当てを外したことがない、と豪語する星さんも目を輝かせている。手代木さんは高校生が一人で知らない人に交じる、ということもあって緊張している様子だが、それでも嫌そうな顔も帰りたそうな様子も一切見せない。だとすると成績上位者というのは皆、似たような趣味の持ち主なのかもしれなかった。

　午前中に集合した俺たちはいわゆるロケバスで移動していわゆるロケ弁の昼食をいただ

いた後、宮城県と山形県の県境にあるこの赤背岳まで来た。出題は夜に到着する別のスタッフによりなされるらしいが、その前にヒントとして、赤背岳にある火口湖を見ておけ、というのである。一応ハイキング的な用意は要る、というふうに聞いてはいたのでジーンズにスニーカーで来たが、火山ガスが発生しているからとガスマスクを配られた時は驚いた。林を抜けたら着けてくださいと言われたが、バスを降りた瞬間からもう硫黄臭がすごかった。

宿泊場所であるキャンプ場の裏から徒歩で出発し、すでに三十分ほど歩いている。最初のうちは林の中を進んでいたものの、途中から周囲の木がなくなり、緩くアップダウンのある開けた岩場に出ると、皆が一度は立ち止まった。硫黄の臭いがたちこめ、ところどころの黄色い岩に開いた穴から噴煙が出ている、この風景が現れたからである。そして砂漠を行くキャラバンの気分でしばらく歩き続けて今に至る。

窪地を下り、岩を避けながらまた緩やかな斜面を登る。俺は周囲の風景をしっかり見ておくことにした。きっとこの特殊な風景が何かのヒントになるのだろう。

※5　株式会社SCRAPによる体感型イベントサービス。参加者は決められた場所に集合し、主催者から与えられるヒントをもとにパズル的な謎解きをして「脱出」を目指す。わりと難易度が高く、参加者の大部分は大人だが、脱出に成功する割合は低い。

せっかくだから集中力の限界まで問題に挑んでやろうと決めた時、先頭の磯崎さんが振り返った。

「着きましたよ！」

澁谷君が元気に駆け出し、前方に向けてカメラを回しているカメラマンさんと並んで行く手を見る。おおう、と声があがったので、俺も早足になって斜面を登りきる。

「おおっ」

思わず感嘆の声があがる。目の前、登りきってすぐのところに、エメラルドグリーンの美しい湖面が広がっていた。空の色を映したのとは違う、塗料でしっかりと染めたような奇妙な緑色で、先の方は白濁している。一体何が作用してこうなったのか皆目分からない、謎の湖水だった。水中には藻一つ生息しておらず、充満する火山ガスのせいで鳥の姿も全くない。波一つなく静止した不思議な湖面の周囲で動くものといえば、岩場から出ている白い噴煙だけだ。青空と噴煙と静けさとエメラルドグリーン。火口湖の光景は、初めて見た人間なら誰でも立ち尽くしてしまうものだった。

隣に星さんが来て歓声をあげ、澁谷君が湖面に向かって歩き出す。磯崎さんが急いでそれに続く。「湖水に触らないでくださいね。一発で火傷しますから。あと急に深くなってますから気をつけて」

来る途中に磯崎さんから聞いたところでは、もしかしたら湖沼としては世界一の酸性度かもしれないという。最近発見されたものらしく、赤背岳の火口湖というだけで名前はついておらず、そもそもできたのも最近かもしれないとのことだ。火山というものは常に活動して形を変えており、何かの加減でどこかに水が溜まるとか、溜まっていた火口湖の中に硫化水素や塩化水素を湧出させる場所があると、このようになるらしい。気まぐれな自然がごくたまに見せる、奇跡のような偶然の産物である。

　磯崎さんがポケットからメモ帳を出して言う。「地元の調査によると、こちら側の左右が四百メートル。周囲長は約二・八キロで平均水深三メートル。平均pH0・1程度の、世界最強クラスの酸性湖だそうです」

「すごいわねえ」後ろで星さんがシンプルな感想を漏らす。「ねえディレクターさん、この景色がどういうヒントになるの？」

「さあ、それは」抜け目のない彼女の質問に磯崎さんが苦笑する。「公正を期すため、出題者が到着するまでは私も問題を知らないわけでして」

「おっ、すげえ。溶けた」見ると、澁谷君は早速、リュックから出した飲みかけのジュースの缶を湖水につけている。「ほら町田さん、すごいっすよ。リアル酸の湖」

　澁谷君が見せてきた缶は、少しつけただけだろうに、もう黒く変色していた。ほらほらと見せつけられ、横にいた手代木さんが逃げる。

「すげえ。町田さん、何か持ってないすか。溶かしていいやつ。あっ、その携帯駄目すか」

「駄目だろどう見ても」すっかり湖水に夢中の澁谷君から携帯を隠す。そうしている姿もカメラマンさんに撮られている。

「あらすごい。怖いわねえ。でもこういうのってたしか資源になるのよね。電池に使うとか」澁谷君から受け取った缶を怖々つまみながらなのに、星さんは現実的なことを言った。

「これ向こう岸まで行ってみたいなあ。ボートとかないすか?」

無茶なことを言う澁谷君に、いやいやいや、と慌てた様子で磯崎さんが言う。「無理です。これだけ酸性だとゴムでも危ないですし、そもそもそれにこの湖、向こう岸まで一キロくらいありますよ?」

参加者の安全確保はディレクターである彼の責任だからだろう。磯崎さんは慌てて言う。俺も言った。「あと、向こう岸行ったって別に何もないと思うよ」

「それもそうか」澁谷君は簡単に納得し、湖水を覗き込む。「触ったらどうなるか試してぇ」

「駄目だからね」もう大学生だというのに、見てないと危ないやつだ。

澁谷君の隣にしゃがんで水の中を見る。近くで見ると少し濁っているだけの普通の水であり、水底の岩が見えた。岩の隙間からは小さな泡がぽこぽこと出ているところもあり、今も火山ガスの湧出が続いているのだろう。だとすれば、この湖はこれからも、際限なく酸性を強くしていくのだろうか。すべての生物を拒絶したまま。

周囲を見回す。非現実的な光景。だがそれでも、この時点ではまだ理解可能な範囲だったのだ。

2

「……じゃ、もう一回。あるボクシングの試合で、戦っている選手の片方がもう片方をノックアウトした。審判たちはノックアウトした方を正当な勝ちとしたが、試合中にパンチを出した男は一人もいなかった。これはどういうことでしょう？」

一回目より滑らかに喋れた。出題者の俺は、テーブルに座った三人を見る。澁谷君と手代木さんは無表情で、星さんはにこにこ顔で、それぞれ沈黙している。

澁谷君が手を挙げる。「キックボクシングの試合じゃないんすよね？」

「そう。ボクシングの試合です」

「詩のボクシング[※6]とかでもなく？」

※6　楠かつのりが考案した「声と言葉の格闘技」。リングに見立てた壇上に二人の詩人が上がって自作の詩を朗読しあい、どちらの声と言葉が観客の心に響いたかで勝敗を決める対戦型文学。これまでのチャンピオンはねじめ正一、谷川俊太郎、平田俊子など。

「もちろん」

しばらく沈黙が続いた後、にこにこ顔のまま星さんが手を挙げた。「女子ボクシングの試合なのよね？」

「正解です」直前の澁谷君の発言がヒントだったなと思いながら頷く。「パンチを出した『男』はいませんよね」

むむう、という唸り声がどこからともなく漏れ、澁谷君が星さんに頷きかける。彼も手代木さんもほとんど答えず、大部分は俺か、俺が出題者になった時は星さんが答えている状況なので、残り二人は悔しそうに見える。

「次、お願いします。まだありますか」手代木さんが身を乗り出す。

「ええと、じゃあ、俺からもう一問いいすか」

「はい」

他の二人も頷く。「よろしく」

「じゃあ、もう一問。ある村に、村人の間で評判のお馬鹿さんがいました——」

出題者が来るのは夜であり、火口湖から戻ってから六時半の夕食までは自由時間になっていた。俺と澁谷君は一緒にいたのだが、残りの人たちはキャンプ場のコテージ周辺を散策したり、麓の町まで車で買い出しに行ったり、食堂のあるこの管理棟でお茶をしたり昼寝をしたりと、わりとばらばらに過ごしていたらしい。だが、なにしろパズル好きが集められている。四時半頃、たまたま管理棟の食堂で参加者四人が一緒になったのでシチュエーションパズルで遊んでみないかと提案したら、全員面白いほど乗ってきた。もともと元気な澁谷君や星さんはもとより、伏し目がちで特に男性陣からは距離を取っていた手代木さんも、今は普通に喋っている。俺の提案は盛り上がり、結局夕飯の準備を始める五時半までずっと喋っていたし、皆でカレーを作って食べるまでの間もわりと会話は弾んでいた。で、食後になっても手代木さんの「続きをしませんか」の一言でまだ続いている。俺は伝統的な問題から出題しているのでいいかげん携帯で検索できるネタがなくなってきたが、どうも他の三人はその場で考えて出題しているらしい。よほど好きなのだろう。

「——村人たちはいつも、そのお馬鹿さんをからかって遊んでいました。ピカピカの百円玉とくしゃくしゃの千円札を差し出し、『どっちが欲しい？　好きな方をあげるよ』と言うと、彼は必ず、嬉しそうに百円玉の方を取るのです。彼はどうして百円玉の方を選んでしまうのでしょうか？」

三人が、他の解答者の表情を窺いながら沈黙する。

そこで入口のドアベルが鳴った。木目の床を歩くぎしぎしという足音がして、磯崎さんとカメラマンさんが食堂に入ってくる。

「あ、出題者来ました？」

澁谷君が真っ先に訊いた。他の二人も期待に満ちた目で磯崎さんを見る。

「いや。……申し訳ありません。まだなんです」

磯崎さんが本当にすまなそうに言って首を捻る。「ああ、いいですよゆっくりで」と星さんが応じた。

肝心の撮影に関しては、どうも妙なことになっているようだった。

本来、スケジュール上は夕食時に出題がされる予定であり、問題とヒントを携え、出題後の指示をする講談社のスタッフがもう到着しているはずなのだ。それが八時近くになった現在でもまだ来ない。磯崎さんとカメラマンさんは携帯で電話をかけたり持参したタブレットで何かを確認したりしていたが、状況はよく分からないままらしく、ひたすら首を捻っていた。

「それとですね。こちらに臼井君、来ました?」

磯崎さんから逆に質問され、俺たちは顔を見合わせ、首を振る。

妙なことはもう一つあった。ADの臼井さんの姿が、いつからか見えないままなのだ。火口湖には同行し、一緒に帰ってきたが、その後、自由時間になってからは、誰も彼の姿を見ていない。夕食前にそのことに気付き、皆でキャンプ場内外を捜したのだが、彼の姿はどこにもなく、割り当てられたコテージも鍵が開いたまま空だった。荷物もすべて残っている。

「あのう」星さんが手を挙げる。「臼井さんが『出題者』っていうことはないんですか?」

「いえ、違います。うちで臨時に雇ったADです」

手代木さんが続けて言う。「臼井さんが消えたことそのものが『問題』の内容とか」

「そういうこともありません」

磯崎さんは確かめるようにカメラマンさんを見て、二人は頷きあう。「スタッフが混乱するような、そうした趣向ではないはずです。場所も場所ですし、安全面のことがありますから」

「そんなこと言って、実は全部演技だったりして」

星さんがからかうように言うと、磯崎さんは苦笑した。「そのくらいの演技力があれば、ドラマ作る時に役者一人分製作費が浮いてありがたいんですけどね」

カメラマンさんも肩をすくめている。

しかし、そうだとするなら不可解だった。自由時間は実質的に休憩時間だったわけだが、それでも仕事中ではある。臼井さんの仕事ぶりが特に不真面目だったとも思えないから、何かの事情で職場放棄して帰ってしまったということは考えにくい。そもそも彼の荷物はコテージに残っているし、一台しかないマイクロバスも駐車場にあるのだ。ここを出て町に下りようと思ったら、トンネルと吊り橋を通って山道をうねうね登るここまでの道のりを手ぶらで踏破しなければならない。二時間や三時間ではきかないはずだ。

何かがおかしいのだ。いや、この撮影は最初から何か、妙だった。

食堂を見回す。木目に沿って曲線的な形をした古い木のテーブルに、座るとぎしぎし鳴る椅子と床。キッチンの、くすんだ銀色のシンクと蛇口。それらを見ている俺はふと、周囲の景色がずれたような感覚を覚えた。

午前中にロケバスに乗り込んだ時から、いや、出演依頼書を受け取った時から、何度かあった感覚だ。この撮影そのものが、何か根本的におかしなもののような気がするのだ。テレビ番組の撮影だという。マイナーな媒体での発表であるし、企画書の内容そのものに不審な点はない。だがなぜか、今進行しているこのイベントが、本当にテレビ番組として放送されるという気が全くしない。何か、壮大な嘘に付き合わされている気がする。

違和感は今、食堂にいるメンバーに対しても感じていた。磯崎さんとカメラマンさんはいかにもそれっぽく、プロの動きをしている。臼井さんもそんな感じだった。だが「参加者」の三人はどうだろう。さっきから感じていたのだ。シチュエーションパズル。俺が出題するものは比較的簡単な問題ばかりだったはずだ。他の三人が出題したものもそうだった。なのに、大部分は俺か星さんが答えている。ほとんど正解を言わず、時折正解とは違う面白い答えを言うことがあるものの、澁谷君と手代木さんはほとんど答えていない。正解を言っている星さんも、解答時間が長すぎる。この三人は〈頭脳チャレンジ！〉の成績上位者だったはずだ。星さんは７８０位程度で手代木さんは２２０位程度、澁谷君に至っては「51位」だったという。それにしては、あの程度のシチュエーションパズルにもたつきすぎる。

「でも、もういい時間よね」星さんが壁掛け時計を見上げ、立ち上がった。「一応、臼井さんのコテージをもう一度見てみましょうか」

他に何も思いつかないのだろう。磯崎さんたちも頷き、全員で管理棟を出る。硫黄の臭気は相変わらずだが、外の空気は夜らしく露っぽく涼しかった。周囲を囲む林は真っ暗だが、各コテージ脇に設置されている照明灯のおかげで、向き次第でお互いの表情が分かる程度には明るい。臼井さんのコテージはたしか一番奥だ。

ぼん、という音とともに、行く手のコテージがぱっと光った。

「何だ?」磯崎さんの声がする。

光は消えず、橙から赤に変わってコテージの壁に広がる。それを見てぎょっとした。火がついたのだ。コテージの壁が燃えている。

「おいおい」澁谷君が駆け出す。

木の根のでっぱりに足を取られつつ俺も続いた。炎上しているのは臼井さんのコテージだった。炎はあっという間に四方の壁すべてに広がり、熱気を含んだ風がごうと鳴って視界を明るくする。入口のドアは開けられており、炎の明るさで中が覗けた。臼井さんはいない。

気がつくと、いつの間にか澁谷君がふらふらと炎に近付いていっていた。まさかそうするとは思っていなかったのか周囲の誰も止めなかったが、そのまま燃え上がる玄関に上がり込もうとしたので、俺は急いで駆け寄り、澁谷君のシャツの裾を掴む。「危ないって」

「あ……そうか」コテージの中を凝視していた澁谷君はようやく危険性に気付いた、という顔で振り返った。「すみません。燃えてたんでつい」

蛾かお前は、と言いかけてこらえる。「危ないから、とにかく離れなさい。臼井さん、いないってことはもう確認してるから」

俺は澁谷君を引っぱって燃えるコテージから離れる。灰色の煙が上がり、硫黄の臭いと煙の臭いが混ざる。鼻腔と喉がひりついて痛み、俺は体を低くして風上に回った。危ないから近付かないで、と磯崎さんに叱られた。

「消火器は?」

「もう無理です。消せません」

「いや消火器出してきましょう。隣に燃え移ったらやばい。臼井さんはいないんですよね?」

「いないよたぶん。管理棟。三条さん、管理棟から消火器取ってきて」

煙を吸い込んだらしく誰かが激しくむせている。磯崎さんに名前で呼ばれたカメラマンさんが駆け出す。腰を抜かしたらしい手代木さんを星さんが支え、燃えているコテージから離れる。炎は屋根の高さを超え、星空に向かって伸びている。ばちばちと火の粉が弾け、風向きが変わったのか、再び煙がこちらに来る。暗いので気付かなかったが、すでに視界が悪くなっている。かなりの煙が出ているらしい。もう現場には近付けない。俺は煙の来る位置から逃げながら、燃え上がるコテージをただ見ているしかなかった。

「これ……も、問題の一部なんですか？」

言ったのは手代木さんだった。眼鏡のレンズに赤い炎が映っている。

「いや、まさか。そんなわけ……」

俺は否定しようとしたが、手代木さんはコテージを指さした。「でもこれ、誰かが火をつけたんですよね？」

「いや、それはまだ……」

「じゃあ不注意で火事になったんですか？　どこに火の気があったんですか？　唯一あるのはお風呂でしょう。でも火が出たのはそこからじゃありませんよ」

コテージに視線を戻す。そうだ。それに臼井さんは中にいなかったはずなのだ。

「それに、こんなにぱっと燃え上がるなんておかしいじゃないですか」手代木さんが言う。「ガソリンでも撒かないと、こんなにいきなり燃え上がったりしませんよ」

詳しいなと驚く部分もあったが、彼女の言う通りだ。このコテージは火をつけられた。

火の粉が弾ける音に交じって、ばきばきと何かが折れる音が聞こえてくる。崩壊するかもしれないと思い、立ち尽くしている澁谷君を引っぱってさらに下がる。炎の熱気が頬に当たり、風向きが変わって煙の臭いが鼻をつく。

臼井さんが消えた。荷物もすべて残したまま。そして彼のいたコテージは火をつけられた。これはどういうことなのだろうか。火をつけたのは、消えた臼井さん自身なのだろうか。それとも他の何者かが彼のコテージを狙ってつけたのだろうか。だとしたら、臼井さんは今、無事なのだろうか。

「まさか本当に、これが『問題』……？」

「いえ、まさか」星さんが言う。「いくらなんでもないわよこんなの。問題になるじゃない。それに、私たちの誰かが本気にして一一九番しちゃったらどうするの？」

冷静な意見だった。確かにそうだ。番組の企画でやっていい範囲のことではない。

だが番組の一部でないとしたら、誰が何のためにこんなことをしているのだろうか。

遠くで地響きのような低い音がして、足元がかすかに揺れた。

音のした方向を振り返る。暗闇の中に林と山道があるだけだ。何も見えない。

カメラマンさんが戻ってきて、手にした消火器をコテージ周囲の地面に向けて噴射し始めた。コテージの炎そのものを消すのは諦めたようだ。自分のコテージから取ってきたのか、いつの間にか磯崎さんも消火器を持ち、彼女を手伝っている。

俺も自分のコテージから消火器を持ってくるべきだとは分かったが、体が動かなかった。燃え上がるコテージを見ている参加者三人の表情をこっそり覗き見る。澁谷君、星さん、手代木さん。この三人の態度も何か不自然な気がする。普通、いきなり放火とみられる現場に出くわしたらもっとパニックになって、怖がるものではないのか。子犬のように好奇心旺盛（おうせい）な澁谷君や、俺たちよりは人生経験が豊富であろう星さんはまだ分かるが、まだ十五、六歳の手代木さんはどうだろう。頭が回りすぎではないだろうか。だがもちろん、今は参加者を疑っている場合ではない。

「とにかく、一一九番通報をした方が……」ズボンのポケットに入れていた携帯を出すと、携帯はちょうどメールを受信している最中だった。

「何だ……?」

澁谷君と手代木さんにも同じメールが来たらしく、二人も携帯を出していた。それを見た星さんも続く。全員に何かが送られてきたのだ。磯崎さんとカメラマンさんは消火活動中で気付いていないのだろうか。

メールの差出人欄にはなぜか俺自身の名前があった。そして件名の欄に「**出題です!**」の文字。

本文はたった一行、「**この殺人事件を解いてください! 六人のみなさんのうち、最初に解いた方に豪華賞品をプレゼント!**」と書いてある。そして画像が三つ添付されている。

一番上の画像を開いた。

死体の画像だった。左胸に大きなナイフを突き立てられた臼井さんが、仰向けに倒れている。

3

おそらく俺だけでなく、他の三人も同様だったと思う。一番目の画像を見た時、「人形か血糊(ちのり)を使った偽物ではないか」という考えが浮かんだ。

だがその答えを知ろうと二番目の画像を開くと、表示されたのはより絶望的なものだった。二番目の画像は倒れた臼井さんのバストアップで、左胸から生々しく伝う血液と、自分に起きたことが信じられないという顔で目を見開いた彼の死相がはっきりと見てとれた。どちらも背景がほとんど写っておらず、撮られた場所も時間も分からない。

どう反応してよいのか分からないまま三枚目の画像を開く。三枚目の画像は、昼間見た火口湖の写真だった。

少し離れたところでも驚きの声があがった。見ると、澁谷君が消火活動中だった磯崎さんに携帯の画面を見せている。磯崎さんの声にカメラマンさんも気付き、彼女は自分の携帯を出して短く悲鳴をあげた。

「磯崎さん」

呼びかけると、磯崎さんも自分の携帯を確かめてからこちらを向いた。「これ、全員に来てるんですか?」

参加者の三人を見る。澁谷君と手代木さんが頷き、星さんは口を押さえたまま、じっと自分の携帯を見ている。

「ディレクターさん」手代木さんが睨むように磯崎さんを見る。「こ、これが問題なんですか?」

「いや、まさか」磯崎さんが携帯の画面に視線を落とす。「いや、それよりこれは……」

「じゃあ、殺人事件なんですか」

「いや、しかし」

磯崎さんは迷うように口ごもった。「しかし、人形……いや、血糊ということも」

その一言で、皆の間になんとなく希望めいた明るさが差したようだった。だがそれを澁谷君が断ち切る。

「本物に見えます。それに拡大しても、ナイフがきっちり皮膚を貫いているようなんですけど」

思わず手元の携帯を操作し、二枚目の画像を表示させる。俺は驚いていただけだったが、澁谷君はすでに拡大してみていたらしい。それも傷口のあたりを。どうやら、一番落ち着いているのは澁谷君のようだ。

「じゃ、やっぱり殺人事件」

「いや、しかし」手代木さんを止めようと磯崎さんが言う。「臼井君はいなくなっただけですし、死体を見たわけでは」

「三枚目の写真、火口湖ですよね」澁谷君が携帯を操作しながら言う。「つまりこれ、火口湖のあたりに死体があるから来い、ってことじゃないですか」

磯崎さんが沈黙する。コテージはまだ燃えており、ぱちぱちと火の粉を散らしている。

「ガスマスク、取ってきます」カメラマンさんが管理棟に駆け出した。

「あ、俺も行きます」

俺はカメラマンさんの後を追っていた。なぜそうしたのかは分からないが、管理棟の暗がりの方に彼女を一人で行かせるのはまずい、という気がしたのだ。

とはいえ、二人がかりでするべき作業でもない。カメラマンさんに続いて管理棟の玄関に駆け込む。昼間配られたガスマスクは全員分、ちゃんと管理棟の玄関に置いてあった。

結局、それらを引っ摑んで皆のもとに駆け戻る彼女の背中をただ追いかけることになる。

そしてガスマスクを取ってきた以上、全員で火口湖に行くことになった。真っ暗で危険が伴う上、斜面を上り下りするのでそう楽ではない。しかも死体に出くわす可能性が大きいのだ。俺は各人のガスマスクを配るのを手伝いながら「全員で行くことはないんで」と言ったが、磯崎さんや澁谷君はもとより、星さんも手代木さんも、ここで待っているという考えは全くないようだった。確かにこの状況では「残されてただ待つ」という方が不安なのは分かるが、全員、死体を見る度胸を持ち合わせているらしい。

「真っ暗ですけど、大丈夫ですか」

一刻も早く死体の有無を確かめたいとは思っていたが、その点も気になった。夜の山道を歩いた経験などないので、闇の中を突き進んでいるうちに火口湖に突進して落ちてしまう、というありえないイメージまで浮かんできてしまう。

「臼井君がいいライトを」磯崎さんは言いながら臼井さんのコテージを振り返り、燃え続けていることを忘れていたような様子で眉をひそめた。「……無理だな」

コテージを見る。火のピークは越えたようだったが、むこう側の壁を中心にまだしつこく炎が踊っている。煙の量はかえって増えているようで、視界がけぶり、湿った燃えカス特有の炭めいた臭いが強くなってきた。燃え続けるコテージをこのままにして出発するのはどうかと思ったが、コテージの周囲には燃え移るようなものはないし、もう飛び火するほど火の粉が散ってもいない。磯崎さんとカメラマンさんが消火器に残った中身をコテージの周囲に吹きつけ、すでに火口湖に行きたくて焦れているような様子の澁谷君を押さえつつ出発する。カメラマンさんがコテージに駆け戻ってハンディカメラを構えて出てきたことには驚いたが、そのおかげで皆も少し冷静になれたのかもしれない。キャンプ場の裏手から、真っ暗な林の中へ。燃えるコテージの光はじきに届かなくなり、人の住む場所に背を向けて暗い林の中に入っていくことにはたまらない不安感があったが、それよりも「何が起こっているのかを知りたい」という切迫感の方が強かった。幸い、林の道は分かりやすく、磯崎さんとカメラマンさんが持つLEDライトに、各自がアプリを用いて即席の懐中電灯にした携帯もあるので、道を間違えたり迷ったりする危険はなさそうだった。木の根や下生えに足を取られないように気をつけながらひたすら歩き、林から岩場に出る。月がないため真っ暗で、視界が開けてもよく分からなかったが、満天の星が驚くほど近くにあり、どのあたりまでが空なのかはなんとなく分かった。少し離れた岩肌では一つ二つ、硫黄が燃える青い炎が灯っている。

まるで異世界だ。そして俺たちは今、死体を捜しにきている。

砂と石を踏む足音も、どうしても鼻の形に合わないガスマスクの感触も、それを透過してくる硫黄の臭いも、完璧にリアルだった。それでも夢のようだと思った。例えばこれから俺が何かで死んだら、その瞬間に家のベッドで目が覚めるのではないか。斜面を登る。先頭を行く磯崎さんが立ち止まる。それに追いつき、真っ暗な前方に目を凝らす。

真っ暗に静まり返った水面が広がっていた。風はなく、昼間見た水面と同じように波紋一つ起こらない。磯崎さんのライトが作る白い光の輪が地面を嘗め、水面の上を走る。最初は縁をなぞるように。それから徐々に遠くを。

そこで突如、光の輪に飛び込んできたものがあった。

真っ暗な湖面に十字架が立っている。

十字架には男が磔にされていた。手首と肘のあたり、それに腰と足首がくくりつけられているようだ。首の部分もくくられているため、男は顔を上げてまっすぐにこちらを向いていた。口の端からわずかに血を垂らし、目を閉じている。胸に深い傷があるらしく、着ているTシャツの左胸から腹にかけてがどす黒く染まっていた。

「おい……」

いつの間にか隣に来ていた澁谷君が呟く。

「確かに……臼井君だな」

ガスマスク越しのくぐもった声が横の方から聞こえる。暗くて見えないが、磯崎さんだろう。

それに続いて誰かが何か言うかと思い、暗闇の中で耳を澄ます。誰も何も言わなかった。磯崎さんはライトで死体を照らしたまま動かない。同行者の星さんも手代木さんも沈黙している。カメラマンさんも動いていない。動けないのか、それとも構えたカメラで撮影することに集中しているのか、どちらなのかは分からない。

メールは本当だった。殺されている。臼井さんが。

隣の澁谷君が動いた。小首をかしげながら前に出て、死体に向かって歩いていこうとする。俺は慌てて手を伸ばし、彼の腕を摑んで引っぱった。「危ない。落ちるよ」

どうも異常なものに出くわすと足元を忘れる傾向があるらしい澁谷君は俺を振り返り、足を止めた。水面は夜の闇の中で真っ黒に沈黙している。

「いきなり深くなってただろ。落ちたらやばいよ」

澁谷君は、ああ、と呟き、水面を振り返り、また俺を見た。「いや、でも……どういうことですか」

答えられるわけがない。真夜中の山肌。たちこめる火山ガス。強酸の湖面。それだけですでに、現実感を失わせるに充分だった。それなのに、突如水面の上には十字架が立てられ、昼までは普通に喋っていたADの臼井さんが殺されて磔にされている。「どういうことか、って……」

「いや、だって」澁谷君は十字架を指さす。「ここからあそこまで、どう見ても二十メートルはありますよ」

メートル、という現実的な距離単位が出てきたため、俺の思考が行きつ戻りつする。確かにそのくらいの距離がある。十字架が立てられていた周囲は岩が頭を出したりしていて浅くなっているようだが、途中は深く、昼間見た限りでは少なくとも水深三、四メートル程度はある。あそこまで泳ぐ自信はないな、とぼんやり考えたが。

すぐに気付いた。「……どういうことだ?」

「謎ですよね」ようやく自分に追いついてきたことを感じてか、澁谷君が同意を求める顔で頷く。「あんなとこまでどうやって行ってきたんですか?」

そうなのだ。一番近いここからですら、十字架の立てられているあたりまでは岸から二十メートルは離れている。そしてここはただの湖ではない。触れればあっという間に焼けただれ、溶けてしまう硫酸の湖なのだ。水深はあるがところどころに岩が突き出ていて、ボートで近付くのも無理だった。

「そんな……」

そんな、馬鹿な。

頭が痺れるような感覚があり、一度は蘇りかけた現実感が再び遠のいていく。確かに謎だった。誰かが臼井さんを殺し、十字架にくくりつけてあそこに立ててきたはずなのだ。だが、どうやって? この強酸の湖を、臼井さんの死体を担いだまま二十メートルも進み、あまつさえ十字架を立ててここまで戻ってくる人間がいた――というのは、もはや物理的におかしい。

「とにかく、警察に電話しないと」

皆が後回しにしていた最も大事なことを言ったのは星さんだった。「殺人事件ですよ」

「いや、しかし」磯崎さんが、照らしている死体の方に身を乗り出す。「あれ、本当に本物ですか? 精巧にできた人形とか」

「そんなふうに見えないでしょう? 写真だってはっきり」

「写真は演技かもしれないでしょう。血糊で」

　磯崎さんは頑なに星さんに反論する。なぜここまでと思ったが、この人の立場からすると、ここで通報したら即、企画は丸潰れになってしまい、その責任を負わされることになる。ちゃんと確認できるまでは待ちたい、というのが本音なのだろう。

「あの、そのカメラでズームするとか、何かできませんか」カメラマンさんに訊いてみたが、彼女は撮りながら首を振った。「暗すぎて。……本物に見えるけど、でも確かに、明るくなってからじゃないとはっきりしたことは言えないかも」

「ドッキリの企画じゃありませんよこんなの。火までつけたんですよ？　あの火事は絶対に本物でしょう」星さんが磯崎さんに向き直る。「参加者が一一九番通報してしまうことは、私たちの中にスタッフが紛れ込んでいれば止められるかもしれません。でも誰かが臼井さんを助けようとして中に入るとか、飛んできた火の粉で怪我をする可能性があるんです。そんな企画が通るわけないでしょう」

　星さんは俺を指さす。

「これが企画の一部なら、火事の現場にはスタッフが紛れ込んでいて、怪我人が出ないよう目を光らせてなきゃおかしいでしょ？　でもあの時、現場にふらふら入ろうとした澁谷君を止めたのはこの町田君だったでしょう。町田君はスタッフじゃありませんよ。真っ先に『一一九番通報を』って言ったのもこの子なんだから」

指摘したこと自体はその通りなのだが、俺は驚いていた。例えば俺など、この状況でこんなに論理的に話す自信はとてもない。しかも火事の時の細かいことを正確に覚えている。

「それは、確かに、まあ……」

言葉を濁す磯崎さんに、手代木さんも言った。「臼井さんがここに来ることって、前から決まってたんですか？」

「えっ、いや」磯崎さんは首を振る。「最初は別の子に依頼してたんです。それが、いろいろあって臼井君に」

「『いろいろ』って何ですか」

「何人か声かけた候補はあったんですよ。でも最初に声かけてた子が、一昨日フットサルの試合中に骨折っちゃって。それで慌てて臼井君に」

「でも、とりあえずあそこの臼井さん、本物の死体ですよ」

おそらくは磯崎さんに集まっていただろう注目と注意が、再び眼前の死体に戻る。手代木さんがその死体を指さす。

「あれが仮に人形か何かだとしたら、めっちゃ精巧に作らないと駄目じゃないですか。でも臼井さんが来るっていうことになったのは一昨日なんですよね？　だとしたら無理です。一日か二日で精巧な人形なんて作れないです」

確かにそうなのだ。つまり。

手代木さんは磯崎さんに言う。もはや「命ずる」という口調だった。「一一〇番通報してください。間違いなく殺人事件です」

磯崎さんはそれでもまだ迷う様子だったが、ここまで言われてはどうしようもないだろう。カメラマンさんも頷くのを見て、携帯を出した。「もしもし。……はい。事件です。ええと……」

星さんと手代木さんは磯崎さんが通報したことで気分的に一段落したのか、くぐもった音で息を吐き、湖面の死体を見た。手代木さんが星さんに言う。

「殺人事件だとしたら、犯人はどうしてわざわざ、こんな意味の分からないことをするんでしょうね」

その点は俺も不思議だった。死体をわざわざ十字架などに架け、わざわざ入る方法のない強酸性湖の中に立てる。手間がかかるし、ばれる確率も上がる。なのに、なぜ。

確かに物理的に不可能に見える方法を演出すれば、それは「不可能犯罪」になる以上、仮に容疑者が特定されても、そのままでは有罪にならないだろう。だが、推理小説じゃないのだ。現実の警察は、不可能犯罪に出くわしたからといって「トリックが解けなくて困っています」と立ち往生などしない。証拠を集めて容疑者を逮捕し、トリックについては取り調べで犯人本人に吐かせればいいと考えるだろう。そのくらい犯人だって分かるはずだ。仮に容疑を免(まぬが)れたいなら、不可能犯罪など実行しなくても、いくらでも他に手軽な方法があるはずなのだ。

……いや、ちょっと待て。

俺の頭の中で、これまでばらばらに浮遊していただけのいくつかの認識が急速に手をつなぎ始める。これはやはり、ただの「変わった殺人事件」ではない。なぜなら、強酸性湖という場所を利用したこんな形の「不可能犯罪」がなされた以上、最初からこうするつもりでこの場所がロケ地に選ばれた、と考えられるからだ。では、ディレクターの磯崎さんが犯人なのだろうか？

俺は磯崎さんが電話を終えると、すぐに訊いた。

「今回のスタッフって、臼井さん以外も直前に決まったんですか？」

「いえ」いきなりそんな質問をされるとは思っていなかったのか、磯崎さんは少し驚いたようだったが、すぐに答えた。「今回は、企画内容が最初から細かく決まっていたみたいでして。D(ディレクター)もC(カメラマン)も指定で、あとAD一名、という編成で、指定された撮影地に来て、こういうスケジュールで動け、と」

磯崎さんはカメラマンさんを見る。カメラマンさんも頷いた。「確かに、ちょっと変な流れでしたね。全部指定されているっていう」

俺はテレビ番組の制作には詳しくない。だが。「……それっておかしくないですか？

普段はどうなんですか？」

「……普通、制作会社に企画が来る時は、おおざっぱな内容だけしか決まっていません。それを担当Pがクライアントと打ち合わせをして、こういうこともできますよとか、予算やスケジュールはこんな感じでとか詰めるわけでして」自分の仕事の説明になったからなのか、磯崎さんはすらすらと答えた。「……今回は、参加者のみなさんについても、クライアントがすでに決めていて、プロフィールを見せられました。おかしいですが、そういうケースもあるので……」

「……つまり、今ここにいる人間、全員が指定されていた」

俺の言葉に、磯崎さんとカメラマンさんが頷く。

これではっきりした。この殺人事件には磯崎さんの所属する制作会社どころか、クライアントである講談社そのものが関与している。やはりこの撮影自体が最初から「撮影」などではなく、「別の何か」だったのだ。

だが、実行犯としての制作会社はさておき、曲がりなりにも有名企業である講談社が、こんな手の込んだ殺人事件を計画する理由とは何だろうか。ばれれば一発でグループ全体が潰れる、こんなリスキーな「事業」を、いち営利企業である講談社が独断でやるとは思えない。だとすればクライアントである講談社ですら本丸ではなく、講談社に指示をすることができる何者かが背後にいる、ということになる。確かにそういう構図になるのだ。

講談社が関与したのは〈頭脳チャレンジ!〉の成績優秀者を呼び出すところからで、アプリ版の方の〈頭脳チャレンジ!〉とそのブームには、講談社は関わっていない。

だとすると。

動悸が強くなってくるのを感じる。舌先にあった不快な痺れが指先にも現れ、全身に広がってゆく。それなりに冷える場所と時間なのに、背中を汗が伝っていくのが分かる。

だとすると、そもそも〈頭脳チャレンジ!〉の出現とそのブーム自体が、仕組まれたものではないのか。

あのアプリが流行っていた当時から、一部では疑われていた。なぜこれがここまで爆発的なブームになったのか。マスコミはなぜか異様に熱心にこのアプリを取り上げたし、ネット上の広告も「サブリミナルではないか」と一部で言われるほど大量に出ていた。それなのに、このアプリはあくまで自然発生的なブームとして扱われていた。アプリ内の広告の度合いと比較して、派手すぎる宣伝がされていたような気がする。本当の資金源が親会社以外のところにあったとすれば。

俺は知っている。現代人なら誰でも承知している。流行は作れる。ゴリ押しでとにかく宣伝費をかけ、その商品の広告が目につかない日がないようにしさえすれば、日本人全員にその商品を認知させることは簡単なのだ。まして今回は特定企業・団体に明らかな利益があるような印象がなかったから、ゴリ押しだという主張や利権関係を疑うような話はマスコミからも出なかった。だが講談社だけでなく、アプリ版を領布したゲーム制作会社とその親会社までもが計画に加担していたとするなら、それをさせた「何か」は当然、マスコミを黙らせるぐらいはできただろう。

そんな馬鹿な、と思う。だが少なくとも講談社の関与は明らかな以上、それを否定する根拠はない。大企業に対して影響力を持つ「何か」が今、日本で「何か」を起こしているのだ。そして俺たちはすでに巻き込まれている。臼井さん一人の命など軽く吹き飛ぶようなスケールの「何か」に。なぜか、天才でもＶＩＰでもない俺たちが。

「いや、マジでどういうことだこれ」

悩む俺の足元あたりから声がした。見ると、澁谷君が水に何かを浸して首をかしげている。「酸性度、ぜんぜん変わってねえわ。即溶ける」

国家レベルにまで拡大した思索が足元に戻るまで、二、三秒は優にかかった。「……澁谷君、何やってんの?」

「いや、なんかこう、どのくらいヤバいのか気になって」

もともと変わった男だとは思っていたが、澁谷君は完全にずれていた。この状況でありながら彼は「不可能犯罪」の方法にしか興味がないようだ。俺は何か声をかけようとしたが、かける言葉が判断できずにやめた。

同じようなことを考えているのか、気がつくと、俺以外の人たちも沈黙していた。

磯崎さんが皆を見回す。「警察はすぐ来るそうです。あまり長居するとガスで危険ですし、一度戻りましょう」磯崎さんが言い、ライトを来た道の方に向ける。「火災のことも心配ですし」

磯崎さんは顔の下半分がマスクで隠れてはいたが、たった一本の電話をかける間に随分と消耗してしまったように見えた。反対する気は起こらない。俺は澁谷君を促(うなが)して立たせ、まだ「現場」に未練のあるらしい彼を押して、帰る皆に続いた。

4

「あの湖の水って硫酸とかですよね？　でも硫酸って言ったって、工場とかでは使ってるんじゃなかったですか？　大丈夫な素材もあると思うんですけど」

「あるでしょうけど、あれだけ酸性だとちょっと……。それに、十字架のあったところのまわりって、岩があってボートが入れなかったでしょう。近付くこともできないのに、十字架を立てるなんて無理よ」

「大丈夫な素材でウェットスーツ作ったらどうですか？」

「岩が周囲にあってゴツゴツしてるから、真っ暗な中で泳いでたらどこかにぶつかる可能性が大きいでしょう。それで少しでもスーツに傷がついたらおしまい。絶対無理かと言われると分からないけど」星さんは手代木さんを見る。「そもそもあの水を泳ごうなんていう気になれたら頭がおかしいわ」

「じゃ、十字架を何かで飛ばしてあそこに立てる方法は」

「臼井さんの体重は軽そうだったけど、それでも見たところ六十キロ以上はあるでしょう。飛ばすなんて。それに少しでも湖水が臼井さんの体につけば、その痕が残っちゃう」

星さんはカメラマンさんから借りたハンディカメラの画面を覗いている。「臼井さんの体、ぜんぜん溶けたり焼けたりした痕がないみたいよ。遠隔操作じゃこれはできないわ」

手代木さんは横から画面を覗き、その拍子に足元がふらついて転びそうになり、星さんに支えられる。二人とも、林まで戻った時点でマスクを外している。

その二人を後ろから見ながら、俺は半ば唖然としていた。

俺の隣では澁谷君がやはり、「足場」とか「直線距離」とかいった単語をぶつぶつ言いながら歩いている。先頭の磯崎さんとカメラマンさんがそれらを振り返る時の顔は、明らかに不審げだった。

暗い林の中の道を、足元を照らしながら戻っている。湖からここまでの間、変わり者の澁谷君はともかくとして、星さんと手代木さんも、ずっとこの「不可能犯罪」のトリックについて議論していた。星さんの喋り方からはそれまでのにこやかな調子が消え、手代木さんはずっと饒舌になっている。二人とも人格が変わったようだ。シチュエーションパズルをしていた時からその兆候はあったが、本物の殺人事件という異常事態に直面し、何か箍が外れたとしか思えなかった。澁谷君も今は完全に一人の世界に籠もっている。

臼井さんの死体が強酸性の湖上にあった、という状況は、ミステリでいうなら密室にあたる。僕もミステリは好きだし、確かに気になる。だが今ははたして、我を忘れてそれに熱中するべき状況なのだろうか。今日会ったばかりでろくに会話もしていないが、ADの臼井さんは気さくでそこそこ真面目な、普通の人だった。それが殺された。殺人事件なのだ。警察はまだ来ていない。それどころか……。

周囲の「参加者」三人を見て、もう一つ思うことがある。俺を含めた「参加者」たちは、ただ単に〈頭脳チャレンジ！〉とその後のクイズで高得点を出しただけではない。講談社、あるいはその背後の何かは、それ以外の何かの基準でもって俺たちを選んでいる。変わり者だが普通に見える三人。それに俺は、目をつけられるような何かの要素を持っているのだ。実際に、ここにきて三人は「変わり者」の本性を出してきた。

キャンプ場は出発した時よりかなり暗く静かになっていた。燃え続けているコテージのことは心配したが、特に飛び火するでもなく、火は何ヵ所かにちらちらと残るだけになっていた。風が出てきたようで、溜まっていた刺激性の煙も薄くなっている。

さっきから電話をしていた先頭の磯崎さんが立ち止まり、携帯のバックライトに照らされた顔で言う。「警察、まだ来られないそうです」

そういえば、通報してからすでに三十分ほど経っている。山奥もいいところなので到着が遅れるのは仕方がなかったが、三十分後にわざわざそれを連絡してきた、ということが気になった。「……何かあったんですか?」

磯崎さんは片手でガスマスクをはぎ取り、顔をしかめた。「途中の道で土砂崩れだそうです。小規模ですが、車が通れるようにするまではまだだいぶ時間がかかりそう、とのことで」

「火事の時、音がしましたけど……まさか」

「たぶん、それです」磯崎さんも覚えているようだ。音のした方を見る。「ただ、大雨も地震もないのに、どうして急に……」

言葉を切って黙る磯崎さんの表情に不安が浮かんでいた。カメラマンさんも考え込む顔になっている。二人の脳裏に浮かんでいることは分かる。こんなにいいタイミングでいきなり土砂崩れが起こるわけがない。土砂崩れは人為的に起こされたのではないか。例えば、爆薬などを使うことで。では、それは何のためか。

俺はガスマスクを取り、燃える火に照らされているキャンプ場を見回した。

……俺たちをここに閉じ込めるため。あるいは、警察の到着を遅らせるため。このキャンプ場に上ってくる道は一本しかない。途中には吊り橋もあった。あれも落とされているかもしれない。

さっき考えた途方もない想像が現実味を帯びて迫ってくる。「何か」が活動しているなら、山の斜面に爆薬を仕掛けて人為的に土砂崩れを起こさせるぐらい何でもないだろう。やはり俺たちは、何かとんでもないスケールのことに巻き込まれている。何かの基準で選ばれて、実験箱にマウスを置くように、密室殺人事件に直面させられている。

「火、消えてきましたね。これなら見てなくても大丈夫そう」

星さんが燃えているコテージを見て言う。「警察が来るまで時間がかかるみたいだし、それまでちょっと休ませてもらっていいかしら。疲れたわ」

「警察からは、そのうちまた連絡が来ると思いますが……」磯崎さんもコテージを見る。

「ただここで突っ立っていても仕方がないですね。連絡が来たら呼びにいきますので」

カメラマンさんもそう言ってマスクを外す。

俺は急いで言わなければならなかった。「ちょっと待ってください。それって危険なんじゃ」

全員が沈黙して俺を見ている。言わなければよかったか、と一瞬迷ったが、もう遅い。

「どこかに殺人犯がいるんですよ。俺たちのうちの一人が殺された。しかもコテージに火がつけられてます」ここまで言ったらもう同じだった。これだけ推理を働かせる参加者たちならすぐに考えつく。「どこかというか、俺たちのうちの一人が犯人の可能性が……」

磯崎さんとカメラマンさんが、ぎくりとして皆を見回す。それを見て、余計なことを言ったか、と後悔する。

だが、澁谷君が言った。

「それは考えにくいと思いますよ。犯人は土砂崩れを起こして自分も閉じ込めたんですか？」澁谷君は携帯を出し、片手で素早く操作する。「まあ仮にそうだとしても、メールでも『六人のみなさん』って言ってます。つまり、分かんないすけど、俺たち六人は『解答者』扱いで、『犯人』にも『被害者』にもならないんじゃないかな、って」

「……だといいけど」

確かに理屈には合っている。犯人がさらに俺たちの誰かを殺すつもりがあるなら、この時点でわざわざ犯行を宣言するはずがない。夜になれば皆、ばらばらのコテージに引っ込むのだ。誰にも気付かれずにターゲット全員を殺せるのに。

だが、澁谷君のあっさりした言い方には正直、驚いていた。「……確かにそうだけど、よくそれで落ち着けるね」

澁谷君は腕を組む。「ゲーム脳ってやつですかね」

なぜか手代木さんが口を尖らせた。「ゲーム脳ってエセ科学ですよ」[※7]

結局、一番年少である二人の落ち着きぶりが、俺を含めた他の四人を落ち着かせることになった。確かに理屈には合っているのだ。

「ここで立っててもしょうがないかしら」星さんが言った。「コテージに戻ってちょっと考えてみます。……三条さん、さっきの現場の映像って、いただけないのかしら」

「ああ、それは……ケーブルありますので、私のタブレットに移してから送信できますけど」

カメラマンさんは少し面食らった様子で答える。死体の映像が欲しいなどと言われれば、確かにそうだろう。

だが、澁谷君と手代木さんにも「欲しい」「ぜひ」とねだられ、カメラマンさんは肩をすくめた。

「じゃ、すぐみなさんの携帯に送ります。……町田さんも？」

「いえ、ああ……お願いします」

ついそう答えてしまったが、正直なところ必要なかった。殺人事件が起こり、警察もまだ来ていないという状況なのだ。コテージで一人、さっき見た死体の映像を眺めながら過ごすなど、あまりに恐ろしい。

だがカメラマンさんは「こいつも同類か」という顔で頷く。「……一応、戸締まりには

※7　「疑似科学」と呼ぶ方が一般的。科学と称されているが科学的裏付けのない理論その他。マイナスイオンやホメオパシーなどが有名だが、何をもって疑似科学とするかは人によって判断が違うのでややこしい。

気をつけて。それと何かあった時に全員に連絡できるように、SNSのグループ登録をしておきましょうか」

彼女がそう言ったことで、磯崎さんも方針を決めたようだった。「私は管理棟にいて警察からの連絡を待ちます。みなさんへの連絡も以後、SNSでやりますので」

それから全員で各コテージの消火器を持ち寄り、消火を済ませた。澁谷君はコテージの中を見たがっていたが、崩れる危険があるから、と止めた。現場の一つなのだ。警察の到着まで荒らすことはできない。

皆と別れ、暗く静かな自分のコテージに入る。近くで大量の煙が出たせいか。コテージの中も少し煙臭かったが、窓を開けるとますます臭いそうな気がしたので、そのままベッドに座った。コンセントはある。携帯の充電をまずしておこうと思った。

充電器に挿した携帯にランプが灯るのを見て、考える。親に、あるいは大阪の姉に、電話しておくべきだろうか。

だが、その考えもすぐに捨てた。電話してどう説明するのか。殺人事件があった、と言えば、姉はともかく両親は絶対にパニックになる。しかも警察がまだ来ていない。そもそも自分が何に巻き込まれたのか分かっていない現状では、心配をかけるだけだ。

コテージの空気がわりと冷えていることに気付き、上に着ていたパーカーだけ脱いでベッドに潜った。いざという時のため、服はこのままの方がいい。靴下はどうしようかと思ったが、ベッドの中で脱いだ。風呂もついているが、とても怖くて入る気になれない。

備え付けの卓上時計が、サイズのわりに大きな音で針を動かしている。

俺は今、何に巻き込まれているのだろうか。放火。そして殺人事件。強酸性湖に立てられた十字架。そこにくくりつけられた死体。辿り着けない死体。俺たちは土砂崩れで現場に閉じ込められている。メールには「出題です」とあった。クイズ上位者の俺たちに、この「問題」を解け、というのだろうか。確かに澁谷君も、星さんも手代木さんも夢中で解こうとしている。臼井さんが殺されたことの恐怖も怒りも悲しみも忘れるほどに。彼らはおかしい。そういう人間が集められたのだろうか。集めて、何かをやらせたいのだろうか。何かのテストをしているのだろうか。意図的に大ブームを作り、殺人事件を起こせるほどの「何か」が、俺たちを観察している。

閉ざされたコテージの空間が、実験動物のケージに思えてきた。ベッドに横たわっていると、自分の体がコテージごとどこかに運ばれているような気がしてくる。俺は今、「何か」の組織の掌中にいる。おそらく俺をどうするのも彼らの自由なのだろう。これからどこに連れていかれるのだろうか。そもそも生きて家に帰れるのだろうか。「実験」が済んだら、臼井さんのように簡単に殺されるのではないか。先に警察が来てくれれば助かるのだろうか。

目を閉じ、やめてくれ、と祈る。俺はあの三人とは違う。俺は普通の人間なのだ。どうにかしてそれを示して、見逃してはもらえないだろうか。

5

携帯が鳴り続けていることに気付いて顔を上げると、カーテンの隙間から青白い陽光が入ってきているのが見えた。コテージの中はまだ電灯が点いたまま沈黙していたが、時計を見ると、針が五時十五分を指していた。不安と恐怖で眠れないだろうと思っていたが、あっさり眠ってしまったらしい。疲れていたとはいえ、ホラーやサスペンス映画なら真っ先に死ぬ警戒心の低さだ。

電話は登録したばかりの澁谷君の番号からだった。もしもし、と出ると、澁谷君は早朝とは思えない張りのある声をしていた。

――町田さん、今から現場行きませんか。火口湖。

「『帰りにイオンモール寄りませんか』みたいな感じで言われてもなあ」

――イオンモールって。

「イオンモールいいよ？　日用品から家具・家電まで何でも揃うし、映画館やゲームセンターまであるし、託児所やEV充電ステーションも完備だよ[※8]」

電話口で「なんでイオンモールの宣伝を」と笑う澁谷君の声を聞きながら俺は、自分の精神が昨夜と比べて別物のように日常的になっていることに気付いた。寝たせいでリセットされたのだろうか。だがこれはただの「麻痺(まひ)」ではないか。しかし澁谷君はそれどころではなく笑っている。

――イオンモールはまたそのうち行きましょう。それより現場っすよ。ちょっと確認したいことあるんで。

一人で行けばいいじゃないか、などと言うつもりはなかったのだが、澁谷君は説明を足した。

――一人で行くと危ないじゃないすか。一応、犯人が俺らの中にいる可能性もあるし。

「それ俺が犯人だったらどうすんの?」

――SNSの方で「町田さんと一緒に行く」ってさっき書いときました。俺が死んだら町田さんが犯人です。

「俺が死んだら犯人、澁谷君ね」言いながら、彼と同じ調子になっていくのを感じる。

「ちょっと待って。今コテージにいる?」

――いや、ドアの前にもういます。ガスマスクも町田さんのやつ、借りてきたんで。

声と同時にドアがノックされた。散歩の時間になるとリードをくわえてこちらを見上げ

※8　施設によるのでHP(http://www.aeonmall.com/index.php)を参照のこと。

る飼い犬のようだと思った。

雲が切れ、一度は隠れていた太陽が再び湖面を照らし始めた。湖面は昨日見たままの、角度によって少し白濁して見えるエメラルドグリーンである。波のない静けさも同様だった。

ただ、死体をくくりつけた十字架は倒れ、死体も水面に投げ出されていた。岩の上にもたれかかるように倒れた十字架の横木に、死体の腕をくくっていた縄の残骸が引っかかっている。水面についているあたりが黒ずんでいるから、腐食したのだろう。十字架も同様だった。

水面に投げ出された死体は、仰向けになって頭と右肩、それに右腕の半分くらいは岩の上に載っているようだったが、あとの部分は水没していた。なんとか岩に載っている部分はかなり綺麗なまま無事であり、体全体のシルエットがなんとか残っていそうには見えたが、水面付近の部分は真っ黒に変色しており、水没している部分がどうなっているのかは考えたくもなかった。

明らかに死体であり、損傷している。顔をしかめて然るべきものだったが、澁谷君は死体をじっと眺めたまま唸っている。

「……昨夜、風がけっこうあったからね」俺はなだめるように言う。

しかし澁谷君は別に、現場の状況が変わってしまっていることを残念がっている様子はなかった。無表情のまま、湖の様子を携帯で撮影している。

「まあ。昨夜の映像は貰ってるんで。……それより、なんか分かってきた気がします」

「……『分かってきた』？」

「はい」澁谷君は半分自分の世界に入っているらしく、俺に対して受け答えしているわりに、視線は勝手に周囲を窺っている。「ほら、火事であれ燃えたじゃないすか。あの、あれ」

「『あの』『あれ』で済ましてるとおっさんになるよ」

「あれです。LEDライトの強力なやつ。臼井さんが持ってたんでしょ」

「……そういえばそんな話、聞いたけど」火事の時、磯崎さんが言っていただろうか。

「それ、何か関係あるの？」

「絶対あるっすよ。俺、今朝臼井さんのコテージ入ってみたんすよ」

「危ないよ」

「そしたら、ライトあったんすよ。ただ、明らかに火事で壊れたんじゃない感じで叩き壊してありました」

澁谷君はなぜか親指を立てる。俺は考えた。つまり、ライトは犯人がわざわざ壊したということだ。なぜだろうか。他の皆の懐中電灯は無傷だった。そもそも皆、昨夜は携帯の懐中電灯アプリでなんとかしていた。

「……あ！　いや、そうか。分かった」

澁谷君がいきなり大きな声を出したので、俺の方はかなりびっくりした。「……何が？」

「トリックが、っすよ。……町田さん、そろそろ戻りませんか。確かめたいことあるんで」

言いながら、澁谷君はさっさと来た道を戻っていってしまう。俺は急いで後に続いた。

「……分かった、って、どうやったの？　二十メートル先のあの位置まで足場を作ったとか？」

昨日、澁谷君が「足場」云々と呟いていたのを思い出す。しかし澁谷君は首を振った。

「さすがに二十メートルあって、しかも死体と十字架担いで歩いていって、十字架を立てて戻ってくるまでできるほどがっちりした足場ってのは無理じゃないすか」

そうだろうと思う。とりあえず言ってみただけだ。「じゃ、空中から作業したとかは？　ドローンとか気球で」

「このへんけっこう風あるっすよ」

「確かになあ……」

朝の冷気で体が少し冷えており、パーカーの上から腕をさする。澁谷君はマスク越しにぶつぶつ何か呟いているようで、寒さも意識していないらしかったが、考えてみればインナーと長袖シャツの二枚である。寒くないかと訊いて腕を触った時に、俺は気付いた。何か温かい気がする。

「澁谷君……」

澁谷君は答えず、ぶつぶつ言いながら機械的に歩いてゆく。聞こえていないのだろうか。もしかして熱を出しているのかと思って手を触ってみると、明らかに平熱でない熱さを感じた。

「ちょっ、澁谷君、大丈夫……」

言いかけたところで澁谷君が突然立ち止まり、周囲を見回し始めた。それを見た俺はぎょっとした。彼の両目に何か、常人とは違う光が宿っている。

「……へへっ」

澁谷君はマスクを外した。現れた唇が歪む。「分かりましたよ。どうやってあの強酸性湖の真ん中に死体を立てたのか」

「……マジで?」

「マジっす。ここ来て初めて分かりました」澁谷君はぐるりと周囲を見回す。「やっぱ実際に見ないとピンとこないもんすね」

そう言われ、俺もぐるりと見回した。むろん俺は何も閃かない。

「……この場所が何か重要なの?」

「重要っす」澁谷君はまた歩き出し、「っしゃ！」とガッツポーズして小さく飛び上がった。「みんなんとこ行きましょう。トリックの解説、してやりますよ。みんな知りたがってるはずっすから」

それには同意する。だが。

林の中まで戻り、マスクを外す。硫黄の臭いが強くなる。

俺は前を行く澁谷君の背中に訊いた。

「……君、何なの？」

「……はい？」

澁谷君が振り返る。あらためて見ると、集中して体力を消耗したのか、目許のあたりに少し疲れが見える。

「いや、君だけじゃなくて」俺は言葉を探す。「星さんと手代木さんもなんだけど。どうしてみんな、ミステリみたいな不可能犯罪にこんなに熱心になるの？　それより怖いとか、警察はいつ来るのかとか、そっちの心配はしないの？」

「……それ、町田さんも同類じゃないんすか？」

「いや、俺は」頭を掻く。「俺は普通の人間だから。〈頭脳チャレンジ！〉の成績は確かによかったけど、ここにいる参加者って、その成績だけで選ばれたんじゃないよね。澁谷君、何か他に特技とかあるの？」

「まさか。俺に特技なんて」澁谷君はだいぶひどい否定の仕方をした。「まあ確かに昨夜、シチュエーションパズルやってる時に、同類ばっか集まって珍しいな、って思いましたけど」

「……同類？」

「ああいうのに夢中になって、普通の解答じゃ満足しないタイプです。……町田さんはちょっと違う感じでしたっけ？」

「……何が？」

昨夜のことを思い出す。確かに皆、シチュエーションパズルではえらく盛り上がっていた。だが解答するのは大抵俺か、周囲の様子を窺った感じの星さんだった……。

「いや俺、普通に答えるだけなら簡単でつまんないから、毎回『別解』探してたんすよ。……町田さん違ったんすか？」

「いや、俺は……。え？　じゃあ何、手代木さんとか星さんも？」

「たぶん」澁谷君はあっさり頷いた。「例えばっすね。最後の問題の前に、町田さんが出してくれたじゃないすか。『あるボクシングの試合で、戦っている選手の片方がもう片方をノックアウトした。審判たちはノックアウトした方を正当な勝ちとしたが、試合中にパンチを出した男は一人もいなかった。これはどういうことでしょう？』」

「うん」

「普通に考えたら、わざわざ『パンチを出した男』なんて言ってるんだから『女子ボクシングでした』に決まってますけど、それじゃつまんないわけで。例えば……」澁谷君は腕を組み、数秒だけ唸ると顔を上げた。「こういうのはどうすか。『男子ボクシングの試合だった。だが試合開始前の睨みあいでムカついてた片方の選手が試合開始早々飛び回し蹴りを出した。相手はそれをかわしてボマイェ※9で相手をノックアウトした』パンチを出した男はいないし、最初の飛び回し蹴りの時点で反則負けなんで、ノックアウトした方は正当な勝ちになりますよね」

「……なるほど」リング上で何をやっているのかいま一つイメージが浮かばないが、確かに別解である。これなら、問題文で「男」という不自然な限定をしなくても済む。

シチュエーションパズルにおいて「別解」は決して珍しいものではない。だが、普通は正解に向かって挑戦するものであり、こんなにあっさりと別解を出す人間は見たことがない。

……そういうことか。

俺の脳裏に、あの時出しかけていた問題が蘇る。

ある村に、村人の間で評判のお馬鹿さんがいました。村人たちはいつも、そのお馬鹿さんをからかって遊んでいました。ピカピカの百円玉とくしゃくしゃの千円札を差し出し、

「どっちが欲しい？　好きな方をあげるよ」と言うと、彼は必ず、嬉しそうに百円玉の方を取るのです。彼はどうして百円玉の方を選んでしまうのでしょうか？

この問題の解答はこうだ。彼はお馬鹿さんではなかった。なぜなら彼はすでに、千円よりはるかに多くの額の百円玉を得ていたからだ。つまり、彼は知っていたのだった。村人たちは、彼が正解し、千円札を取ってしまった時点で、もうこのからかい方はしてこなくなる。それだと彼の収益は千円にしかならない。だが間違え続けている限り、彼は百円玉を延々せしめることができる。お馬鹿さんは村人たちの方だったのだ。

要するに、そういうことだった。

澁谷君や手代木さん、それに星さんもおそらく、この「お馬鹿さん」と一緒だったのだ。彼らが即答しなかったのは、即答するとそこで問題が終わってしまうから。あの時、彼らはすぐに正解を見つけ、その上で別解を探すことを楽しんでいたのだ。星さんが周囲の様子を窺った上で正解を言っていたのは、「そろそろ次の問題に移りましょうか」という配慮に過ぎなかった。

※9　WWE所属、中邑真輔（なかむらしんすけ）が得意とするプロレス技。相手の顎（あご）を狙（ねら）い、体をエビ反（ぞ）りにして放つ華やかな飛び膝蹴（ひざげ）り。現在はキンシャサ・ニー・ストライクと改名。

だとしたら、と思う。村人は俺の方だ。この澁谷君と星さん、それに手代木さんの三人は、通常の人間とは違う、かなり尖った共通の「傾向」を持っている。それが、彼らが今回、選ばれた理由だ。いや、指名されたのは磯崎さんもカメラマンさんも同じだった。スタッフという立場から自制していただけで、彼らも同じ性質を持っていたのではないか。

鼓動が速くなるのを感じた。最初から俺は、特殊な人間たちの中にいたのだ。そして俺たちは閉じ込められ、まるでクイズのような殺人事件に挑戦するように誘われた。その理由が、集められた参加者のこの性質にあるのだとしたら。

だとすれば、と思う。仮に俺たちのうちの誰かがこの「問題」を解いてしまうと、それこそが犯人の狙い通りの展開、ということになってしまうのではないだろうか。

「澁谷君。トリック分かったっていうけど、それ、みんなに言うのは……」

「え？　いや説明しますよ」澁谷君は携帯を出す。「さっきSNSで『解けた』って伝えました。簡単にっすけどトリックの説明も送ったんで」

「いや、それ、ちょっと待って……」

言いかけた時、前方でがさがさという足音がした。一つではなく複数だ。見ると、青い作業服のようなものを着た男が四人、こちらに向かって歩いてきた。

「県警の藤林(ふじばやし)です。ご無事ですか」先頭にいる初老の男がこちらに手を振る。「よかった。町田さんと渋谷(しぶや)さん、ですか？」

「いえ、澁谷ですけど」

「失礼。でもお怪我がなくてよかったです」藤林さんは帽子をとってぺこりと頭を下げた。髪には白いものが交じっているが、背が高く、肩が四角く張り出しているのが分かるごつい人だ。「とにかく、キャンプ場に戻りましょう。……おや」

澁谷君の背中に触れた藤林さんが首をかしげた。「……体調は大丈夫ですか?」

「ああ」頷くだけの澁谷君にかわって俺が答える。「ちょっと熱があるみたいで。それになんか、疲れてるような……」

それを聞くと、後ろの三人も澁谷君の周囲に集まり、彼の顔を覗き込んだ。藤林さんが澁谷君の手を取る。「ガス吸ったかな。ちょっと脈拍測らせてください」

澁谷君の体調は気になっていたので、彼が気遣われていることにはほっとした。俺も同様に脈をとられたが、俺の方は大丈夫だ。戻りましょう、と言われ、四人に囲まれて林を歩く。

「あの、澁谷君は大丈夫ですか」

藤林さんに訊くと、男は笑顔で頷いた。「ああ、ちょっとガスを吸ったみたいですから、すぐ病院に行きましょう。酸素吸入をすれば大丈夫ですよ。……一応マスク、着けてくださいね」

俺はそう言われてマスクを着けようとしたが、なぜか澁谷君は着けようとせず、立ち止まった。

「どうしたの？」

俺が訊くと、澁谷君は眉をひそめ、周囲にいる四人を見回した。

「あの、質問なんすけど」澁谷君の表情が変わっていた。

四人が同時に立ち止まる。藤林さんが振り返った。

「……はい。どうしましたか？」

「なんで脈なんかとったんすか。火山ガス中毒には関係ないっすよね？」

藤林さんは答えた。

「健康状態を見るためですから、念のためにです」

澁谷君は訊いた。

「じゃ、なんでみなさん、四人全員で俺たちを保護してるんすか。普通、二人ぐらいは死体を確認しにいくものじゃないすか？」

藤林さんは答えた。

「関係者の保護が最優先ですから」

「もう一つ質問いいすか」澁谷君は藤林さんを見上げる。「……あんたさっき、なんで俺の名前を『シブヤ』って言ったんすか？」

藤林さんは澁谷君を見て一瞬訝しそうに眉を上げたが、すぐに微笑んで答えた。「失礼しました。間違えてしまいました」

「『澁谷』を『シブヤ』と呼んだってことは、俺の名前を『読んだ』ことはあるけど、誰かが『呼んだ』ところを聞いたことはない、ってことになります」澁谷君は藤林さんを見ている。「俺たちが今、火口湖に行っていることは、キャンプ場にいる人たちしか知らない。だから俺たちを保護しにきたってことは、キャンプ場の人たちに会って、俺たちのことを聞いたってことになる。なのになんで俺の名前を『呼んだ』ところを聞いたことがないんすか？」

澁谷君の目が鋭くなる。

「聞いたことがないのに、どこで俺の名前を『読んだ』んすか？」

俺は、そこまで言われてようやくおかしさに気付いた。通報を受けて県警から急行した警察官が、関係者一人一人の名前まで把握しているものだろうか。それに、警察が来たなら、磯崎さんあたりから携帯に連絡が入るはずだ。

四人は何を言われたのか分からない、という顔でお互いを見ている。

やはり何かがおかしい。この四人の男たちは、本当に警察官なのだろうか？

澁谷君は、周囲の四人をぐるりと見る。

「何言ってるのか分かんねえって顔してますね。さては『読んだ』と『呼んだ』の区別ができてねえな」

澁谷君は言った。

「……あんたら、日本人じゃねえな？」

6

三人の男が、藤林と名乗った初老の男を見た。初老の男は困ったように肩をすくめる。

それから、澁谷君にすっと手を伸ばした。

何だ、と思った瞬間にはもう、澁谷君の首には黒くて細いバンドが巻かれていた。澁谷君が咳き込み、首筋を掻く。だが巻かれたバンドは勝手に縮まるらしく、きしきしと彼の首筋を絞めつけていく。

「ちょ、おい……えっ？」

何が起きているのか分からない。だが俺も後ろからがっちりと羽交い絞めにされた。バンドが取れないらしく、澁谷君が舌を出し、苦しそうに首を搔きむしる。機械のようにしっかり固められて動けない俺が暴れようとした時、澁谷君ががっくりと膝をつき、待ち構えていた初老の男の腕の中に倒れ込んだ。

「おい……」

「心配はいらない。彼は殺さない。頸動脈を絞めて『落とす』ように作られたチョーカーだ」藤林がバンドをさっと外して言う。「だが彼は勘がよすぎて友人を巻き込んだ」

　俺を固めていた腕が外れ、自由になったと思った瞬間、脇腹に硬いものが押し当てられ、全身を激痛が襲った。思考が吹っ飛び、自分の叫び声で意識が戻る。脇腹を中心として全身に痛みがあり、いつの間にか草の上に両膝をついていた。体の感覚がなく、目の前でぎくぎくと勝手に痙攣（けいれん）しているのが自分の手だということが分かるまで時間がかかった。分かった瞬間に両脇を抱（かか）えられて持ち上げられていた。

「Dump him in the lake.」

　短い英語なので聞き取れた。体が動かない分なぜか聴覚ははっきりしていて、俺は後ろから抱え上げられながら、その言葉の意味を考えた。「湖に捨てろ」。つまり、あの火口湖に。

　気を失った澁谷君も藤林ともう一人に担ぎ上げられている。俺は引きずられている。林の道を戻り、地獄のような岩場が再び現れる。踵（かかと）が岩に引っかかり、舌打ちとともにまた揺すりあげられた。あまりに手慣れた相手の様子で、俺は確信した。臼井さんを殺したのはこいつらだ。そして真相を知った俺を、火口湖に捨てて殺すつもりでいる。俺はあの強酸でボロボロになるのだ。あそこなら死体もすぐ崩壊する。死因を特定できるような傷は消え、結局は「事故死」ということになる。澁谷君はどうなるのか。なぜ彼は殺されないのか。

……トリックを「解いた」からか。
なぜだか、急速にそれが理解できた。澁谷君はさっき、SNSで「解けた」とメッセージを送っていた。やはり犯人は関係者の中にいたのだ。そいつがこの男たちを呼んだ。澁谷君を連れ去るために。ということは、この事件は「誰が問題を解けるか」の実験だったのだ。講談社の問題集も、〈頭脳チャレンジ！〉もきっとそうだ。彼らは澁谷君のような人間を探していた。なぜだか分からないが、〈頭脳チャレンジ！〉を六千万人がプレイした以上、きっと日本中で、同じようにはめられ、殺されたり拉致されたりしている人間がたくさんいるのだ。

引きずられながら、死にたくない、助けてくれ、と思った。だが体は動かなかったし、きっと日本中でこういうことが起こっている、と考えた瞬間、俺の肉体は、予想よりずっとあっさりと諦めた。日本中でこれが行われているなら、俺は大勢の中の一人に過ぎない。癌で死ぬ人のような。交通事故の犠牲者のような。ホームから飛び込む自殺者のような、ありふれた日本の死者のうちの一人だ。ならばきっと助からない。

こんなわけの分からない場所で、わけの分からない、だが一般人では敵いっこない強大な連中に、「処理」されるように死ぬ。こんな死に方をするなんて、生まれた時から一度も予想したことがなかった。姉と両親の顔が浮かぶ。だが浮かんだからといって、何の思考も感情も湧いてはこなかった。それは「手順」としてただ浮かんだだけだった。これから死ぬ人間の手順。

……死ぬのか。今日。

体ががっちりと固められていて動けない。もうどうにもならない。俺は目を閉じた。

その時、風を感じた。

いつしか麻痺していた聴覚が、その場に新たに出現した爆音に反応した。上からだ。動かないはずの体が動き、両腕を固められたまま空を見る。

ヘリコプターが間近まで降下してきていた。機体側面のドアが開いており、スーツを着た男がライフルをこちらに向けて構えている。

——全員動くな。その場に伏せろ！

無言でライフルを構えるその男に代わり、ヘリのスピーカーから鋭い声がした。俺と澁谷君を抱えていた四人の男たちがヘリを見上げ、速くて聞き取れない英語で何か言っている。ミコシバ、という単語を言ったような気がするが、聞き間違いだろうか。

タシン、と乾いた音がして、澁谷君を抱えていた藤林の頭が、ぱっと赤いものを散らしながら弾けた。澁谷君が地面に落ち、もう一人の男が何か叫んで林の中に逃げ出す。その男がいたあたりの地面が弾ける。

空からの銃声が続く。俺の背中のすぐ後ろで、極めて高速なものが何かに当たる音がし、固められていた腕が外れた。振り返ると、男の一人が左肩に穴を開け、呪詛（じゅそ）のような何かを怒鳴りながら右手の拳銃を空に向けていた。四度目の銃声がして、男の右肩から血飛沫が舞い、衝撃で男が仰向けに倒される。もう一人が拳銃を出しながら林に向かって走り出す。

どさりと音がして、目の前にロープが垂らされた。見上げると、青空をバックにヘリがぴたりとホバリングしていた。狙撃してきた男はライフル銃を捨て、かわりの銃を取ると、機体の揺れをものともせずに立て膝になってまた構える。地上では林に逃げ込んだ二人の怒鳴る英語が飛び交っている。

ヘリから、黒くてひらひらしたものがぱっと飛び出した。人間、それもスカートを穿いた女性だった。両足を伸ばし、ロープを摑んでしゅるしゅると降りてくる。女性の髪がなびく。地上から一つ二つ銃声があったが、ヘリからの銃声が響くと、地上の男たちは木の陰に隠れた。その手前に女性が飛び降りる。白いエプロンのついた、ロングスカートの黒いドレス。東京の喫茶店で見たことがあるウェイトレスのような恰好である。だが手には不釣り合いにごつい革手袋がはめられている。

唖然としている俺に背中を向け、革手袋を脱ぎ捨てながらドレスの女性が駆け出した。男たちの逃げ込んだ林に向かって走りながらエプロンの中に両手を突っ込み、それぞれの手に銀色のナイフを構える。左右の手から同時に投擲された二本のナイフは回転しながら飛び、片方は男の隠れた木の幹に突き刺さった。英語の怒号が聞こえる。

怒鳴った男が木の陰から出て拳銃を構えるが、すでに女性は彼の隠れた木に肉薄していた。拳銃の銃口が女性の掌でそらされ、顎を掌底で突き上げられた男がのけぞる。その手の中で拳銃が空しく発射炎を光らせる。男が膝をつくより早く背後に回っていた女性は一瞬の躊躇もなくその首に腕を回すと、どうやっても人間の首はそこまで回らないという角度まで相手の首を捻った。男が唾液を飛ばし、枯木を砕くような音がここまで聞こえてきた。

女性が男の体を振り捨てて走り出す。目では追えても、意識は到底ついていかない動きだった。離れた木の陰にいた最後の男が身を乗り出して拳銃を構えたが、女性がエプロンの中から出したティーソーサーが空を切ってまっすぐに飛び、男の手首に命中して拳銃を叩き落とす。拾おうとした男がかがんで銃に手を伸ばす間に至近に迫った女性が、俯いた男の顔面を膝で蹴り上げ、顔面を掴んで仰向けに倒す。エプロンの内側から抜き放たれた大ぶりのフォークが、倒れた男の目に突き立てられる。女性は立ち上がったが、足元の男が呻くのを聞くと、突き立てられたフォークの柄を掌底で打ち、根元まで押し込んだ。男が舌を出し、ぎくり、と痙攣して動かなくなる。

女性は素早く体を起こして周囲を窺い、木の陰の一人と、俺のところにいて狙撃された二人がいずれも動かないのを確かめると、ふう、と息をついてヘリコプターを見上げた。

「お仕事、完了しました！」

まだライフルを構えたままの男を乗せたヘリが降りてきた。俺は「助かったのだ」ということを理解するまで時間がかかり、最初は、次は自分が撃たれるのだろうかと思った。

「死体はどうしますか」

「そこの二人を回収したら定員オーバーだ。事件解決後、道路が復旧したら地上班にやらせる」

女性とスピーカーの音声がやりとりをする。「手前の窪地に着陸する。そこの『候補者』二人を連れてこい」

「了解です」

ドレスの女性は仰向けに倒れている澁谷君の前に来ると、両足を高く持ち上げた。柔道の絞め技などで落とされた相手の意識を戻させる一般的な方法であり、かなり手慣れている印象すらあった。澁谷君が目を開けるのが見え、女性が「大丈夫?」と声をかけている。彼女は意識を取り戻した澁谷君に肩を貸し、こちらに来た。

「君は大丈夫だね? じゃ、さっきのとこまで戻ろうか。ヘリが来てくれるから」

かわいらしくて優しそうな印象の人だが、手首にはさっき殺した男の返り血がついている。俺はただ頷くしかなかった。この女性は何者なのだろうか。着ているのはいわゆるメイド服である。

キャンプ場に向かう道を戻ると、ヘリはローターを回したまま窪地に着陸しており、さっきライフルを構えた男が立っていた。その隣にもう一人、スーツを着た、なんとなく冷酷そうな長身の男が立っている。

「遅い」男は不満げに言った。「早く乗れ。まずキャンプ場に戻り、犯人を拘束する」

　ヘリのスピーカーから聞こえてきたのはこの男の声だ。ライフルを撃っていた方の男は初老と言っていい歳だったが、スピーカーの男の隣に控えるように立っている。つまり、無表情に俺たちを見ているこのスピーカーの男が一番偉いらしい。

　ヘリの前まで連れていかれながら、俺はどうすべきなのか全く判断がつかなかった。英語で喋る連中に殺されそうになったところを助けてもらった、ということはどうやら間違いがない。だが初老の男とメイド服の女性は何の躊躇いもなく四人を殺して、今も平然としている。とんでもない連中だが、ほいほいとヘリに乗って大丈夫なのだろうか。

「あの……あなた方は」すでに回復して一人で歩いていた澁谷君が訊く。

「御子柴だ」男はそれしか答えなかった。「あとで説明してやる。今は黙って従え」

　そう言われても、と思う。強引な人だ。

　だがヘリの中からもう一人、眼鏡をかけた青年が出てきた。よく見ると少年と言ってもいい年齢であり、ヘリから降りる動きといい、顔つきといい、これまでの三人と違い、彼だけが普通の人間に見えた。固いジャケットとパンツのお仕着せを着ているから「御子柴」の一人なのだろうが、この子は怖くなかった。『ハリー・ポッター』の映画に出てきた主人公の少年に似ている。

「安心してください。怪しい者じゃないんで」

「はあ」怪しい。

「県警の特別班、みたいなものだと思ってください。僕と妹も保護されたんです」

魔法使い顔の少年がヘリの中を指さす。奥の席に、さっき戦闘していた女性とお揃いのメイド服を着た小さな少女が座っていた。

それでようやく決心がついた。「御子柴」が何なのかは分からないが、たぶん、この人たちについていっても大丈夫だ。

7

「ね、それでこれは絶対訊いてみたかったんだけどね」

「はあ」

「町田君、四回転とかできる?」

「はい?」

後ろの席の幸村さんから飛んできた質問はそれまでの話題から五、六次元ずれたもので、俺は何を訊かれているのか分からずに口を開けたまま沈黙した。どう答えたものか、そもそも何を訊かれているのか、と俺が沈黙していると、幸村さんの前に座っていた天野直人君が彼女をつつく。「幸村さんもしかして、『町田』っていう人に会うと毎回それ訊いてるんですか？」

「だって『町田』と『シブタニ』だよ？　すごくない？　しかも『町田』君の上に大学院生だって。四回転とは言わないけどキャメルスピンくらいは期待しない？」

「……大学院生の『町田』さんが全員キャメルスピンできたら大変ですよ。高橋君とか鈴木さんとか大勢いますけど、どうなるんですか」

フィギュアスケートの話らしい。※10

「着陸するぞ。くだらん話はよせ」

御子柴辰巳氏が前を向いたまま二人に言うと、二人ははい、と背筋を伸ばして前を向いた。何なのだろう、この人たちは。

ヘリのスピーカーで喋っていた青年は数年前に某コンビニチェーンを買収してニュースになった「ミコグループ」の関係者らしい。というか、名前と話の内容から推測するに、

※10　町田　樹（まちだ　たつき）……二〇一四年世界選手権銀メダル、ソチオリンピック五位。同年に現役引退し、早稲田大学の大学院に進学した。／アレックス・シブタニ（米）……日系のアイスダンス・ペア選手。二〇一六年世界選手権銀メダル。パートナーは妹のマイア・シブタニ。

どうも会長の息子か何かであるようだ。ライフルの男は執事兼運転手兼狙撃手の石和（いさわ）さん、メイド服の女性がメイド兼ボディガードの幸村さん（「ジェネラルメイドです！」※11と胸を張っていたが、何のことだろうか）、お仕着せの青年は使用人の天野直人君で、その隣で全く喋らないかわいい少女がその妹の七海（ななみ）ちゃんだという。執事とかメイドとかいった人種が現代日本にまだ存在しているというのは初耳だったが、そもそもヘリを駆って出てきた時点で非現実的な金持ちであることは確かだった。辰巳氏は「宮城県警とは協力関係にある」と言っていたが、電話で県警の人たちとやりとりをしているところを聞くとまるで自分の指揮下に置いているかのような感じだった。だが国内海外合わせていくつの企業を持っているのか分からないあのミコグループだと言われれば、一応納得できないこともない。こちらはもともと、講談社を手足のように利用できる組織に拉致されかけていたのだ。

　ヘリに乗せられ、御子柴辰巳氏から聞いた話はあまりにも突飛で、納得とか理解のはるか彼方（かなた）、といった感じだった。キャンプ場に降りるまでの短時間に辰巳氏の早口でざっと説明されただけなので詳細は不明だが、隣の席の澁谷君は医学的には「友田（ともだ）＝メレンドルフ遺伝子群」、俗称でホームズ遺伝子群と呼ばれるＤＮＡ群を持つ非常に貴重な人材であり、世界中で取りあいが起きているのだという。

　俺を始末し彼を拉致しようとしていた集団は「機関（シンクタンク）」と呼ばれる、アメリカの経団連のような組織で、世界中で「保有者」を探して拉致し、自国に連れ帰って発明を強制させているらしい。この「撮影」、それどころか日本中に流行った〈頭脳チャレンジ！〉がそもそも、「保有者」候補炙(あぶ)り出しのために彼らが行ったテストだったのだ。

　信じられるわけがないスケールの話だ。だが今、ヘリの床には、辰巳氏が分解したガスマスクが転がっている。辰巳氏は俺たちがヘリに乗り込むとすぐガスマスクを奪い取り、口に当てるフィルター部分を分解した。「見ろ」と言われて差し出されたフィルター部分の中には、黒い小さな金属部品が入っていた。ＧＰＳ発信機とマイク。つまり、これで俺たちの行動を把握し、澁谷君が覚醒(かくせい)したことも推測したというわけだ。自家用ヘリに乗りながらそんなものを見せられれば、俺が今いるここが００７の世界だと信じないわけにはいかなかった。

　そして、犯人――というよりその背後にいる組織が、臼井さんが殺された事件の謎を俺たちに「解かせたいのではないか」という俺の想像は当たっていた。ホームズ遺伝子群は保有しているだけでは何もなく、「ＳＤＱＵＳ(エスディー・クース)（非定型条件下における方策発見型問題）」と呼ばれるタイプの問題を体験させることと、生命に関わるレベルのストレスを与えることでスイッチが入るものらしい。つまりテストにより選抜された候補者たちが保有者だと

※11　一人しか雇っていないため全部の仕事をやるメイド。別に威張るようなことではない。

いうことを確認するにはSDQUSになるような不可能犯罪の、それも殺人事件相当の重大事件を体験させるのが一番というわけだ。ひどい話だが、日本国内の保有者を発見・拉致するため、現在、日本中の候補者の周囲でSD案件と呼ばれる奇妙な事件が起こっているのだという。

「キャンプ場に降りたら、まずこの事件のトリックを説明し、犯人を拘束する。さっさと解かんとお前以外の候補者が発現しかねないからな」

辰巳氏がそう言うと、澁谷君がおっ、と身を乗り出した。「分かってるんすか」

「ここに来るまでの間に県警と磯崎から話を聞いた」辰巳氏は直人君を親指でさす。「その眼鏡はお前と同じ『保有者』だ。この程度の問題は軽く解く」

直人君を見ると、彼はなぜか、居心地が悪そうな顔で俯いた。

辰巳氏は言う。

「言っておくが事件の話は一切他言するな。マスコミに流されたら、日本中にお前たちに出したのと同様の発問をばら撒いて、候補者選抜テストの手伝いをしてしまうことになる」

御子柴のヘリはコテージ間の狭い場所に強引に着陸した。キャンプ場には先に一機、尻尾のところに「宮城県警察」と書かれた青いヘリが来ていた。英語を話す「機関」といい、十九世紀イギリスから抜け出てきたような御子柴一味といい、突拍子もない連中ばかりだった周囲にようやく知っている日本の警察が出てきてくれたことで、俺は大いに安心した。先にヘリを降りた辰巳氏と石和さんに対し、県警の人たちはＶＩＰ待遇で頭を下げており、彼らの話の裏付けが増えたことも安心材料になった。澁谷君はいろいろあって疲れたのか、眠ったような半眼でゆらゆらし、直人君にスポーツドリンクを飲ませてもらったりしていたが、真相を話す、と言われると、目を輝かせて元気になった。

七海ちゃんと操縦士を残し、ヘリから降りる。人前にヘリから降りて登場する、などというのはもちろん初めてで、磯崎さんや手代木さんが目をまん丸にしているのが何かおかしい。朝のキャンプ場は様々な鳥の声が競いあうようにこだまし、火災の臭いはすでに薄まっている。スーツと制服の警察官が周りを囲んでいるキャンプ場に、鶯（うぐいす）のさえずりがひどく場違いな平和さで響いた。

「説明は聞いているな。これから犯人が臼井貴大（たかひろ）を殺害した方法を説明する」

辰巳氏が言うと、ヘリコプターから降りてきた奇妙な人々に困惑している皆の表情が変わった。おそらく県警の登場からここまで、こちらでも状況が急変してわけが分からなくなっていたのだろう。皆の表情が、事件に向き合わされていた昨夜のものに戻ったのが分かった。

辰巳氏が目配せすると、直人君が一歩前に出て、眼鏡を直しつつ皆を見回す。「僕から説明します」

直人君が高校生か大学生くらいに見えるせいか、磯崎さんと星さんが顔を見合わせたが、直人君は慣れた様子で話し始めた。

「おそらく、ここにいるみなさん、全員が不思議に思っていたはずです。臼井さんは昨日、何者かに刺殺されていますが、死体はなぜか赤背岳の火口湖上にあり、一番近い岸からでも二十メートルは離れた場所に立てられた十字架にくくりつけられていました」

ともかくも自分たちが把握している話が始まったからか、やや落ち着いた表情になって皆が頷く。

「問題なのは、この湖がただの湖でなく、pH0に近い、極めて強力な酸性湖である点です。問題の火口湖は岸からすぐに深くなっており、湖底が岩場のため差がありますが、平均して水深は三メートルほどになります。十字架の立てられていた場所の周囲は岩が水面に突き出ていて、ボートは近付けませんし、ウェットスーツで泳いでいくことも困難です。かといって二十メートル先まで足場を固定するのも無理があるし、気球などで空中から接近して十字架を立てるのは、風があって難しいでしょう。そもそもそういった方法では、少しミスをしただけで体に湖水が付着して痕が残ってしまいます。それを見られれば、一発で犯人だとばれてしまう。あまりにリスキーです」

問題の所在を手際よくまとめ、直人君は皆を見回す。かわいい顔をしてなんだか弱そうな印象があるが、考えてみればそれは推理能力とは関係ないのだ。同じような可能性を検討していたからなのか、手代木さんが唇を引き結んで顎を撫で始めた。

「……じゃあ、どうするの？」星さんも気になっているらしく、話を促す。

「ポイントは、朝の現場の状況です。来る途中で澁谷さんが撮った映像を貰いましたので、ＳＮＳに上げておきました。確認してください」

　皆が携帯を出し、競争のように操作する。あれ、という声がカメラマンさんからあがり、星さんと手代木さんが顔を見合わせる。そう。昨夜と違い、朝の段階では十字架は倒れ、死体も岩に引っかかった状態で湖水に浸かっている。

「……しかし、これは普通だろ。酸で十字架が腐食するし、風もあったし」相手が直人君だからなのか、磯崎さんはタメ口で言う。

「ですが、この状態なら湖水に触れずに作れますよね？　あらかじめ細く丈夫で、酸に強いワイヤーを二十メートル先の岩にぐるりと回して引っかけておいて、両端は岸まで伸ばし、地中にでも埋めておきます。死体を運んできた後はそのワイヤーにくくりつけて引っぱれば、岩がちょうど滑車になって、死体と十字架は沖に引っぱられて流れていく。沖まで流れたら、輪にしたワイヤーの一部を切って回収すればいい」

「いや、それはいいけど。だって俺たちが昨夜見た時は、そんな状態じゃなかったんだぞ？　十字架はしっかり立ってたし、臼井君の体は湖水に触れてなかった。三条君がちゃんと撮影してる。あれをどうやってやったか分からないから問題なんじゃないか」

　磯崎さんに言われ、カメラマンさんが頷く。

　だが直人君は、それも分かっている、という様子で落ち着いて頷いた。「磯崎さんがその映像、県警の人に送ってくれたんですよね。僕たちも見ました」

　磯崎さんは続けて何か言おうとしたようだったが、やめて口を閉ざした。明らかに、直人君は状況を分かった上で言っている。

「結論から言うと、火口湖のあの場所に十字架を立てる方法は思いつきません」直人君は皆を見回し、はっきりと言った。「ですが昨夜、撮影されたような状況をみなさんに見せ、『火口湖の真ん中に確かに十字架が立っていた』と思わせる方法ならあります」

　鶯のさえずりが鋭く周囲にこだまし、朝の空気を震わせる。風が少し湿って冷たかった。

「つまり、犯人は火口湖の真ん中に十字架を立ててなどいなかったんです。みなさんが昨夜見て、映像に映っているのは、昼間に行った火口湖とは別の、『もう一つの火口湖』でした」

　星さんと手代木さん、磯崎さんとカメラマンさんが、直人君の言葉を嚙み砕こうとしてかそれぞれ顔を見合わせる。俺も隣の澁谷君を見た。澁谷君は腕を組んで口を尖らせ、直人君の次の言葉を待つ様子である。

「いや、だが。待ってくれ」磯崎さんが掌を突き出す。「道は一本道だったし、間違えるわけがない。そもそも『もう一つの火口湖』なんて、そんなものどこにあったんだ。火口湖はあれ一つだろう。水質だって一緒だったんだぞ」

その点は澁谷君がわざわざ確かめていた。だが直人君は、分かっている、というふうに頷いた。

「あの珍しい火口湖は確かに一つだけです。ですが、夜までの間にもう一つ作ることはできます。本物の火口湖の手前、窪地になっているところに、同じ水質の人造湖を」

窪地、と言われて思い出した。澁谷君もさっき、そこで立ち止まっていたのだ。だが。

「しかし、人造湖って言っても」磯崎さんが言う。「そんなものを夜までの間に造れるわけないだろう。見渡す限りの広さなんだぞ。それに今朝はそんなものなかったんだろ？その人造湖はどこに消えたんだよ」

「あ、でも」

星さんが口を開いた。前のめりになっていた磯崎さんをはじめ、皆がそちらを見る。

「できるんじゃない？　大型のポンプを使えば」星さんは両手を広げて何かの幅をジェスチャーで見せている。「湖の左右、たしか四百メートルでしたよね。でも真っ暗だったから、奥行きの方はライトの光が届くあたりまで……三十メートルくらいでいいでしょう」

「はい」直人君が彼女に頷きかける。「夜ですから水面は真っ暗です。あの酸性湖に入る人なんていませんから、深さは三十センチもあれば足りますよね」

俺は頭の中に図形を作ってみた。幅は四百メートル。だが奥行きが三十メートルで、深さは三十センチの「湖」。これは「水たまり」と言っていいのではないか。

直人君が辰巳氏の方を見る。

「四百メートル×三十メートル×〇・三メートル。つまり偽の湖を作るのに必要な水の総量は三千六百トンだ」辰巳氏は一瞬で計算した。「大型の業務用ポンプなら、一時間数百トンの排水量がある。複数基設置すれば、四、五時間で作業が終わる。ポンプの種類や数によってはもっと大きい湖も造れるし、短時間で作業を終えることもできる」

そうなのだ。犯人には充分な時間もあった。それにあの湖には、日本では唯一無二の強酸性湖だという先入観があった。それが二つに増えていたなどと誰が考えるだろうか。

皆が沈黙する。直人君はひと通り見回してそれを確かめると、言った。

「みなさんが昨夜見たものが偽物の水たまりだとすれば、簡単です。犯人はあらかじめ遠くの見つからない位置に酸に強い素材で加工したポンプを設置しておき、午後の自由時間の間に臼井さんを殺害して十字架にくくりつけ、窪地に十字架を立てた後、ポンプを作動させてその周囲に『偽の火口湖』を作ります。夜、みなさんにメールを送って『火口湖』の光景を見せ、撮影させた後、再びポンプを作動させて水を抜き、十字架を本物の火口湖まで運んで、さっきのワイヤーを使った方法で沖に流せばいいんです」

そこまで言うとさすがに疲れたのか、直人君は眼鏡を直す。

「臼井さんのコテージに火がつけられていた理由は二つです。一つは、夜のうちにみなさんに、火口湖を見てもらうため。もう一つは臼井さんが持ってきていた強力なLEDライトをさりげなく壊すためです。悪戯だと思って誰も見にきてくれなかったら、せっかくのトリックが台無しです。強力なLEDライトの中には百メートル以上先でも照らせるものがあります。この場合、それをされると、湖が偽物であることがばれてしまいます」

そういえば、澁谷君もライトにこだわっていた。彼もきっと正解していたのだ。

直人君はそこまで話すと、ふう、と肩を落とし、これでいいのか、という顔で辰巳氏を見た。辰巳氏が一つ頷き、出てくる。

「つまり、あんた方全員が犯行可能だった、ということになる。女でも台車か何かを使えば、小柄な臼井貴大の体と十字架ぐらいは運べるからな」

辰巳氏は睨みをきかせるように全員に視線を送る。逃げ出す人間がいないか警戒しているのか、幸村さんもエプロンの内側に手を入れて身構えていた。

辰巳氏はあっさりと言った。「犯人はスタッフだ」

えっ、と声があがり、視線が磯崎さんとカメラマンさんの方に集中する。

「当然だろう」辰巳氏は手を止めずに言う。「このトリックは、夜の段階で『偽の火口湖』が映像に残らなければ効果がない。誰かがあとで『あれは見間違いだったのではないか』と言いだすかもしれないし、少なくとも警察は、この状況なら『目撃者の見間違い』として処理する。あれが不可能犯罪に見えるには、三条がカメラで撮影していることが必須なんだ」

辰巳氏は磯崎さんとカメラマンさんの方を見る。

「常識的に考えれば、いくらカメラマンでも夜間、あの場にカメラを担いでいくことまでは確証がない。つまり、犯人は三条があの場にカメラを持っていって確実に撮影するように仕向けられる人間だ。それはカメラマンの三条自身か、三条に指示できるディレクターの磯崎しかいない」

幸村さんがさりげなく辰巳氏の半歩前に出て、二人の方を監視している。

「そして磯崎は犯人じゃない。犯人は参加者の行動を把握するため、全員のガスマスクにGPS発信機とマイクを仕掛けていた。……長野や鹿児島の時はここまで用意していなかったがな。手口が洗練されてきた、ということだが、こちらにとっては逆に好都合だ。保有者探しをしていたという物的証拠が残るからな」

俺はヘリの中で目の当たりにしているが、他の参加者にとっては初めて聞く事実だったらしい。ざわめきがあがる。もっとも、俺にも後半部分は何を言っているのか分からなかったが。

「ついでに、犯人の特定にも好都合だ。……磯崎が犯人なら、マスクは最初の時点で各自に配り、『常に持っていろ』と指示すればいい。そうした方が常時、参加者の動向を確認できる。わざわざ管理棟の一ヵ所に集めておく必要などない」辰巳氏はカメラマンさんを見た。「つまり磯崎は犯人ではない。犯人はカメラマンの三条綾乃。貴様だ」

幸村さんがカメラマン――三条綾乃に向かって歩いていく。三条はそちらと、ヘリの方をちらちらと見比べている。反論しないのか、と思った。つまり、本当に彼女が犯人なのだ。

幸村さんが彼女に近付く。手が届く距離まで、あと四歩。三歩。二歩――。

一瞬、二人の姿がぶれた。がつり、と音がし、その瞬間にはもう、顎に肘を入れられた三条綾乃が吹っ飛んでいた。彼女の手から金属製の筒のような何かが飛び、大きさのわりに重そうな音をたてて地面に落ちる。周囲に立っていた警察官たちが駆け寄ってきて、うつ伏せにした彼女に後ろ手錠をかませた。それを確認すると、幸村さんは優雅な動作で警察官たちにお辞儀をし、辰巳氏の隣に戻った。

「そいつの身柄は県警だ。残りの参加者も、一緒に『まつしま』に乗れ」

辰巳氏が全員に指示し、ドアの下に「まつしま」と名前が書かれていた宮城県警のヘリを指さす。「町田と澁谷。お前たちはこっちだ。うちのヘリに乗れ」

圧倒されていた俺は、ただ頷くしかなかった。「……はい」

手錠をかけられた三条綾乃が警察官に連れられていく。直人君と幸村さんが皆を誘導して宮城県警のヘリに乗せる。御子柴のヘリに誘導されながら、俺は辰巳氏につい訊いてしまう。ヘリで駆けつけて、俺と澁谷君をあっという間に助け出した。そして今、あっさりとトリックを見抜き、犯人を指摘して確保した。

「あなた方は、一体……」

「言っただろう」辰巳氏は平然と答えた。「御子柴だ」

第2話　争奪戦の島

1

　幸村さんは電話の途中から厳しい顔になったが、通話を切って携帯をしまうと、ほゃあぁ、と猫のような声をあげて伸びをし、くるりと体をねじって座席の背もたれ越しに僕を見た。

「……直人くん、疲れた？」

「少しだけ」膝の上でぐっすり眠っている妹の頭を撫でる。「でも、僕は大丈夫です」

　妹の七海は大丈夫でないらしく、ヘリが離陸するとほぼ同時に横倒しになってもたれかかってきて、そのまま眠ってしまった。幸村さんとお揃いのメイド服はエプロンに皺(しわ)が寄り、半開きの口からはよだれが垂れそうであるが、そこはまあよくあることなので別にいい。お気に入りのビーズの髪留めをつけたままで、それが僕の腿(もも)にごりごり当たる。本人だって痛いだろうから取ってやろうかと思ったが、妹には外出時は絶対にこれをつけていたいという強いこだわりがあるらしく、起きた時につけていないと分かるとなくしたかと思ってパニックになったりするので、そのままにしておいた。

幸村さんは僕を見て、すまなそうに微笑んだ。「辰巳さんと石和さんが戻るの、未明になると思うから。今夜は待機ね」

「了解です」

もともとの体力が違うとはいえ、一番よく働いた幸村さんが平然としているのに、僕が疲れた顔をすることはできない。大丈夫です、という意味合いで笑顔を作ってみる。「今回、うまくいきましたね。解決は早かったし、『候補者』は全員助けられたし、犯人も確保できたし」

「うん」

幸村さんは少し俯き加減になって頷く。僕は最近気付いたのだが、この人は、「お仕事」を終えた後に、いつもどこかで、ふっとこの顔をする。気付いていながら、どうすればいいのかが分からないのがもどかしい。「うまくいった」などという言い方をすべきではなかっただろうかと少し後悔したが、今から言い直しても仕方がない。

僕たちは事件解決後、現場である赤背岳キャンプ場に残って「事後処理」をする辰巳さん・石和さんと別れ、日光にある御子柴第二別邸に帰るところだった。事件解決は朝だったが、ホームズ遺伝子群発現の疑いがある澁谷翼（つばさ）さんと、「機関」との戦闘を体験した町田一馬（かずま）さんの二人を保護し、残りの候補者である磯崎・星・手代木の三名を移送し、さらに県警や御子柴本家とのやりとりに駆け回る辰巳さんの世話をし……と働いているうちに、もう夕方になっている。辰巳さんと石和さんは再びこのヘリが迎えにいくらしいが、なんせ日本国内で拳銃弾とライフル弾が飛び交う「戦闘」が発生し、「機関」側の工作員四名が死亡している。こんなことがマスコミに知れたら大騒ぎであり、宮城県警の協力もあった以上、政権がひっくり返りかねない大スキャンダルになってしまう。政府の黙認とミコグループの力があったとしても、隠蔽（いんぺい）には多大な時間と労力がかかるのだ。

僕は御子柴家、というより御子柴家の三男である辰巳氏の私邸である日光の御子柴第二別邸に勤める使用人である。英国のシステムを基本とするこの家では正確に言うと「従僕（フットマン）」になる。前の席の幸村さんは使用人としての先輩であり上司のジェネラルメイド、今も辰巳さんの隣で主のサポートをしているだろう石和さんは、実態は秘書に近いが名目上は「家令（ハウス・スチュワード）」または「執事（バトラー）」にあたる。僕の膝で寝ている妹は労働者ではなくただの子供のはずだが、毎日、小学校から帰ると断固とした顔でメイド服に着替えて手伝いを始め、幸村さんに教えられた掃除や食器磨（みが）きなどを黙々とやっている。そういう立場であるから、煩雑な事後処理を終え、夜遅くに疲れて帰宅する辰巳さんを迎え、夜食や入浴の用意など、就寝までの世話をするのは僕たちの仕事である。使用人として勤め、給料を貰っている以上、たとえ深夜の何時になろうと、あるいは何時になるかまるで予想ができなかろうと、主の前で疲れた顔を見せてはプロ失格だと言われている。働き始めたばかりの僕にはいささか辛いが、高校を出て初めて就いた自分の「仕事」である。使えない人間にはなりたくなかった。

「あいてっ」

「どうしたの？」

「腿、噛まれました」妹はまだ眠っているが、なぜか僕の腿をがじりがじりと齧(かじ)っている。どうも何か食べる夢を見ているらしい。

　そして、使用人としての普段の仕事の他に、僕たちには特別な仕事があった。出動要請がかかると、今回のようにヘリで飛んでいって「機関」の起こした事件を解決し、候補者たちを保護するのである。特別手当が出るこの「仕事」は今回が初めてではなく、すでに鹿児島で一件、千葉で一件事件を解決しているし、僕と七海も長野で発生したＳＤ案件に「出動」してきた辰巳さんたちに保護されてここにいるのだ。

　この「出動」においては、妹の七海こそが最重要人物だった。今回のように工作員が実力行使に出た場合は幸村さんと石和さんが対応するが、事件に設定されたＳＤＱＵＳを解き、候補者たちを覚醒させる「機関」の計画を阻止するのは保有者である七海なのだ。辰巳さんと僕はそれに協力して真相を明らかにする。辰巳さんは小学四年生に頼るのが嫌で仕方がないという態度だし、僕にしろ幸村さんにしろ、銃撃戦になるかもしれないのに七海を連れていきたくはないのだが、保有者が彼女しかいない以上はどうしようもない。

　彼女の推理力に頼らない、もっといい方法はないのか、と考えたこともある。だが現状では、「機関」による拉致を防ぐには、候補者たちより先に謎を解くしかなかった。保有者はいわゆる名探偵の気質を持っているから、一度事件を体験してしまったら、保護されて現場から隔離されても、謎が解けるまでは延々とSDQUSに取り組み続け、いずれホームズ遺伝子群が発現してしまう。しかも、彼らは謎を解いた場合、大人しくしていることができない。周囲に自分の推理を開陳し、警察に接触してくる。「機関」の工作員がマークしているから、結局拉致されてしまうのだ。

そして米国との関係上、日本政府は日本国内での「機関」の活動を表立って妨害することはできないのだった。日本は防衛面以上に、経済面において米国に依存している。昭和の時代には「米国がくしゃみをすれば日本が風邪をひく」などと言われたそうだが、その状態は現代でもまだそのまま——というより、日本の首脳部に、その考えから脱却できない人間が多すぎるのだそうだ。米国は体裁上は民主主義をとっているが、実際は一部の大企業の意向で動く国であり、エクソンモービル[※1]とかハリバートン[※2]とかいった国際企業が政

※1　日本でも「エッソ」「ゼネラル」「モービル」のブランドで有名な、世界一の規模を誇る石油系大企業。イラク戦争後に多大な利権を得たとして問題視されている。

※2　石油関連事業メインの米多国籍企業であり、米軍への物資供給などを受注しているいわゆる軍需産業。対イラク開戦を決定した当時のチェイニー副大統領がCEOを務めていたことがある上大株主であり、戦争後、復興事業を大量に受注したことが問題視されている。

府に働きかけ、時には戦争開始の方向にプレッシャーをかけたりする。そうした大企業の意向をまとめる「機関」の活動を妨害することは、米国の意思決定機関そのものに対する敵対行為になるわけで、たとえ地方の所轄署一つであっても、彼ら(分かっている限りでは、未だに「機関」のトップ会議は構成員全員が男性であるらしい)の計画を妨害するために動かすことはできない。SD案件だと分かっても、あくまで通常の対応をとらざるをえず、「先に関係者全員を保護して隔離する」などといった対策はとれないのだ。

その結果が僕たちのこの仕事なのだった。旧御子柴財閥——現ミコグループは米国内でも多数の株式を保有するから、「機関」としてもできる限り事を構えたくはないし、あくまで一財閥の、というよりそこの三男坊が個人的にやっていることにすれば、日本政府はシラを切り通せる。むろん、御子柴だって「機関」に対して露骨に妨害行為をすることはできないし、候補者の中で本物の保有者はごく一部だから、SD案件の関係者全員を先に保護してしまうようなことは、御子柴の力ではできない。それでも、非公式に捜査に参加して、個人的に事件を解決してしまう程度のことはできるのだった。警察との協力関係はバレてはいるし、政府も米国側からミコグループの活動について追及されてはいるが、政府関係者は御子柴家の国内での力を口実に、のらりくらりと態度を曖昧にし続けているという。日本政府だって、国内の人的資源がぞろぞろと米国に連れ去られることは避けたいし、米国側も「機関」の活動がバレればスキャンダルになり世界中から非難を浴びる(もっとも、ある程度力のある国はどこも似たようなことをしているらしいが）ことになるから、お互いあまり強引な手法はとれないのだ。だから、戦闘で死亡した工作員たちも「存在しなかった」ということで処理できる。

事を構えれば共倒れになり、第三国が得をするだけ。だからどこまで強硬に出るか、お互いに探り合いながらのチキンゲームになる。外交と同じだ、と辰巳さんは言っていた。

窓から真っ赤に染まる西の空が見える。下方には長い長い奥羽山脈がずっと続いているため、現在地が何県上空なのかもよく分からない。だがこの日本で、今もＳＤ案件が発生している。そして誰かが拉致されているかもしれない。

膝の上の妹がぱちりと目を開け、僕を見上げる。寝てな、と囁くと少し迷ったようだったが、もぞり、と膝の上で頭を動かして頷くと、また目を閉じた。保有者の脳はＲＤ－Ｆ状態になると恐るべき量のエネルギーを使うらしく、妹は推理後、大抵甘い飲み物を欲しがり、飲むとこうして寝てしまう。狩りの後のライオンのようだ。

この妹に比べて自分は、と考えると、いつも溜め息が出てくるのだ。僕はいつも、緘黙症持ちで発話ができず、言葉を使っての意思表示ができない妹を観察して、その推理を「通訳」している。同時に、保有者として皆の前でトリックの解説をしてみせることで、妹のかわりに「機関」から邪魔者扱いされる身代わりの役目も負っている。今回はヘリで移動している途中、県警からの報告を聞いただけで妹が謎を解き、たまたま持っていたペットボトルからその蓋に中身を注いでみせる、という分かりやすい表現をしてくれたから、すぐに解決できた。だが、いつもこううまくいくわけではない。かといって、どうすれば妹の行動を「通訳する技術」が上がるのかも分からない。その点がもどかしい。それに僕の役には、辰巳さんのような頭脳も幸村さんたちのような技能もいらない。僕だけが「かわりなどいくらでもいる」存在なのだ。

「直人くん、着くまで寝てていいよ。今夜長いし」

幸村さんがそう言ってくれるが、僕は首を振った。僕よりずっと働いている幸村さんが疲れた顔を見せないのに、甘えたくはなかった。

「大丈夫です。……それより幸村さん、何か問題が起こったんですか？　さっき電話してた時、何か……」

「んー……うん」幸村さんは困った顔になり、首をかしげた。「……一応、今は言わないことにする。あとで教えるね」

「……はい」

普段の仕事についても、もどかしさは感じていた。つまり、幸村さんは把握していても、一番下っ端である僕は知らなくてもいい、ということが山ほどあるのだ。この間まで高校生で、ついこの間御子柴家に保護されて働き始めたばかりの立場なので当然といえば当然だが、僕はまだ、御子柴家の仕事の流れについては何も知らない。辰巳さんたちのしている「事後処理」の中身から、その日、何時に辰巳さんが帰宅するかまで、幸村さんから聞いた限りでしか分からない。幸村さんに教えられながら、ただ指示された場所の掃除をし、指示された通りのお使いに出て右往左往する僕の立場は、ただ手を引かれるままに親についていく子供と大差ないように思えてくる。

2

「えっ、じゃあ、じゃあその人が帰ってきた時は玄関で『お帰りなさいませ。ご主人様』って言うの?」

「『ご主人様』はつけないよ。……上着受け取ったりするし、玄関に迎えには出るけど」

「お茶淹(い)れたりする?」

「僕はまだそこまでできないから、上司のメイドさんが淹れてる。うちの主人、いつもと違う淹れ方のお茶が出てくると不機嫌になるから」

質問してきた葵(あおい)ちゃんは皿を洗う手を止め、なぜか隣の陽菜(ひな)ちゃんと向きあってキャーキャー言っている。辰巳さんのおっかなさや気難しさは悩みの種なのだが、なぜかうけている。

誤解されているなあ、と思いながらスポンジを置き、泡のついたグラスを一個ずつすすぐ。大金持ちの別邸に住み込みで働いている、と紹介すると、陽菜ちゃんと友達の葵ちゃんは大いに好奇心を刺激されたようで、主が二十歳の美青年だと聞いてからはさらに盛り上がっている。確かに現代日本では珍しい存在だが、僕は地位的には執事ではなく従僕、一般的な言い方では「家事使用人」だし、そもそも一般に言われる「執事」のイメージ自体、使用人たちの管理監督者である現実の執事とだいぶ違い、従僕に近い。でもそれなら結果的にイメージ通りになるから別にいいのだろうか、と、いろいろに悩ましい。

　宮城県の事件からしばらくして、僕は休暇が貰えた。基本的に休日の方が忙しいため平日の午後から翌日の昼まで、という変な短さの休暇なのだが、以前いた児童養護施設に帰って皆に挨拶してくる、というだけならそれでもよかった。職員からはこっそり「泊まっていっていい」と言われているから、夕飯前に来て翌日昼に帰るだけでもそれなりに特別な感じはする。今日は朝からあいにくの荒れ模様で、窓はまだがたがたと鳴っているが、賑やかな学園の空気を吸うだけで何か元気になるところはあった。学園内に歳が近くて気が合う女子がおらず、大抵いつも七海の遊び相手になってくれていた陽菜ちゃんに、同い年の友達ができていたというのも嬉しい。

　カウンター越し、大型のテーブルの周囲では床に寝転がってゲームをやる子（横倒しで画面が見にくくないのだろうか？）、職員の膝の上で本を読んでもらっている子、テーブルに上っては怒られ、を繰り返す子などが縦横無尽、自由気ままに動き回っている。年齢も三歳から十七歳までばらばらなので、年上の子供は大抵小さい子に絡まれるのを避けて自室に戻っている。七海もさっきまでは僕に負けじとテーブルを拭いてお手伝いをしていたが、今は小さい子に引っぱられてどこかに行ってしまっているようだ。ごたまぜと個人主義、暗黙の距離感と力関係がお互いの間に張り巡らされる、慣れ親しんだ学園の空気だった。

僕と妹は二年前に両親を殺人事件で亡くし、養育者不在でこの相模学園に引き取られた。千葉県から三浦半島の知らない土地まで兄妹二人だけで移されるのはとても不安だったし、周囲が畑だらけで海に近いわりに始終有機栽培のにおいがしているこの田舎は僕たちにとっては異質そのものだった。引っ越しの日、京急三崎口駅で、ホームの階段に書かれた「Welcome to Miura peninsula !!」の文字がどうにも空々しく見えて、帰る場所もないのに帰りたくなったのを今でも覚えている。職員の先生方は僕たちがリラックスできるようにと細かい部分まで気を遣ってくれていたにもかかわらず、学園ではずっと「ここは仮住まい」「他人の世話になっている」という落ち着かない気分が底流にあった。

なのに学園を出て二ヵ月、御子柴第二別邸からここに戻ってくると、僕は言いようのない気楽さを感じていた。御子柴第二別邸は僕の家ではなく仕事場だったし、住み込みの使用人という立場上、就寝時以外は完全なオフがなく、「最低でも待機状態」という気持ちでいなければならない。おそらくはこちらが気を遣って疲れないようにという配慮もあるのだろう。幸村さんは随分打ち解けて接してくれてはいたが、それでも仕事中は先輩であり上司である。顔を合わせるのは辰巳さんや石和さんら、たった数名の「いつものメンバー」だけ。でなければ直接話しかけることもなかなか許されないお客様たちくらいしかいない。慣れてきたこともあって、詳しく知らされてはいないがどうも全員が大企業の幹部か政治家、あるいはその親族・配偶者——というとんでもないお偉いさんたちへの給仕にいちいちガチガチになるほどではなくなってきたものの、それでも僕は「常に目上の人の相手をしている」状態だった。今は仕事を覚えるのに必死な日々だからなかなか自覚できなかったが、やはり疲れていたのだろう。こうやって手伝いをしていると宿直の豊田先生は「休んで休んで」と言ってくれるが、仕事ではない「手伝い」はおそろしく気楽で楽しかったし、これまでは玄関に上がった瞬間からごちそうさままで、ずっと小さい子たちの相手役というか遊具役をやっていたので、洗い物をするからと言ってキッチンに入るまで、陽菜ちゃんとゆっくり話す暇もなかったのだ。妹もいつになくリラックスした様子で、小さい子の相手で庭に廊下に食堂にと引っぱり回されたりしている。夕食の時点でポケットに松ぼっくりを満載していてさっき見た時は頭に紙で作った王冠を載せていたが、何の遊びなのだろうか。

「そのご主人様って何やってる人なんですか？　会社経営とか？」

「いや、医者なんだ。普段は大学で研究してるって」すすいだカップを洗い籠に並べていく。「ただ、経営っていうか外交みたいな感じであちこち飛び回っていろんな偉い人に会ったりしてるみたいだから、けっこう忙しそうだよ」

「えええすごい。そういう人って本当にいるんですね」

葵ちゃんは目を輝かせているが、なぜか途中から、陽菜ちゃんの方がこちらを覗き込むような顔をしている。

「陽菜ちゃん、どうしたの？」

「ん」

陽菜ちゃんは「直人、終わったー？」とキッチンに駆け寄ってきた玲央くん（六歳）を「まだお仕事中！」と言って追い返すと、心配そうな顔で僕を見上げる。「……休みとか、なかなか貰えないの？」

「大丈夫だよ。……それに、働き始めたばかりだから今はしょうがないし」小鉢をすすいで洗い籠に置く。「運動会とかは応援にこれるよ。たぶん」

「うん」そういうことではなかったらしく、陽菜ちゃんはまだ手を止めて俯いたままだ。

「……その主人の人って、怖そう」

「そんな……」そんなことない、と言おうとしたものの、さすがにすんなりとは言えなかった。あれを「怖くないよ」とはさすがに言えない。「……いや、でも、理不尽な人ではないから」

陽菜ちゃんは心配性というか、自分でどんどん悪い想像を膨らませていって動けなくなってしまうような癖がある。話を聞いているうちに、僕の職場が過酷なのではないかと心配になってきたらしい。

「それに、こっちが大変な時はわりと気を遣ってくれるというか……」

言いかけたところで携帯が鳴った。着信音のパターンと音量ではっとした。これは職場からの着信だ。

「ごめん。ちょっと電話」急いで手を拭く。

「ご主人様からですか?」

「たぶん」なぜか嬉しそうな葵ちゃんを置き、キッチンから出る。葵ちゃんは「いい!」と言っていたが、何がだろうか。

慌てたのには理由がある。着信音が緊急着信のそれだったからだ。マナーモードにしようが電源を切ろうが、御子柴からの緊急着信は問答無用で鳴るようになっている。

「天野です。相模学園にいます」仕事中の出方をすると、全身の細胞が一斉に引き締まるような仕事モードが戻ってくる。

――SD案件だ。妹の方もまだ三浦半島にいるな?

居場所を確かめられ、緊急時だという緊張感が一気に高まる。僕は「はい」と答え、キックと言いながら飛びかかってきた玲央くんを押しとどめて離す。「了解しました。すぐ戻ります」

——いや、お前が現場に一番近い。タクシーを向かわせた。玄関前にいろ。

「了解しました」まずそう答え、再びキックと言いながら飛びかかってきた玲央くんを引き離す。「現場、どこですか？」

——三浦半島だ。

辰巳さんの答えに、僕の体が硬直する。鼓動が速くなるのが分かる。この近くではないか。

——正確には城ケ島だ。城ケ島公園内、今は使用されていない「旧安房崎灯台」内で男の死体が見つかった。駐在所員が話を聞いたところでは、ミステリーツアーのモニターで、男性のツアーコンダクター一名と男性三名、女性二名の参加者が島にいたそうだが、死体はモニター五人のうちの一人だ。現場は灯台の内部だそうだが、唯一の出入口であるドアは内側から鍵がかかっていて、密室だったらしい。詳細はあとで伝える。

城ケ島公園には二、三回だが行ったことがある。少なくとも僕はその名前を「うちの近く」という感覚で認識していた。だがそこが急に俎上に載った。近所の知っている家が「事件現場」としてニュース画面に出たような感覚で、僕は両親が殺された事件の報道を思い出した。

「了解しました。妹と一緒にタクシーに乗って現場に向かいます」

――橋は現在通行止めだ。県警の方に「橋の中ほどに停めた車に爆弾が仕掛けられている」という情報が来たそうだ。県警は確認作業に追われている。

「爆弾……」

――いちいち驚くな。SD案件ではよくある手口だ。実際は爆弾などないし、県警もそう判断するだろう。県警の車に同乗して現場に入れ。ただし、現場には事情を知らない警察官も多い。県警本部から公安の人間が来ているはずだ。そいつのそばを離れるな。

「了解です」

受け答えをしながら周囲を見回すと、僕同様に緊急着信を受けたらしき妹が、携帯を耳に当てたまま廊下を歩いてきていた。電話での会話はできないが、受信して聞くことはできるのだ。

電話を切り、食堂に戻って陽菜ちゃんに言う。「ごめん。仕事で呼び出しがきちゃった。戻らないと」

葵ちゃんの方は「おおー」となぜか感心した様子だったが、陽菜ちゃんは映画の流血シーンを見たような表情になった。逆にこちらが心配になったので、キッチンに戻って彼女の肩を叩く。「ごめんね。またすぐ来れるから」

壁の時計は八時五分を指している。実のところ、今日中に戻るのは望み薄だが、その時は電話を入れればいい。豊田先生を振り返る。「すみません。職場から呼び出しで、僕ら戻らないと」

「おう」豊田先生は膝の上の子を降ろして立ち上がる。「そうか。……残念だな」

「すみません」

「いや、職場が職場だからな」豊田先生はどちらかというと、どこか嬉しそうだった。

「頑張ってるな」

頷いてキッチンを出つつも、どうなのだろう、と思う。頑張ってはいるつもりだ。だがまだ役に立てているという実感がない。

妹は自分と僕のリュックサックを持ってきていた。ポケットに満載していた松ぼっくりをテーブルの上に出してやると、かぶったままだった紙の王冠を外し、少し悩んでから松ぼっくりの隣に並べた。僕はリュックサックを見て少し悩む。中は着替えぐらいだし、妹の方はお気に入りの本とか、なぜか筆箱まで持ってきていたが、出動の際には必要ないものだ。パーカーの上から自分の体を探る。携帯はあるし、御子柴の関係者であることを示す懐中時計も肌身離さず持っている。それだけで充分なのだ。他はむしろ邪魔になる。

「七海、荷物は置いていこう。あとで取りにこよう」

耳聡(みみざと)くそれを聞いた陽菜ちゃんが訊いてくる。「……また戻ってくるの?」

「うん。たぶん」彼女に向かって頷き、ついでにまたテーブルに乗っている子を降ろしてから食堂を出る。「行ってきます」

床に寝そべってゲームをしていた子が声をかけてきた。「おー。出動？」

「そう！」

なんだかすごく語弊のある言い方だが、違ってはいない。

靴を履きながら携帯の電池残量をチェックする。普段から電池はなるべく満タン近くにしておくようにという指示を守っているので、残量は九十パーセント以上あった。僕がいた頃と変わらず乱雑に傘がねじ込まれている傘立てから自分の傘を出し、妹の傘を渡す。これから殺人事件の現場に乗り込もうというのに、できる準備はこれくらいなのだった。足元はスニーカーで別にいいとして、妹なんか宇都宮(うつのみや)のパルコで買った千九百九十円のワンピースである。塾に行くより軽装で、米経済を牛耳(ぎゅうじ)る組織と戦いに行かなくてはならない。それがなんともいえず不安だった。御子柴の仕事着も着ておらず、辰巳さんも幸村さんも石和さんもいないからだ。それでも玄関を開ける。雨が吹き込んでくると同時にドアが押し戻され、しかし前方には、ハザードを光らせながらタクシーが滑り込んできて停車した。

どたどたと足音がして、葵ちゃんが顔をのぞかせる。「ご主人様の呼び出しですか？」

「うん」

「『お前の主は僕だ。僕が呼んだらすぐに来い。たとえ地球の裏側にいてもだ』とかそういう？」

「いや、そういうことは言わないけど」この子の中で辰巳さんがどんな人間にされているのか気になる。

葵ちゃんの隣で黙っていた陽菜ちゃんは、窺うような上目遣いでこちらを見て言う。

「……気をつけてね？」

「……うん」まさか仕事の内容を知っているわけはないが、妙に察しがいいところがあるのである。「大丈夫だよ。ありがとう」

「ほんとに、気をつけてね？　……七海ちゃんも」

妹は陽菜ちゃんを見上げると、にっこりと笑ってこくんと頷いた。それを見て、笑えるのか、と思う。これから殺人事件の捜査に行く。僕は笑顔など考えたこともなかった。

二人に手を振り、その後ろから駆けてきた玲央くんのキックを受け止める。お姉さんらしく、玲央くんをたしなめて僕から引きはがした陽菜ちゃんが、ぽつりと言った。

「……働くって、大変だね」

3

強くなってきた雨が車の窓をばしゃばしゃと叩き、ガラス越しに見える真っ暗な風景を歪ませる。前方に目を転じると、せわしなく往復するワイパーの隙間に赤い光が見えた。

パトカーの数は四台か五台といったところだろうか。懐中電灯を持って合羽を着た警察官に車を止められ、運転手さんに礼を言って車を降りる。雨はだいぶ斜めに降っているようで、傘を広げるまでのほんの数秒の間で背中と肩がだいぶ濡れた。パトカーの赤色回転灯に混ざってオレンジ色の警告灯が点滅しており、カマボコ形のゲートが見える。城ケ島大橋料金所。島に渡るにはこの橋しかない。

「すいません。ただ今、橋、通行止めでして」警察官は僕たちを気遣う様子で言う。「当分通行可能になりませんから、一旦引き返していただけますか」

「ええと」傘を持ち替えてパーカーの中をまさぐり、懐中時計を出す。「あ、御子柴家使用人の天野といいます。あの、SD案件とのことでしたので、現場に同行させてほしいんですが」

この無駄な「あ」がなぜ入るのか不思議で仕方がない。幸村さんから言われて普段は抑えている癖だが、緊張のせいかつい出てしまった。目の前のこの人にまで話が通っているのか分からなかったし、通っていなければ大恥になるところだし、そもそも「話が通っている」という言い回しそのものが不遜で気が引けるのだ。しかし躊躇っている暇もない。

幸いなことに、一瞬ぽかんとした警察官は、僕と妹の顔を交互に見て頷いた。「……ああ。御子柴。ちょっと待ってください」

警察官がパトカーの方に駆け出したのを見てほっとする。SD案件の解決は一刻を争う。ここで足止めされている場合ではないのだ。警察官を追ってゲートの方に向かう。

停まっているパトカーの一台から、スーツを着て傘をさした男性が降りてきた。さっきの警察官と話しながら、濡れた路面をばしゃばしゃ踏んで小走りでやってくる。

「外事の小泉（こいずみ）です。上から話は聞いております」

頭を下げる。「保有者の天野です。辰巳さんも今、こっちに向かっているそうなので、先に現場を見せていただけると……」

警察官でもない十八歳と九歳が本当にこんなことを言っていいのかという不安が頭の中でざわめく。辰巳さんも幸村さんもいないというのは、これほどまでに不安で心細いのだ。

小泉さんは困った顔になり、唇をへの字にして唸った。

「……実は、城ケ島大橋に駐車中の車両に爆弾を仕掛けたという通報がありましてね。車両内にそれらしきものもあったということで、封鎖中なんです。爆発物処理隊が来るまで動けません。私たちも橋を渡れない」

「伺ってます。あの、でも」それでは僕たちも島に渡れない。島ではＳＤ案件が進行中で、放っておいたらいつ候補者が覚醒するか分からないのだ。「それ、島に警察を入れないためのハッタリですよね？　明らかにＳＤ案件のために仕掛けてるわけですし……」

「そうなんですがね」小泉さんは困った顔でゲートを振り返る。「この件に関しては、通常の対応以外はとれないんです。本当は公安課員がここにいるのもまずい」

「そんな。どうして……」

SD案件の性質については警察庁を通じて全都道府県警察が把握しているし、その解決のために僕たちが関わることも認められているはずだった。現に、この間の宮城県警だってそうだったし、以前、事件を管轄した千葉県警や鹿児島県警にも、部署は違えど案内してくれる人がいた。なぜ今回だけここで足止めを食うのだろうか。辰巳さんたちがいないと駄目、ということなのだろうか。

傘を持ち上げてゲートのむこうを見る。橋の上は上りになっているから向こう岸は見えず、街路灯の白が等間隔で続いているだけだ。だが城ケ島では候補者たちがSDQUSを体験させられ、島の駐在さんは応援を待っているはずだ。

「いや、SD案件については我々も知っています。一刻も早くあなた方を現場にお送りすべきだということももちろん。しかし……」

小泉さんは歯切れが悪い。どういうことなのかと訊こうとしたら、ポケットの中で携帯が鳴った。すいませんと断って一歩下がる。

——今、ヘリで現場に向かっている。島に入れたか？

エンジン音をバックに辰巳さんの声がする。こちらも雨と風の音に邪魔されているので、大きな声で応える。「すいません。まだです。公安の人には会えたんですが……」

——やはりか。

辰巳さんはこの状況を予想していたようだった。そういえば宮城の事件の後、帰りのヘリの中で幸村さんが言いかけてやめたことがあった。

——悪い知らせが二つある。

「……はい」

——一つは今の状況だ。ついさっきだそうだが、警察庁経由で全国の都道府県警に通達が出たようだ。「SD案件に関し、ことさらに通常と異なる対応を取らず、すべて通常の殺人事件と同様に扱うこと」という趣旨のな。

「な……」聞き違いかと思い、携帯を耳に押し当てる。「どういうことですか？　それじゃ、僕たちに何もするなって言うんですか？　『機関』はやりたい放題じゃないですか」

——俺に怒鳴るな。さっき警察庁から連絡が来て、こちらでも対応中なんだ。

「でも、なんでいきなり」

——政府(うえ)からの要請らしい。つまり、日本政府が予想以上に弱腰だったということだ。

「そんな」国民が拉致されても、指をくわえて見ていろというのか。

——鹿児島の事件の時、県警の人間が工作員を射殺しただろう。あれがきっかけで、米政府から露骨に要求されたらしい。御子柴の活動をなんとかしろ、とな。これまでだって圧力はあったが、次官レベルでのらりくらりはぐらかしてかわしていたんだ。だが今度は大臣に直接来て、トップが先に腹を見せた。もともと現政権は米国にべったりだからな。いつ掌を返してもおかしくなかった。

テレビで見た外務大臣の顔が浮かぶ。戦犯はあいつか。「それじゃ、僕たちはもう……？」

――そう簡単に引き下がるわけがないだろう。警察庁からの通達は「ことさらに通常と異なる対応を取ら」ないということだけだ。今回は爆弾処理を優先しなければならないが、俺たちが勝手に現場に入ることを妨害まではされないはずだ。不思議なことだが、御子柴のもとにはどこかから漏れた捜査情報が勝手に入ってくるようになっている。それは今後も変わらん。

「機関」、警察庁、外務大臣。どこに対して一番憤っているのか分からないが、辰巳さんは心なしか鼻息が荒い。

「じゃあ、捜査はできるんですね？」

横で僕の声を聞いているようで、傍らの小泉さんが力強く頷く。

だが、辰巳さんの声は僕ほど弾んではいなかった。

――だがな。悪い知らせの二つ目だ。

「……はい」

――風が強くなりすぎた。城ケ島公園に着陸予定だったが、この状況では困難だ。風が弱まった時を狙うか、付近に緊急着陸して車を使うしかない。いずれにしろ、到着まで時間がかかる。

「了解です。でも、それじゃ……」

県警はまだ橋を渡れない。城ケ島には駐在所が一つあったはずだが、それだけだ。もし候補者の誰かが覚醒し、工作員が現れれば、駐在所の警察官一人ではどうにもならない。

――現状ではどうにもならん。俺たちが上陸すると同時に橋を渡れるよう、御子柴の車を向かわせている。そのままそこで待て。

「待ってください」ゲートの方を見る。風が強くなって傘が煽られる。「僕たち、もう橋のゲートまで来てるんです。僕たちだけでも先に現場に」

――駄目だ。そこで待機しろ。

「でも」

――工作員が襲撃してきたらどう対抗するつもりだ？　鹿児島や千葉の時を忘れたのか。

僕のパーカーの裾を摑んで見上げている妹に視線を落とす。鹿児島の事件の時はこの七海が一時、犯人の人質に取られた。千葉の事件の時は僕が工作員に狙われた。御子柴の関係者に手を出したらミコグループと事を構えることになるから、「機関」もそれはやらないだろう、というつもりで動いていたのだが、その保証は絶対的なものではないらしく、活動が困難になるよう重傷を負わされたり、何かのはずみで事故として消される、といったような可能性は考えられるのだった。鹿児島の時も千葉の時も、県警の警察官と幸村さん、それに石和さんがいてくれたから助かったのだ。今回は僕たちだけだ。誰も助けてくれない。

「あの、でも、せめて七海に、現場をこっそり見せるだけでも……」

――状況が分からないのか？　島には今、少なくとも拳銃で武装した工作員が複数潜伏している可能性が大きい。対して日本の警察官は駐在所の一名だけだ。事実上、今の城ケ島内には法の支配が及んでいないと言ってもいい。そんなところに、ど素人の眼鏡と小学生の子供で乗り込むつもりか？

城ケ島大橋が風雨で唸っている。確かに、僕にも分かっている。この橋のむこうは危険すぎる。

だが、辰巳さんたちが島に上陸できるまであと何時間かかるのだろうか？　通報から僕たちに連絡が入るまでの間、すでに候補者たちはＳＤＱＵＳに向きあっている。これまでのケースから考えても、ここからさらに何時間もかかった場合、島にいる五人――犯人を除いた四人の誰かが覚醒してしまわないという保証はどこにもない。それに、警察庁が及び腰になっている今、事件についての報道管制ができるのだろうか。ぐずぐずしていたら城ケ島公園の殺人事件はマスコミに嗅ぎつけられ、「推理小説ばりの密室殺人事件が現実に起こった」と日本中に宣伝されてしまうことになる。〈頭脳チャレンジ！〉の全国放送だ。

雨粒が大きくなったのか、傘に当たるばたばたという音が重くなる。風はやむ気配がない。こうして突っ立っている今この瞬間に、島にいる四人の誰かが覚醒し、犯人に連れ去られているかもしれないのだ。僕は自分が連れ去られそうになった時のことを思い出した。突然何人もの男たちに周囲を囲まれ、問答無用で抱えられ引きずられる。この間の宮城の事件でも、澁谷翼はそうされる最中だった。救出された時の彼らの、心底安心したという表情も目に焼き付いている。

……それなのに、ここで突っ立って待っていろというのか。六百メートル先に現場があるのに。

エンジン音交じりの音声が携帯から聞こえている。

――そちらに向かう車の手配ができた。一時間強で着く。運が良ければそれまでに俺たちも上陸できる。そのままゲート前で待て。

道の背後を振り返る。もちろんまだ車が来ているはずはなかった。

だが僕の目に、雨合羽を着て自転車を押し、さっき僕たちが話した警察官に止められている若い男性の姿が映った。通行止めの情報を聞いたか何かで出てきた野次馬だろう。わざわざ雨合羽まで着て自転車で出てくるとは、と思ったが、警察官と問答しつつも携帯でゲートを撮ろうとしている。SNSで話題になることが生きがいの目立ちたがり屋か何かだろう。

――返事はどうした。

妹を見る。妹もあの男性を見ていて、それから僕を見上げた。自転車に荷台がついていることに気付いた瞬間、彼女の言いたがっていることが理解できた。

悩んだのは二秒ほどだった。僕は携帯で辰巳さんに言った。

「先に上陸します。七海に現場を見せて、推理の材料が揃ったらすぐ逃げます」

――おい。話を聞いていたのか？

「誰にも見つからないように気をつけます。ツアーの五人の証言は、駐在さんに頼んで集めてもらえばなんとかなります」

――駄目だ。許可しない。

「すみません。ちょっといいですか？」僕は財布を出しながら、自転車の男性に話しかける。傘が飛びそうになるのを妹が摑まえてくれた。「十万円あります。これでその自転車、貸していただけませんか？」

ぽかんとした顔の男性の前に、財布から抜いた一万円札十枚を突き出す。何か非常事態になっても、「とりあえずの手付金」で十万も渡せば、大抵の人間は協力してくれる。その場合は小切手やカードではなく現金の方が有効だから、ということで、財布には常に十万円ほど入れておくように指示されているのだ。それが役に立った。

　はあ、と言いながらも、男性は手を出してくる。その手に札を握らせ、奪うようにハンドルを取る。「明日か明後日までに、ここにお返ししておきます。ありがとうございます」

　——おい。何をしている？

　携帯に言う。「自転車を借りました。これから城ケ島に向かいます」

　もう傘などさしてはいられない。閉じた途端にびたびたとすごい勢いで全身が濡れていくが、構わず道端に置き、借りた自転車にまたがる。サドルの高さはぴったりだった。妹も自分の傘を捨て、荷台を押してくる。

「……天野さん」小泉さんが駆けてきた。「まさか」

「野次馬の子供たちが勝手に橋を渡ってしまいました。暗かったせいもあって、現場の警察官はたまたま全員、見落としてしまいました」

　小泉さんの目を見てそう言う。小泉さんは口を開きかけたが、小さく頷いてにやりとした。「……まあ、そういうこともあるでしょうな」

「すみません」

「いえ。……お気をつけて」小泉さんは頷いた。「ああそうだ。ついでにその野次馬、神奈川県警の装備品を少々、くすねていったことにしましょう。ちょっと待っててください」

小泉さんはそう言ってパトカーの方に走っていくと、運転席の乗務員に何かを言い、車内から白い雨合羽を出してきた。

「我々はこれくらいしかできませんが」

警察用の白い雨合羽を受け取る。パトカーの乗務員も車を降り、そちらは黒くていかにも強力そうな懐中電灯を持ってきてくれた。礼を言い、雨合羽を着る。どんどん体を湿らせてきていた雨が一気に遮断され、鎧を着ているように心強かった。妹の袖をまくり、引きずっている裾をめくり上げて縛る。サイズが大人用なので妹は「白い袋をかぶったオバケ」のような感じになってしまうが、ずぶ濡れよりはましだろう。通話状態のままの携帯から、辰巳さんの声が聞こえる。

――もう好きにしろ。どうなっても知らんぞ。

「すみません。首でしょうか」

――処分は戻ってから決める。せいぜい反省文を考えておけ。

辰巳さんの呆れ声に応える。「了解です」

妹が荷台に乗った。自分の手が震えていることに気付いたが、僕は自転車にまたがった。小泉さんとパトカーの人に礼をし、ペダルを思いきり踏む。

4

いきなり殴りつけるような横風に見舞われ、雨合羽のフードが持ち上げられて外れそうになる。直そうと片手を離したらハンドルをとられ、僕は慌ててブレーキを握った。荷台から妹の短い悲鳴が聞こえる。

「大丈夫?」

振り返る間に妹はまた荷台に乗り直し、早く行けとばかりに僕の腰にしがみつく。

橋は九割がた渡り切って、今は下りだ。地面を蹴るだけで発進できるはずなのだが、顔を上げると、前方は真っ暗な林だった。これからあの暗闇に飛び込むのだ。途中から街灯が白からオレンジに変わっていて、あそこから先がもう島なのだと思ったが、歩道の金網越しに下を見たら、住宅地の明かりが真下に広がっていた。気付いていなかったが、もうすでに上陸している。

城ケ島には二、三回来たことがあるはずなのに、前方の暗さのせいでなんだか魔物の顎(あぎと)に飛び込むようで、思わず来た道を振り返ってしまう。橋のむこうは見えず、三浦半島の明かりはもう遠くなっている。今ならまだ引き返せる、という迷いと、ここまで来たらもう引き返せない、という思いが交錯する。辰巳さんはやめろと言っていた。正しいのはどちらだろうか。

「七海」

荷台にしっかり座っている妹を振り返ると、妹は僕をまっすぐに見上げてくる。

僕と比べれば、いつだって妹の方が勇気があるのだった。妹は覚悟も決断も一人でさっさと済ませてしまう。彼女を見ていると思い知る。年齢も性別も、勇気の量には関係がないのだ。

僕は地面を蹴り、発進した。早く行かなければ、二人だけで危険を冒して上陸する意味がなくなる。

雨粒は砲弾のように大きく重く、かぶった雨合羽のフードをばたばたと叩いて揺らしている。借りた雨合羽はフードの縁に透明のつばがついている実用的なタイプで、眼鏡に水滴がつきにくいのはありがたかったが、それで雨風が弱くなってくれるわけではない。自転車を漕いでいるので、膝から下はすでにびしょびしょだった。フードをかぶり直し、辰巳さんの指示で常時通話状態にしている携帯と、右耳に入れているイヤホンの位置を直す。恐怖を紛らすため、なるほど働くって大変だな、と苦笑してみる。

城ケ島公園は橋を渡ってすぐだ。途中で辰巳さんから聞いたところでは、このまま下って市街地に下りる道の途中に簡易宿泊所があり、ツアー参加者たちは現在、そこに集められているらしい。本当のツアーではその先にあるリゾートホテルが使われるところ、今回は仮で、普段使われていない簡易宿泊所にいるというのだから、ツアーそのものがSD案件のために準備されている、という、「機関」のやり口のパターン通りだった。それでも日本政府は、そういったツアーやイベントに注意するように、という公告一つ出せない。事件の詳細が報道されればSD案件が多発している状況の不自然さに皆、気付くはずだが、政府からの要請でどこも報道しない。国民にとって、報道されなかった事件は「ない」のと一緒だった。

携帯から声がする。

――事件関係者の氏名・年齢・職業と体格・服装が分かった。今から言うから頭に叩き込め。それと妹にも必ず聞かせろ。

「はい」つけていないもう片方のイヤホンを妹に渡す。「いえ、あの、一気に全部ですか」

――たった五人だ。足を止めるな。周囲への警戒も怠るな。

「う……」

辰巳さんはいつも二つ三つのやりとりをマルチタスクで進めるが、僕も同じだと思わないでほしい。しかし辰巳さんは容赦なく読み上げる。

――まず殺害されたのがツアー参加者の鈴木芳人(すずきよしと)だ。二十四歳フリーター。三週間前に左鎖骨を骨折して現在も固定している。あとは死体を見た方が早い。

「はい」確かにそうだが。

――生きているのがまずツアーコンダクターの伊藤純也三十一歳。中肉中背で紺のスーツに白のシャツと派手な山吹色のネクタイというよく分からん合わせ方だ。センスがないのかもしれん。

「はい」いきなりひどい言われようだ。※3

――それから生きている参加者が四人。まず浅井貴志。大学生。二十歳。細身で手脚が長く、袖の足りないグレーのパーカーとデニム。顔の印象はマダイ。同じく富成明日菜。大学生。十九歳。中肉中背。ボーダーのシャツになぜか赤のフレアスカートだ。岩場や斜面を歩くと聞いていたはずだがな。顔の印象はアオリイカ。大野靖男。元会社員。候補者には珍しいな。六十三歳。背が高く幅も広めで、顔の印象はクサフグ。チェックのシャツにデニム。最後が佐々木奈津子。三十七歳。主婦。黒のジャケットにパンツ。顔の印象はカレイ。以上だ。

「顔の印象、って何ですか」

――知らん。県警本部に来た報告そのままだ。

警察官は皆、人の顔を素早く覚えるために工夫をしていると聞く。その一種なのだろうが、妹も僕を見上げて首をかしげている。まあ、年齢と性別で区別はつくだろうが。

「簡易宿泊所、確認しました。明かりも点いています」

パーカーの胸元に向かって言うと、辰巳さんの声が聞こえた。

――そちらは無視だ。右折して城ケ島公園に入れ。自転車はそこに置いておけ。ここからは一切明かりは点けるな。

「了解です」

――公園内に工作員が潜伏している可能性がある。

「はい」

ローター音と交じった声を片耳だけでは聞き取りにくかったが、それでも耳元に辰巳さんの声があるというのは少し心強かった。ここからは何があってもおかしくない。

宿泊所の明かりを無視して脇道に入り、妹の手を引いて城ケ島公園に続く道を上る。辰巳さんの指示は僕も理解している。下方の簡易宿泊所で警察の到着を待っているであろうツアー参加者の中には犯人もいるはずで、もし僕たちがそんなところに登場したら、御子柴が関与したことと、なぜか今回は目の上のたん瘤(こぶ)である御子柴側の保有者が護衛一つつけずにうろうろしていることをわざわざ教えてしまうことになる。ついでにいえば、その状況でもなお妹を連れているとなると、妹の方が重要で、保有者なのではないかと疑われてしまう。まずは、関係者に見つからないように現場に行くべきだった。

坂道を上る。急なので顔を上げることになり、そうするとフードの中に吹き込んでくる

※3　浮かない程度にブルーのシャツ＋ブラウン系のネクタイなどもおすすめです。

雨粒が眼鏡に当たって視界が歪む。道の左右は真っ暗な斜面であり、林の中から何かが突然飛び出してくるのではないかという恐怖が頭をよぎる。今、ここから先に人はいないはずだった。こんな天気のこんな時間に城ケ島公園に来る人間などいない。もし誰かがいたら、それは間違いなく「機関」の工作員だ。

妹がぎゅっと手を握ってくる。僕も握り返す。工作員に出くわしたら、何か怪しげな冒険心を出してやってきた地元の子供、というふりをして逃げるしかない。それができるだろうか。仕事で現場に行く場合、普段は御子柴の人間だと分かるよう仕事着なのだが、今は普段着である。うまいことに、今回はその方が都合がよかった。小泉さんから借りた雨合羽も、間近でよく見なければ警察のものだと分からないだろう。さっと顔を伏せて、近付かれる前に逃げるしかない。きっと工作員は、目立つことは避けるはずだ。追いすがってくるような真似(まね)はしない。

路上にできた雨水の流れを踏みつけながら歩くと、上り坂が不意に終わった。駐車場のむこう、前方に光を灯す建物が見える。あれが城ケ島公園のゲートと管理棟だ。駐車場の入口はU字形の金属ポールで閉じられていたが、隙間をまたいで入るのは容易だった。

「すみません」

突然驚くほど近くから声がした。声のした方を振り返ると同時に白いライトが僕の顔を照らす。目を細めて光源を見ると、白い雨合羽を着たずんぐりした体型の男がこちらに小走りで向かってくるところだった。

僕の足が止まる。とっさに妹を背中にかばい、しかし動けずに逡巡する。走って逃げるべきか。だが。

「すみません。この奥でちょっと事件がありまして、今、立入禁止なんです」

そう言われて気付いた。男は制帽をかぶっている。警察官だ。

「あ、僕、御子柴……」

頭を下げかけ、ふと思った。警察官。ということは駐在さんだろう。現在、この城ケ島にいる唯一の警察官。

……それが、なぜこんなところにいるのだろう？

関係者は下の宿泊所に集まっているはずだ。殺人事件が起こった。犯人は島内にいてまだ捕まっていない。なのになぜ、残りの五人を保護して一緒に宿泊所におらず、こんなところにいる？　現場の保存のためだろうか。だが、そもそも誰かがこんな場所に来るはずがない時間と天候だ。立入禁止を示すコーンの一つも置いておけば済むことではないのか。

そこで一つの可能性に気付き、僕の心臓がどくんと鳴った。この駐在さんは本物か？

横風が吹き、雨合羽のフードがヒステリックにはためく。

よく考えてみれば、現在、島にいる事件関係者はツアーコンダクターの男性と男女二人ずつのモニター、計五人だけではなかったのだ。城ケ島大橋が通行不能な状況で通報がされれば、唯一の駐在所に詰める警察官がまず現場に駆けつけ、本土から県警の応援が来るまで一人で現場を押さえることになる。つまり、駐在所の警察官は立派な「六人目の関係者」なのだ。そして現場にいる唯一の警察官という立場なら、五人の候補者の動向を容易に監視し、操作できる。鹿児島の事件の時、工作員が警察官に化けていたことがあった。ツアー客は地元の人間ではないから、駐在所の警察官の顔など覚えてはいない。工作員が本物の警察官を殺してなりすますことは簡単なはずだった。

「……『御子柴』？」

警察官が言う。さっき言いかけたのを聞かれているのだ。もう訂正はきかない。

僕はとっさに雨合羽の胸元に手を入れ、携帯を口許(くちもと)に近付けた。「辰巳さん」

——どうした。

もしもし、と警察官が声をかけてくる。それを無視して携帯に囁く。「公園の駐車場入口です。駐在さんが、なぜかここにいます」

「どうしました？　……おや、お二人ですか」警察官が僕の後ろにいる七海を見つけ、ひょい、と体を傾ける。「さっき『御子柴』とおっしゃいましたが……」

だが、辰巳さんは言った。

——そいつは本物だ。安心しろ。

ずんぐりとした初老の警察官に視線を戻す。辰巳さんの一言で半分だけ緊張が解けた。

「……どうしてですか？」

辰巳さんの方は落ち着いていた。

——少しは頭を使え。島にいる警察官は駐在所の一名だけだった。それなのに我々のもとには、「ＳＤ案件発生」の知らせが入った。なぜか分かるか？　現場が密室状態であったことが本部に知らされたからだ。その駐在所からな。

「あ……」

——そうだ。駐在所の警察官が犯人なら、わざわざＳＤ案件だなどということを外部に知らせる必要はない。邪魔が入るだけだからな。

確かにそうなのだ。つまり、この駐在さんは本物。

ようやく肺から、張りつめた空気が抜けていく。僕は頭を下げ、パーカーの中を探って懐中時計を出した。

「御子柴家使用人の天野直人です。これは妹。通報時、たまたま現場近くにいたので、先に伺いました」

「外事課の小泉警部補から、電話でお話を伺っております。神奈川県警三崎警察署地域課、城ケ島駐在所担当、金子錬次郎（かねこれんじろう）巡査長であります」

驚くべきことに、巡査長は直立不動になって僕たちに敬礼した。「小泉さんから指示を受けまして、あなた方を現場にご案内するため、ここでお待ちしておりました」

「……ありがとうございます」雨合羽の背中を摑まれる感触がなくなる。妹が手を離したのだろう。

イヤホンから辰巳さんの声がした。

――いいか。現在、こちらの戦力はその警察官一人だけだ。そいつのそばを離れるな。

「了解です」

小泉さんがこっそり手を回してくれていたのだ。警察無線を使えばばれるから、電話で。

もちろん工作員に襲われれば、警察官一名ではどうしようもない。だがそれでも、大人の味方がいるということがたまらなく心強かった。

「本部からの指示も聞いておりますが、かといってこちらも、はいそうですかと黙るわけにはいきません」金子巡査長は眉間に皺を寄せて言った。「現在、城ケ島が封鎖状態であることは把握しています。であれば逆に、私が多少勝手に動いたところでばれはせんでしょう」

巡査長は公園内を振り返って、独り言の調子で言う。そのしたたかさが頼もしかった。

「携帯の番号を交換しましょうか。警察無線を使うとバレてしまいますので、無線機をお渡しすることはできませんからな」

5

「……ツアーのことは、通報後に添乗員の伊藤さんから初めて聞きました。ミステリーツアーというやつらしいですな。私も火曜サスペンスなどは好きですが」

ばたばたと打ちつける雨に耐えながら、ところどころ水たまりができている遊歩道を歩く。公園は広く、松林が茂っており、さっき通り過ぎた管理事務所の明かりはもう届かない。街路灯の明かりがあるのもごく一部だ。だが金子巡査長は歩き慣れているらしく、ライトを片手にどんどん進んでいく。

「夕食後、推理小説のような問題が出題され、参加者がそれを解く、というはずだったようですが。被害者の鈴木さんを最後に見たのは午後四時頃。その後、夕食の席に彼は現れなかったらしいです。で、夕食後三十分過ぎても出てこないので不審に思ったところに、参加者の携帯に『鈴木芳人を殺害した』と、死体の画像付きでメールの着信があった。その時点で通報がありまして、それが七時四十五分頃でした。……メール、今送りますね」

携帯の画面を変え、着信したメールを見る。鈴木芳人を殺した、死体は旧安房崎灯台にある、というシンプルなメッセージであり、暗がりの中、うつ伏せで倒れる男が写った画像が異なるアングルで四枚ほど添付されている。悪戯とはとても思えない画像であり、犯人は関係者五人に通報させるつもりだったのだろう。宮城の時と同じパターンだな、と思う。それも本件がSD案件だという証拠の一つだ。そしてその時すでに、城ケ島大橋は封鎖されていた。

暗い遊歩道は左右を繁み(しげ)と松林に挟まれている。暗闇の中、シルエットで浮かぶ松林は、絶え間なく吹きつける海風により、巨大な手でならされたように、すべての松がぴったり同じ角度でかしいでいる。昼間に見れば学術的にも価値のある奇観だが、苦痛に身をよじるように斜めになった無数の松が暴れる風雨に揺すられる様は、闇の中で見るとひどく生々しく、いつ木々の呻き声が聞こえてきてもおかしくないように見えた。

「本部から連絡を受けて宿泊所に行き、それから現場を見たのが八時頃です。驚きましたよ。しかもどうも密室殺人じゃありませんか。その上、橋が封鎖されて応援が来ないときた」金子巡査長はライトを握り直す。「正直、てんてこ舞いです。明日は非番で、もうそろそろイサキが釣れるだろうから、なんて思ってたんですが、それどころじゃない」

そういえば、関係者の人相を報告したのはこの人だった。

「……あの、ライト点けてて大丈夫でしょうか。今、周囲にその……工作員がいるかも、という状況でして」

「SD案件については伺っております。信じ難(がた)いが、外事課から話は聞いていますし、現に橋も封鎖されていますしね」巡査長は左右を見る。どちらの暗がりにも動くものはない。「ただ、ＳＤ案件というのが伺った通りのものなら、あいつらも日本の警察官には手を出しにくいでしょう。さすがに神奈川県警も、身内がやられたら黙っちゃいません」

辰巳さんが「離れるな」と言ったのはそういうことだったのだろう。確かに、警察官を殺せば問題が大きくなる。だが「機関」が本当にそう考えて避けてくれるという保証はない。

「『あいつら』……」その言い方が気になった。

「ああ。ええ」巡査長は一瞬迷ったように視線を動かしたが、前を向いて言った。「今日の午後二時五十五分頃でしたね。二人組の怪しい男が駐在所に道を訊きにきたんです。『城ケ島公園にはどうやって行けばいいのか』と」

「……城ケ島公園に？」

「ええ。そもそも道に迷うってことがあんまり考えられない島です。特に携帯が普及してからというもの、城ケ島公園に行けない、なんて人は聞いたことがない。釣りですかと訊いたら頷きましたが、帽子とサングラスはしっかりしているのに二人ともベストを着ていない」

「二人だけでしたか？」

「白のワゴンでした。品川い３２７　５９－×９。窓がシールドされていましたから、中に何人か乗っていたと思いますね。……困ったもんです」

巡査長が不審に思ったのは正しい。おそらく、「機関」の工作員だ。駐在所を確認しにきたのだろう。

つまり、すでに島に敵が上陸している。

巡査長は僕たちをリラックスさせようとしてか、わりと気楽な調子で話してくれてはいたが、視線はまっすぐに前を見たままで、緊張しているのはよく分かった。工作員たちは、邪魔だと判断したなら、彼のことも容赦なく「始末」するだろう。そう思うと妹の手を引く左手に力が入ってしまう。目の前の闇に敵が潜んでいるのではないか。左右の林は。背後で足音はしなかったか。

僕たちは公園内の遊歩道を東方向に向かっていた。城ケ島公園は島の南東の突端に位置し、旧安房崎灯台があるのは東の端の方だ。公園内を東西に走る遊歩道は北側と南側に二つあるが、北側のルートは暗い上に、旧安房崎灯台は南側にあるので遠回りになる。人に見られずさっと現場を確認する必要がある上、巡査長は公園外の宿泊所に五人の関係者たちを置いてきている。無駄な時間はかけられなかった。

見通しのよい芝生の広場に出る。展望台があり、雨風のばたばたという音に混じって、かすかな潮騒(しおさい)が僕の耳に届く。細い遊歩道も不安だったが、見通しのよいこの広場も不安だった。反対側に敵が潜んでいる気がする。街路灯の光に照らされた僕たちは丸見えだ。今にあの闇から人影が現れて、僕たちは囲まれるのではないか。

「この先にまた二本、遊歩道があって、もう一つ広場があります。ピクニック広場っていうね。旧安房崎灯台はそこの南側ですが」巡査長は僕を振り返る。「いや、地元の方でしたっけ」

「一応」

「釣りは？」

「したことないです」

「そりゃもったいない。三浦はいいですよ。クロダイにアジ、メバルにシロギス。三崎港でハゼというのもありですな。楽しいところです。……殺人(コロシ)なんて似合わない」

　横殴りの風に途切れ途切れになる巡査長の話を聞きながら、なるほど地元の人なのだなと思う。「機関」はそんなことはお構いなしで事件を起こす。ただ封鎖がしやすいから、地形がトリックに好都合だから、という理由で、日本のどこかを殺人事件の現場にしてしまう。だがそれは、常に誰かの地元なのだ。

　そして、今回殺された鈴木芳人さんだって、何か罪を犯したわけではない。職種は不明だが、日々アルバイトをして暮らしていただけの普通の人だ。彼女がいたかもしれないし、猫を飼っていたかもしれないし、何か夢のために努力をしていたかもしれない。なのに「機関」は、そんなことは一顧だにしない。ただ単に呼び出せて、謎を作るのに必要だから、という理由で殺す。殺人事件が必要だからと、世界経済の覇権を争うゲームの一手として人を殺す。

以前、辰巳さんがアフリカの諺を口にしていた。二頭の象が争う時、傷つくのは草だ。

広場を通り過ぎ、南側の遊歩道を選んで進む。急がなくてはならなかった。こうしている間にも宿泊所の方では、覚醒した保有者が密室の解答を皆の前で開陳し、潜む工作員に拉致されているかもしれないのだ。そうなる前に現場に着き、まずは彼らと同じだけの情報を得なければならない。妹の手をぎゅっと握り直す。

東側の広場に出ると、闇の中に旧安房崎灯台の姿が浮かんでいることに気付いた。真っ白なコンクリート造りであり、どんな闇夜でも白いものは浮かび上がるのだ。波の音が大きくなり、吹きつける風に潮のにおいがまざる。

――そいつだな。旧安房崎灯台。大正十一年に完成したが昭和十九年の三浦空襲で損傷。灯台としての機能は失われ、灯体も金属類回収令で供出。昭和三十七年には現在の新安房崎灯台が完成し、完全にただのコンクリート塔になった。

移動しながら調べているのだろう。辰巳さんが観光ガイド並みにてきぱきと言う。

広場の隅の石段を上り、立入禁止のチェーンをまたいで現場となった白亜の円筒に迫る。灯台周囲には柵がついてはいたが、眼下はすぐ崖であり、はるか下では真っ暗な海面に波飛沫の白が浮かんでは消えている。思っていたよりもずっと高い。周囲は鬱蒼とした林が続き、何が潜んでいても分からない。

――現場周囲に人影はないな？　なら、映像通話にしてスピーカーモードに切り替えろ。

「了解です」携帯を雨合羽の外に出し、イヤホンを外す。画面が光らないよう設定しているので、この光が遠くから見えることはないだろう。

スピーカーモードにした携帯から、辰巳さんの声がする。

――御子柴辰巳だ。金子巡査長、うちのバカ眼鏡とチビが手間をかける。すまないが頼む。協力に感謝する。

巡査長は僕の携帯に向かって敬礼した。「了解」

ひどい言い方だが仕方がない。巡査長に続いて石段を上る。

「入口はここだけです。老朽化のため立入禁止になってはいましたが、この扉は以前から、鍵がかかっておりませんでした」言いながら、巡査長は入口のドアを開ける。ずん、という重い音が響いて、それまでの暗闇よりさらにずっと暗い、人工の闇が目の前に広がった。内部には全く明かりがないのだ。

妹が僕を追い越し、しかし暗闇が怖いのか、手をぎゅっと摑んだままこちらを振り返る。悪いが、ライトがないと地面すら見えないので、手を放し、小泉さんに借りたライトを点ける。入口のドアを開けるとすぐ前に壁面があり、そこにもう一つ、同じようなドアがあった。躊躇なく、しかし油断もなく左右にライトの光を走らせた後、巡査長が内側のドアに手をかける。僕も後に続く。中に入った瞬間、黴臭いにおいがした。背後で外側のドアが閉まり、ずん、と暗闇が濃くなる。雨風の音がやみ、生暖かい静寂の中で巡査長の声が、わあん、と反響する。

「この灯台は変わった形をしていましてね。簡単に言えば、二重の円筒形なんです」

ライトを左右に向けると、螺旋階段がぐるりと巡っていた。頭上にも「階段の裏側」が迫っている。つまり、外側の円筒と内側の円筒の間を螺旋階段が取り巻いているらしい。

風雨が遮られた分、鮮明になった辰巳さんの声が聞こえる。

——妙な構造だな。大正十一年ということなら、分離派建築を気取った変わり者の仕事かもしれん。

「内側の円筒の中にもそこのドアから入れるわけでして、その中が現場です」ずず、とドアを引きかけた巡査長が振り返る。「ええと、つまり、殺人事件の現場なわけですが……」

「僕も妹も大丈夫です。ありがとうございます」

妹は保有者特有の性質で、擦りガラスを引っかく音やハスの実の断面といったものには異常に強く反応する半面、血や臓物にまみれた死体などを見ても全く平気だったりする。僕の方は慣れてきたとはいえ苦手なのだが、保有者を装う以上、平気な顔をしていなければならなかった。とりあえず唾を飲み込む。

ずるずる、と金属の擦れる音がし、内側の扉が開かれる。暗闇の中のさらなる暗闇にライトの光が踊る。狭い空間であり、すぐに死体が照らされた。円形の空間のちょうど中央。うつ伏せだったが、両手両足を不自然な方向にねじ曲げ、頭の下からは血が流れてどす黒い池ができている。ばらばらに切断されたり内臓が飛び出たりしていなくてよかった、と思った瞬間、黴臭さを貫いて強烈な死臭が鼻腔をついた。思わずうっと呻く。

「ドア、開けときましょうね」気を遣ってくれた様子で巡査長が言い、脇によけてドアを押さえてくれる。「なんせ密室ですから。一応隅の方に隙間はあるんですが」

妹がライトを出し、僕より先に死体に近付いた。僕も妹の背中越しに、携帯のカメラを死体に向けて続く。妹が死体の脇にしゃがむ。僕も膝をつかざるを得ない。血がついていないかを確かめてから、冷たいコンクリートに膝をつけ、死体にカメラを近付ける。ライトの光をその背中に当てる。

「辰巳さん、見えますか?」

——まず全身をなめるように撮れ。もう少し寄れ。遠い。

「はい」

体の下敷きになっているから気付かなかったが、近寄ってみると、被害者の左腕には白いものが巻かれていた。「これは……」

——鎖骨骨折時の巻き方だな。情報通りだ。

僕が巡査長を振り返ると、巡査長も頷く。「三週間前に骨折したと言っていました」

――だとすると、そいつは怪我をしていたために被害者役にされたのかもしれんな。とりあえず、念のため皮膚に触れてみろ。死んでいるな？

辰巳さんは冷酷に言う。やっぱり触るのか、と思う。「……冷たいです」

死体の上にかがみこみ、水滴がぽたぽた落ちてしまうことに気付いてフードを外す。そっと手を伸ばして、腕に触れてみた。硬くて物のようだ。いや、実際に物なのだ。もとは人間であった物。

――大きな外傷がないか確認する。仰向けにしろ。

「えっ」

「ああ、死体、触って結構ですよ。写真は撮ってありますので」入口から巡査長が言う。「なにせ殺人事件なんて慣れていないものですから。不慣れな地域課員はつい慌てて死体を触って、動かしてしまうわけです」

巡査長に頭を下げる。ありがたいが、やはり触らないわけにはいかないようだ。

――ゆっくり動かせ。妹に言って動かすところを撮影させろ。動かした拍子に何か変化があれば、それも重要な情報だからな。

まったくご無体な、と思う。死体を目にしてはいても、こんなに触れたことはないのだ。しかもそう大柄（おおがら）とはいえないまでも成人男性の体であり、うつ伏せを仰向けにするのはかなり大変だった。力を入れようと床に両膝をつくと、流れていた血に触れて膝が真っ赤になってしまった。

辰巳さんはカメラの映像とマイクの音声だけで検視をした。顔を近付けて体の付着物を探せと言われ、眼球を開いて角膜を見せろと言われ、所持品を見るためポケットを探る。最初は気が引けたが、辰巳さんにどやされているうちに覚悟ができてきた。

それでも、分かったことはそう多くはなかった。自分で見ないと確かなことは言えないようだったが、辰巳さんによれば死後経過時間は二時間以上半日以内。最後に目撃された午後四時頃から、夕食より前のどこかで殺されていたことになる。目立った外傷はなく、凶器も不明。だが全身を強く打った様子があり、死因は転落死ではないかという。死体の胸ポケットには携帯が入っていたが、落下の衝撃か壊れてしまっており、電源が入らなかった。死体の所持品はそれだけだ。

「転落死……ですか」

頭上を見上げる。周囲は直径六メートルほどの細い空間だが、頭上ははるか上まで空洞があり、闇に包まれている。ライトを上げてそちらを照らすとはるか上方、おそらく二十メートル近くはあるだろう高さにようやく天井が見えた。あの天井がおそらく灯体室の床なのだろう。だが、奇妙だった。頭上には何もないのだ。この部屋の中は本当にただのコンクリートの円柱であり、壁面には凹凸一つない。念のためゆっくりライトを這(は)わせて観察したが、壁面にも天井にも、何の痕跡(こんせき)もなかった。

「いや、でも……これ、一体どこか、か、から落ちたんですか？」

ライトの光と一緒にカメラを天井方向に向け、それから床を撮る。「見えますか？　この中、登るようなとこが全くありません」

だとすれば、被害者はスパイダーマンよろしく壁に張りついて登っていったのだろうか。周囲の壁を見て、もう一度ライトの光を這わせる。凹凸どころか亀裂も付着物も何もなく、壁面はただ、陶器のようにつるりとしている。同じことを考えているのか、妹が虫のように両手両足で壁面をよじ登ろうとし、足を滑らせてじたばたしていたところを巡査長に「お嬢ちゃん危ないよ」と止められている。

一体どうやって、と思ったが、辰巳さんは言った。

――いや、姿勢や血痕からははっきり分かる。死体には死後、動かされた跡がある。そいつは別に、そこに落ちて死んだわけじゃない。

巡査長も頷いている。ということは、そこまでは宿泊所の関係者たちも把握しているのだ。

「じゃ、どこかからここに運ばれてきたってことも……あれ？　でも」

僕は気付いた。辰巳さんも言う。

――そうだ。だからSD案件なんだろう。

巡査長が傍らのドアをかつんと叩く。

「この内側の空間、出入口がないんです。……このドアだけです」
そうだった。現場は密室なのだ。唯一の出入口であるドアには内側から鍵がかかってい
た。死体に動かした跡がある。それでは死体を動かした犯人はどこに消えた？
懐中電灯で周囲をぐるりと照らす。他に出入口はない。床付近に一つ、通気口のような
小さな穴があるが、それだけだった。隠し通路のようなものはもちろんないし、床にも壁
にも仕掛けはない。
妹がぱたぱたと駆けていき、四つん這いになって壁際の穴に手を伸ばす。僕はそちらに
行き、妹の隣に伏せて穴を覗いた。隅に開いているのは穴というよりただの隙間であり、
横は四十センチほどあるが縦が五センチ程度しかない。小学四年生としては小さい妹で
も、床に頰をつけるぐらい平たく這いつくばってようやく手が入るぐらいで、手首から先
は絶対に通らなかった。地面に手をついて覗くと、外につながっているのは分かったが、
内壁と外壁の間には螺旋階段の空間がある。外は一メートル以上先で、とても手が届かな
かった。液体人間か何かでない限り、こんなところからは出入りできない。
ふと、傍らの壁際に何かが転がっているのに気付く。照らしてみると、アウトドア用の
大型ライトだった。手を伸ばしかけ、素手で触るな、とスピーカーから怒鳴られる。手を
引っ込めると、巡査長は察しよく白手袋を出してくれた。
ライトを手に取る。こちらも落下の衝撃で壊れたらしく、電球のカバーにひびが入って

いたが、スイッチを入れるときちんと点灯した。だが大型のものだ。分解しても床の隙間は通らないだろう。

「コンダクターの方によれば、被害者の持参したもの、とのことです」巡査長が言う。

――天候が崩れたのは夕方からだったな。それなりの雨足だったはずだが、被害者は体が濡れている様子もない。となると、犯行時刻はそれ以前だったはずだ。だが、その時間帯に出たにもかかわらずライトを持ってきたということは、被害者は最初からここに来る予定だった可能性が大きいな。もちろん、犯人があらかじめライトを盗んでおき、死体のそばに置いてもいいわけだが。

その後、どこからどうやって出ていったのか。入口は内側から鍵がかかっている。妹を残して立ち上がり、ドアを振り返る。床の隙間とドアしかないのなら、犯人はこのドアから出ていったことになる。

「ドアに内側から鍵がかかっていた、ということでしたけど」僕は巡査長に訊いた。「開かないだけで、鍵はかかっていなかったっていう可能性はありませんか？　つまり、何かでドアを固定しておいて、破った直後にそれを回収するとか……」

「……ああ、なるほど」巡査長は感心したように頷いたが、困った顔で首を振る。「しかしそれは、ないかと思います。ドアはだいぶ押したり引いたりして、なんとか開かないか試しましたから」

「合鍵とかは……ないんですよね」

「はい。何十年も前になくなったままだそうです。それに鍵穴がバカになっているようで、たとえ合鍵を作っても回らないでしょう。そのつまみで内側から開け閉めするのはできますが」妹はいつの間にかドアのところに行き、巡査長が指さしたサムターンをいじっている。錆びて固くなっているようで、両手で力一杯つまみ、ようやく回していた。

「固い?」

妹が振り返って頷く。巡査長も言う。「いつ壊れるか分からないので、それで立入禁止にしているわけです。遊び半分で鍵をかけて、それきり動かなくなってしまった、なんていうことになると危ないですから」

この分では、外から糸やら磁石やらで鍵をかけることもできなそうだ。それに、ドアには隙間が全くなかった。だとするとやはり、サムターンを中から人の手で回さないといけなくなる。

「……死体発見時、上の方は見ましたか? 犯人は外に出ずに、上の方の暗がりに隠れていたのかも」

巡査長は頷いた。「しっかり照らして見ましたね。どなただかは忘れましたが、犯人がまだ中にいるんじゃや、と言った方がいたので」

辰巳さんの声が入る。

──死体発見時は五人ともいたんだな？

それを聞くと、巡査長は頷いた。「おりました。確かに」

扉を破った時は全員一緒で、死体発見時もそうだったとなれば、犯人がずっとこの中のどこかに隠れていて、ドアが破られた後に何食わぬ顔で皆に合流したわけでもないのだ。

まあ、そもそもＳＤ案件である以上、犯人が「外部の誰か」などという真相はないだろうし、今回の犯行は、ツアー客の動向が分かっていないと難しい。外部犯の可能性はもともと低かった。

だとすると、犯人はやはり、密室に出入りしなければならない。

頭上を見上げる。転落死なら、この中でもできる。犯人は中に入らずして、なんとか被害者を転落死させたのではないか。

「いや、でも……」

辰巳さんもそう言った。

──犯行時は壁に、分解可能な梯子(はしご)でもかけてあったのかもしれんな。そこから被害者を落とした後、梯子を隙間から回収した。その際に死体に触れて動かしたという可能性もある。

僕は壁を見上げ、ライトの光を飛ばす。「……でも、被害者、自分で上ったんですか？　左の鎖骨折ってるんですよね？」

――そこが問題だな。前腕や手首と違い、鎖骨の骨折は反対の腕を使うだけでも痛む。不可能じゃないが、危険で困難だ。被害者が自ら上ったというのは考えにくい。

僕は事件時の現場を想像する。頭上はるか高く続く暗闇。そこに向かって伸びている梯子。犯人があとで回収し、壁に何の痕跡もなかったということになると、しっかり固定してあったとは考えにくい。そんなものを転落死する高さまで上るのは健康な状態でもかなり怖い。上れと言われても断るだろう。まして鎖骨を骨折した状態で、となると相当おかしい。

「犯人に騙されて……でしょうか」

例えば梯子を示し、「上まで上らなくていいから摑まれ」と言う。そして、被害者が言う通りに摑まったのを確認したらそれを引き上げる、というのはどうだろうか。

だがそれも、考えるうちに無理があるような気がしてきた。たとえ摑まらせられたとしても、引き上げる途中で被害者が飛び降りてしまうだろう。

「じゃあ、脅されてたんでしょうか？」

――それも無理がありすぎるな。そもそも脅されていたのなら、そんなところを上らされている間に転落死させられることぐらい馬鹿でも予想がつく。自分の墓穴を自ら掘るやつはいない。そもそも、どこかから電話などで脅して、鎖骨を骨折している人間に二十メートルも梯子を上らせなければ成立しないトリックなど不確実すぎる。被害者が拒否したらそれまでだ。

「……じゃ、あの隙間から毒ガスを入れたらどうですか？　空気より重いガスなら、被害者は逃れようとして上に上に上っていくんじゃ」

思いついた僕はつい声が大きくなったが、辰巳さんが何か言う前に、巡査長が言った。

「そういうガスの気配は、残っておりませんでした」

それに続けて辰巳さんも言う。

——当然だ。床付近の隙間一つで、こんな広い空間からガスを綺麗に取り除くことなどできん。確実にやるなら相当な時間がかかる。それなら犯人は、なぜこんな早い時間にメールで犯行を知らせたんだ？　死体を見つけさせる時刻はいくらでも後にできたんだぞ。思わずうなだれる。それにそもそも、そういう方法ならわざわざ、怪我をしている人間を被害者に選ぶ理由がない。

「じゃ、いっそ投網的な何かで捕獲しちゃったらどうですか？」

——どこにそんなものを仕掛けてどうやって吊り上げたんだ？　壁にも天井にも何の痕跡もないだろう。それに吊り上げたとして、必死でしがみつくだろう被害者をどうやって網から外す。投網ごと落とせば、死後硬直で被害者の体から外れなくなる危険が大きすぎる。

巡査長も言う。「……タモから出す時に引っかかるやつも時々ありますからなあ」

分からない。それともこれは、手の込んだ自殺なのだろうか。だが梯子は消えているし、関係者のもとには誰かが撮影した死体の写真が送られてきている。隅の隙間から「自撮り棒」のようなものを使い、カメラに装着したライトで照らしながら撮れば、犯人が外にいてもあの写真は撮れるだろう。だが自分の死体を写真に撮ることはできない。死後に自動で起動するような何かを使えば、その痕跡が絶対に残るのだ。

それにそもそも、SDQUSの答えが「自殺でした」ではあまりにお粗末だ。

妹はいよいよ集中し始めたらしく、ひそかに落ち込む僕に背を向け、巡査長の脇をするりと抜けて、とんとんと螺旋階段を上っていってしまう。灯体室まで行ってみようというのだろう。慌てて駆け出し、その背中を見上げながら急な螺旋階段を上る。妹の雨合羽についた水滴が飛んで顔に降ってくる。下から巡査長の足音も上ってきた。コンクリートの階段を上る足音が高く響く。

最初は暗闇を怖がっていたはずの妹は、ライトの光を揺らしてどんどん先に行く。急な上に回転半径の小さい螺旋階段は、走って上っていると目が回りそうだった。左右の壁は何もないつるんとしたコンクリートが続き、自分が今、何階に――というより、どのくらい上ったところにいるのかがたちまち分からなくなった。階段の上方も下方も闇に沈み、僕たちの持つ三つのライトの光だけが移動している。螺旋階段の持つどこか魔術的な感覚は、このまま永久に上り続けるのではないかという錯覚を覚えさせる。

だが螺旋階段は唐突に終わり、白く塗られたドアが容赦なく僕たちを行き止まりにしていた。妹がノブを捻る。もちろん全く動かない。

たん、たん、というゆったりしたテンポの足音と、辛そうな息遣いが上がってきた。

「……いやいや、さすが若い方は違う」

下に向かって訊く。「灯体室の出入口、ここだけですよね?」

ワンテンポ遅れて、下から返事が響いてくる。「そうです。ずっと前から封鎖されてます」

それだけ確かめれば充分というのか、妹は飛ぶような動きで階段を駆け下りる。上から降ってくるそれを慌ててかわした巡査長はあんぐりと口を開けた。「……元気ですねえ」

妹の様子を見て、RD-F状態が始まったらしいと分かった。一旦この状態になると視野が極端に狭くなる上に、周囲の状況や自分の体の状態といった情報も抜け落ちてしまう。疲れは感じなくなるが、エネルギーはすごい勢いで消耗するので、自分が疲れていることに気付かずに倒れたりする。こんな場所でそうなったら危ないので、僕は慌てて階段を駆け下りて追いかける。今度は上から巡査長の溜め息が聞こえてくる。無駄に上り下りさせて申し訳ない。

危ないからそばに、と思った瞬間、妹がバランスを崩してふらついた。慌てて後ろから肩を摑んで引き寄せる。考え事をしながら駆け下りていて、階段を下りるリズムがおかしくなったのだろう。雨合羽越しなので分からないが、体温も上がっているはずだった。

「七海、気をつけて」

妹は僕を振り返ったが、言葉はない。どこか虚ろで焦点の合っていない目をしている。実際に、自分の思考の中に百パーセント沈降してしまい、周囲のものを見てなどいないのだろう。邪魔をしたくないし、そもそもこうなった保有者は、耳元で爆弾が爆発しても気付かないと言われている。黙って後を追うことにした。妹の推理は間に合うのだろうか。宿泊所にいる関係者たちの誰かが覚醒するより前に。いや、そもそもむこうが、まだ誰も覚醒していないという保証すらないのだった。もうすでに手遅れかもしれないのだ。

だが、僕には分からない。灯台内部。直径六メートル×高さ二十メートルの、円柱形の空間。唯一開くドアは内側から鍵がかかっていて、合鍵もなければ外から鍵をかける方法もない。あとは隅にある五センチ×四十センチの隙間一つ。壁にも天井にも何の痕跡もないし、灯体室へのドアも開かない。だとすると犯人は、魔法のような何かで被害者を操り、鎖骨を骨折している被害者を梯子に上らせ、飛び降りさせたのか。ありえない。この世に魔法なんて存在しない。

僕の思考は停止してしまったが、妹はまだ止まらなかった。早足で下まで降りると、現場に飛び込んでいく。追いかけて入ると、妹はドアでも死体でもなく、なぜか壁際の隙間のところに落ちている被害者のライトを凝視していた。

「……七海？」

なぜライトなのだろう。何か気付いたのだろうか。

だが、それを尋ねようとした時、外から巡査長の声が響いてきた。

「……え？　二人ともですか？　ばらばらに？」

息を切らしながら電話で話している巡査長に訊く。「どうしました？」

巡査長は手を挙げて僕を止め、何度かやりとりをしてから通話を切った。

「……状況が変わりました」

巡査長は言った。

「コンダクターさんから電話です。参加者の富成明日菜さんと浅井貴志さんが、勝手に宿泊所から出ていってしまったそうです。所在が摑めません」

6

巡査長の声が灯台内部の暗闇に反響する。彼の顔を横から照らしていた携帯のバックライトが消えた。

「……どういうことですか？」

「参加者が全員、密室の謎を解きたがっていたようなんです。これまでは宿泊所の部屋で大人しくそれを議論していたようなのですが」

殺人事件に巻き込まれ、犯人がすぐ近くにいるかもしれない。自分の命も危うい、という状況で興味の対象がそこ。その時点ですでに異常だが、それは織り込み済みのことでもある。だが。

「議論が盛り上がりすぎて、富成さんが『やっぱりもう一回現場を見てくる』と言いだしたそうです。一応、皆は止めたらしいのですが……」

一度興味を持ってしまうとまわりが見えなくなる。だいたいそうなると以後は会話にすら参加せず、一人の世界に入ってしまうのだ。うちの妹にもある性質である。現に彼女は今、僕たちの会話も聞こえていないようで、なぜか壁際に落ちているライトの脇にしゃがみ、死体とそれを見比べている。

「それで、しばらくして浅井さんが、『やっぱり心配だから自分も行く』と」

——すぐに妹を連れてそこを離れろ。鉢合わせするぞ。

辰巳さんの鋭い声にはっとする。富成さんはこちらに向かっている。ぐずぐずしていたら見つかってしまう。たとえ彼女が犯人でなくとも、僕たちの存在を他の関係者に話されてしまったらまずい。すでにこの公園周囲に潜伏しているはずの工作員が、僕たちを捜し始めるだろう。

「了解」

僕は携帯のイヤホンを再びセットし、しゃがみこんで口を開けている妹の腕を引っぱる。

「七海。隠れよう。急いで」

妹は立ち上がるだけで動こうとしない。手を引くと、ようやくよろけながら足を動かした。それでも視線は死体に向けられている。巡査長が内外二つのドアを開けてくれ、風の鳴る音が外の暗闇から飛び込んでくる。中よりずっと明るく見えるそちらに飛び出し、周囲を窺いながら石段を下りる。雨は少しも弱まっていないらしく、飛び出した瞬間にびたびたと顔を打ってきた。慌ててフードをかぶり、眼鏡のレンズを拭(ぬぐ)おうとしてやめる。指で拭うとかえって見にくくなるのだ。

灯台の周囲は草木の生い茂る斜面であり、隠れることはできそうだったが現場から近すぎた。もっと離れなければならないが、近道である南側の遊歩道を戻るのは危険すぎる。仕方なく、芝生を踏んで広場を横断することにした。北側の遊歩道から戻るか、その間の林に隠れるしかなかった。予想外に柔らかい芝生の地面に足が沈み、滑る。

広場の周囲を窺う。人のシルエットはまだない。公園内は点々と存在するトイレや街路灯の光のおかげで、遊歩道の途中でも完全に真っ暗闇ではなく、ぎりぎり転ばず歩くことはできる。したがって、単独行動に出た二人が明かりを点けていない可能性もあった。その場合、気をつけていないとこちらが先に見つかってしまう。そしてもし犯人に見つかったら、僕たちは「行方不明」にされかねない。

——まったく、こんな時に単独行動とはな。ホラー映画なら真っ先に死んでいる。

推理に夢中になって単独行動を始めてしまった富成さんを追って出たとなると。「浅井さんが犯人なんでしょうか？　富成さんが覚醒しそうだ、ということに気付いて」

——そうとは限らん。本当にただ富成を心配して出てきただけかもしれんし、あるいは浅井の方も現場を見たくて仕方がなく、富成を口実に抜け出したのかもしれん。だが犯人が宿泊所に残った伊藤・大野・佐々木のうちのどれかなら、単独行動をとった二人の様子が気になっているだろう。次に動きだすやつも怪しい。

つまり、どんな可能性も考えられるということだった。「……まずいですね」

広場周囲の木の陰、暗がりになっているところを見つけ、妹を引っぱってしゃがむ。風雨を避けることまでは無理で、むしろ空から斜めに降ってくる雨粒の他に木の枝を伝って落ちる滴(しずく)もぼたぼた落ちてくるという二段攻撃になってしまうのだが、富成さんがいつ広場に現れるか分からない以上、足音をたてて動くのはそろそろ限界だった。

僕たちはもう現場には戻れない。それどころか、公園内を下手にうろついていたら犯人と鉢合わせしかねない。だがどこかに隠れてぐずぐずしていたら、関係者の誰かが覚醒してしまう。時間がなかった。もし現在、富成さんが覚醒していて、浅井貴志が犯人だとしたら、彼女が追いつかれた時点で即、工作員が動きだすことになる。

だが、辰巳さんは言った。

——いや、むしろ犯人を絞るチャンスだ。周囲を警戒しろ。金子巡査長に電話しろ。

「はい」

僕の携帯は常時辰巳さんにつないでおかなくてはならない。妹をつついて携帯を出させ、それで巡査長の携帯にかけた。僕の方をスピーカーモードにし、妹の携帯と向き合わせる。巡査長はすぐに出てくれた。

——御子柴辰巳だ。富成明日菜と浅井貴志がそちらに向かっているんだな？　対応を指示する。

——はい。

頭ごなしもいいところだが、巡査長は丁寧に応じる。

——現場にいるな？　まもなく富成明日菜が来るはずだ。南側の遊歩道を戻って、浅井に追いつかれる前に捕まえてくれ。捕まえたら急いでどこかに隠せ。

——了解。

「辰巳さん」いけないとは分かっても口を挟んでしまう。「大丈夫なんですか？　候補者を露骨に隠すようなことをしたら、妨害行動になるんじゃ」

——その点は心配ない。さっき、別の班からいい知らせが入った。今回の事件では、コンダクターの伊藤を始めとする主催者側から、関係者に配られたものは特にない。

てくれた。

どういうことだろうと首をかしげる。辰巳さんはそれを見ているかのように説明を加えてくれた。

——前回、宮城の事件ではガスマスクに仕込んだGPSと盗聴器などで候補者の情報が抜かれていただろう。そういうものがない、ということだ。「機関」の活動の物的証拠を残す結果になったからだろうな。

確かに、わざわざリアルタイムで動向を確認しなくても、覚醒した保有者は自分から皆の前で推理を開陳して「保有者です」とアピールしてくれる。慣れた人間なら、その場にいさえすれば、覚醒済みかどうかは分かるのだ。

——そのかわりに警察に圧力をかけることにしたんだろうが、今回は好都合だ。敵は候補者の細かい動向を把握できていない。お前たちが島に上陸していることも知らない。それなら手がある。金子巡査長。

——はい。

——富成を捕まえて、公園から脱出するように説得してくれ。もちろん他の候補者には秘密で、後ろから来る浅井にも会わないように、北側の遊歩道から出るんだ。今、島の西側の京急ホテルに交渉している。そこに避難させるんだ。城ケ島大橋を渡らせると妨害行動がばれるが、島内の移動なら可能なはずだ。

——了解です。

京急ホテルには人がいるし、どこかの部屋に富成さんを隠すこともできるだろう。時間稼ぎではあるが、とりあえず彼女の安全は確保できる。

——富成が済んだら、次は浅井がやってくるだろう。そいつに対しても同じようにしろ。もし公園を離れることを意地でも拒否するならそいつが犯人だ。張りついて説得を続けろ。それで動きを封じることができる。

「あの、でも」僕は自分の携帯に向かって言う。「危険じゃないですか？　犯人とずっと二人きりなんて」

——大丈夫だ。どんなに邪魔に思っても、現時点で警察官を攻撃することはできないはずだ。もし金子巡査長が攻撃されたら、その時一緒にいたやつが犯人決定だ。そのことを残りの三人に伝えて、全員を京急ホテルに避難させればいい。それで計画を阻止できる。

確かにそうだ。だがそれは、「計画を阻止できる」という意味の「大丈夫」でしかない。金子巡査長はどうなるのか。

だが、巡査長は即答した。

——了解。犯人をできる限り引き止めます。その際は携帯でサインを送りますので。

——頼む。

僕は思わず電話口の金子巡査長を止めそうになった。だが、できなかった。これが現在採りうる最善策だということは分かったし、そもそも僕は、辰巳さんの判断に口を挟んでいい立場ではない。

——大丈夫です。天野さんも、誰かに見つからないように気をつけてくださいね。何かあったら連絡をください。それでは。

巡査長は僕の不安を察している様子で言い、さっさと通話を切ってしまう。諦めてイヤホンを挿すと、辰巳さんの声がする。

——お前たちは早く謎を解け。関係者の電話番号はこちらでも把握している。密室の謎を解きさえすれば、関係者にそれを伝えて覚醒を阻止できるんだ。

頷かざるをえない。僕たちにできることはそれだ。

周囲を見回す。暗いので、黒っぽい服を着た人間が接近しても分からないかもしれない。少なくとも富成・浅井両名が見つかるまでここに隠れているべきだろうか。それとも北側の遊歩道を通って先に出口に向かうか。周囲を警戒しながら迷う。

だがそこで、いきなり近くから、がさがさと何かの動く音が聞こえた。

反射的に振り返る。北側の遊歩道脇の林から人影が出現していた。こちらに来る。あまりにいきなりで、妹の手を引く暇もなかった。

工作員か、と思った瞬間、人影が声を出した。

「……あれ？　誰かいる」

僕はライトを出して相手を照らした。いきなり光をぶつけられ、眩しそうに顔を覆ったのは、傘を持った、赤いフレアスカートの女性だった。「ちょっ、眩しい」

……富成明日菜。

なぜこんなところから現れるのだ。南側の遊歩道から現場に向かっていたのではないのか。

横から風が吹き、背中に雨粒がばたばたと当たる。全身にぞくりと悪寒が走る。

考えてみれば、富成明日菜の方が犯人、という可能性もあるのだった。例えば、宿泊所に全員が留められている状況では、候補者も推理がしにくい。あえて自分が単独行動をとることで、それをきっかけに他の四人が勝手に動きだすことを狙ったのだとしたら。

富成明日菜の手元が光り、僕たちが逆に照らされる。

「……なんでこんなところにいるの？」

それはこちらが訊きたい。いきなり林から出てきたということは、富成明日菜は北側の遊歩道からこちらにやってきていて、なぜか付近の林に隠れていたのだ。

照らされた僕は動けなかった。どう答えていいかも分からない。彼女が犯人だとすれば、どうすればいいのか。僕はまだ名乗っていない。御子柴の関係者だということはばれているのだろうか。いないのだろうか。今からでも演技をして、無関係な地元の人間を装えるか？

「……いや、僕は地元民で」

そう答えるしかない。だが、追い詰められているのは明らかだった。富成明日菜は今、きょとんとした表情で僕たちを見ている。だがもし彼女が犯人なら、やはりそう装うだろう。何も知らない人間を装い、驚いてみせる。そして僕たちと別れた後、「御子柴の関係者が公園内にいる」と工作員に囁く。僕たちは誰にも気付かれることもないまま、工作員に処理される。

「……た、辰巳さん」もう、その名前を出すしかない。「見つかりました。富成さんが、なぜか北側の道から来て、隠れてたみたいで……」

だが、辰巳さんの返答は落ち着いていた。

――だとすれば、おそらくそいつは犯人じゃないな。説得して京急ホテルに向かわせろ。

「えっ？」

――遠回りになる北側の遊歩道からやってきたんだろう。富成明日菜が犯人なら、後から来る浅井貴志は候補者のはずだろう。浅井の現在位置を摑んでいない富成が、なぜわざわざすれ違いになる可能性の大きい北側の遊歩道を通るか？　犯人なら、さっさと浅井を捕まえたいはずだろう。宿泊所の近くで他の参加者の動向を窺うはずだ。

「あ……」

――そいつは候補者だ。北側を通ってきたのはただの気まぐれだ。お前の妹もそうだろう。連中は推理に夢中で常識が飛ぶんだ。林の中に隠れていたというなら、後ろから浅井が近付いてくるのを見て、見つかったら連れ戻されると思ったのかもしれん。

「……なるほど」妹は自分が話題に出ていることも知らず、ぼけっと富成さんを見ている。

「えっ、何？　地元の子？」富成さんの持つライトの光が僕から外れ、後ろの妹に当てられる。「こんな時間に何やってんの？　こんなとこで」

「いえ、それ、こちらが訊きたいです」

ようやく少し冷静になれた。相手の顔を観察する。どこがどうアオリイカなのか分からない、普通に人間らしい顔の女性だ。「……地元の方じゃないですよね？　ツアーでここに来てるお客さんですか？」

地元民を装うとして、どういう態度をとればいいのか分からない。だが富成さんは素直に頷いた。「あのね、君たちすぐ帰った方がいいよ？　これ本当なんだけど、さっきね、あっちの灯台で殺人事件があったの。警察がまだ来てないから、やばいよ」

富成さんは風で煽られる傘を押さえながら、旧安房崎灯台の方を指さす。

「ええと、それは」

僕は返答に困る。なんとかして彼女を避難させなくてはならないのだが、どう言えばいいのだろうか。「……あの、辰巳さん」

──なんとか説得しろ。他の人間もそちらに向かっているかもしれないんだ。周囲への警戒も怠るな。

ご無体な、と思う。そもそも、彼女は現在、事件関係者として宿泊所に留められている状態なのだ。それをコンダクターの伊藤さんの指示も、金子巡査長の指示も無視した上で一人でよそに避難させるなど、どう考えても無理ではないか。僕は警察官でも何でもないし、御子柴の懐中時計だって、知っている人にしか通じない限定的な身分証明に過ぎない。普通の人から見れば、僕も妹もただの地元民にしか見えないのだ。

しかし、辰巳さんとやりとりをしながら説得したのでは、僕の方が怪しく見えてしまう。なんとか僕一人でやるしかなかった。

「……あの、とにかく、公園から逃げた方がいいと思います。あなたも」

「大丈夫だよ。私のとこはお巡りさんいるから」

いないじゃないか、と思う。その上勝手に宿泊所を出てふらふらしている。自分がどれだけ危険な状況なのか、どうやってこの人に分からせればいいのだろうか。SD案件の話は信じてもらえるわけがないし、この人の、肩のあたりがぐしょぐしょになったシャツやじっとり湿ったスニーカーを見るに、もともとどこか警戒心のようなものが欠けている人なのだと判断せざるをえない。

僕は頭を巡らせる。だが悩んでいるうちに、富成さんの方が声をあげた。「げっ。ちょっと君、脚どうしたの？　大丈夫？」

指さされた自分の脚を見ると、レインコートの膝のあたりにべったりと血がついていた。そういえば、暗くて見えないから忘れていた。現場でついた血だ。

だが、目をまん丸くしている富成さんの顔を見ると、僕の頭の中にストーリーが浮かんだ。

「これ、山口さんの血です」

「……え？　誰？」

「ここに来る途中、駐在所に行ったんです。そしたら駐在の山口さんがいなくて、床に血がべったりついてて」

富成さんは僕の顔と膝の血痕を見比べている。うまくいったのかもしれない。

僕は続きを言った。「何か事件があって、しかも橋が封鎖されてるって聞いたから、僕、妹と一緒に、駐在の山口さんとこに訊きにいったんです。そしたら山口さん、いなくて。床に血がすごいついてて」

「……『山口さん』？」

「びっくりしたんですけど、駐在所のパトカーがなくなってて、なぜかここの入口に停まってて」僕は富成さんに詰め寄る。「やばいですよ。たぶん山口さん、殺されてます」

「ちょっと待って」富成さんは手を突き出し、その拍子に横風に煽られて傘が傾く。「あのね、山口さんって誰？　ここの駐在さんは私、さっき宿泊所で会ったよ？　金子さんっていう」

「……誰ですかそれ？」

僕は怪訝そうな顔をしてみせる。すると、富成さんの表情が変わった。

「だから、駐在さん。……え？　違うの？　金子さんでしょ？　ちょいぽっちゃりのおじさん」

「だから誰ですかそれ？　ここの駐在さんは山口さんです。太ってないです。若い人だし」

富成さんが沈黙する。

演技がうまくいったようだ。「地元民」である僕の言う駐在さんと、富成さんの見ている金子さんが違う人間。そして僕は「駐在さんが殺された」「パトカーがなくなっていた」と言った。

富成さんは呟く。「まさか、金子さんって偽者……」

これで様相が一変する。今、彼女らと一緒にいて、指示をしていた「駐在さん」が偽者で殺人犯かもしれない、となれば、富成さんは巡査長の待つ宿泊所には戻らないだろう。

「……もしかして、『駐在さん』の恰好をした人がそっちにいるんですか？」

僕がそう訊くと、富成さんは頷いた。ライトの明かりでも、なんとなく顔色が変わっているのが見える。「……どうしよう。あの人、偽者かも」

「とにかくすぐ逃げてください」僕は言った。「宿泊所って、水産技術センターのとこのあれですよね？　そこに戻ったらやばいです」

「でも」

「市街地の方に行ってください。西側の京急ホテルなら、事情を話せばかくまってくれますから」僕は地元の人を装って言う。「行き方分かりますか？」

「たぶん。でも」富成さんはスカートのポケットを探って携帯を出した。「他の人にも教えないと」

「いいです。早く逃げてください」宿泊所には犯人がいる。電話などされたらおしまいだ。「僕があとで、消防団の人たち連れて宿泊所に行きますから。電話なんかしたら、逃げたのがばれるかもしれませんよ？　こっそり逃げなきゃ」

富成さんは唇を引き結び、携帯をしまった。「ありがとう。そうする」

「見つからないように、こっちの道から出てください」心の中で快哉を叫ぶ。成功した。説得できるとは思っていなかった。「僕も別の出口から一旦家に帰ります。とにかく早く」

この公園に別の出口などないが、ばれはしないだろう。富成さんはすでに、周囲を警戒してそわそわしている。「気をつけてね？」

「はい」

傘をさしたまま駆け出す彼女の背中を見送り、犯人に出会わないようにと祈る。針で刺して空気を抜くように、強張(こわば)っていた首と肩から力が抜けていく。

「……辰巳さん。やりました」

——聞いていた。よくやった。

なんと褒められた。だが辰巳さんは褒め言葉の余韻など一切残さず、早口で続ける。

——こちらにも金子巡査長から連絡が入った。管理事務所付近で浅井貴志を発見、説得に成功したらしい。浅井も京急ホテルに向かっている。ホテルに着いたら、こちらから事情を説明する。

それでは、浅井さんも犯人ではなかったのだ。これで二人、保護できる。残るは三人。コンダクターの伊藤さんと、六十代男性の大野さん、それに三十代女性の佐々木さん。

「……宿泊所に残った三人の中の誰かが犯人ですね」

——いや、二人だ。コンダクターの伊藤純也は除外される。伊藤が犯人なら、富成と浅井の単独行動をわざわざ金子巡査長に教えたりしないだろう。

確かにそうだ。それなら、残りの二人のどちらか。辰巳さんは言った。

——富成と浅井が公園を出たら、犯人を特定する作業に移るぞ。

「はい。……できますか？」

——できる。お前がうまくやればな。

辰巳さんはすでに方法を思いついていたらしい。僕は携帯を握りしめる。「やります。何をすればいいんですか？」

——本当はあまりやらせたくないんだが。

この人にしては珍しい言い方だと思い、耳を澄ます。

——金子巡査長から拳銃を奪え。それからそいつで、宿泊所を襲撃するんだ。

7

雨合羽のフードの縁からぼたぼたと滴が落ち続けている。時折思い出したように強風が吹き、そのたびに体が冷えた。体の大部分は雨合羽が守ってくれているが、両手は露出したままなのだ。手の中のこの拳銃もずっと雨曝し（あまざらし）で、大丈夫だろうかと心配になってくる。電話を替わった石和さんから、雨に濡れても何の問題もない、と聞いてはいるのだが。

振り返り、頭上を渡る城ケ島大橋のむこう、市街地の方を見る。今頃富成さんと浅井さんはちゃんと保護されているだろうか。確かめたかったが、ぐずぐずしていると残った候補者のうちの誰かが覚醒しかねない。脱出した二人からの連絡を待って、などと悠長にやってはいられない。

僕は妹と一緒に公園を出て、今は宿泊所の向かいにある駐車場から、道路越しに様子を窺っている。二階建てのプレハブのような建物で、もともと解体予定の廃屋だという。それなら襲撃するのも多少、気が楽だ。

手の中には拳銃があった。金子巡査長から借りたものだ。

辰巳さんから作戦を伝えられ、巡査長はさすがに困惑していた。当然だろう。拳銃を他の誰かに、それも警察官でもない部外者に渡すなど服務規程違反も甚だしいし、それを使って僕が、外れとはいえ市街地にある建物を銃撃する、となると、もう滅茶苦茶である。だが、候補者たちを犯人から引き離すにはそれしかない。僕も言った。拳銃を撃ったことはある、と。

拳銃はすでに引き金の安全ゴムを外し、撃鉄も起こしている。警察官の持っているニューナンブは以前撃ったことのあるオートマチックよりずっと小さく軽く、手の中に収まってしまうような代物だった。人を殺すためではなく、制止するための銃ですから、と巡査長は言っていた。その方がちょうどいい。別に犯人を襲うわけではないのだ。

作戦は簡単なものだった。犯人を含む関係者三人は今、二階の一室にいる。金子巡査長もそこで警護をしているが、合図があったら演技をし、「何か物音がした」と言って一階に下りる。そして、玄関横にある配電盤のブレーカーを落とす。真っ暗になって混乱したところで、僕が一階の窓を銃撃する。

金子巡査長は大慌てで階段を駆け上がり、「ここが襲われたから、京急ホテルに避難する」と言う。いくら推理に夢中の候補者たちでも、真っ暗な状況で銃撃され、警察官から避難の指示が出ているのに、それでもまだここに留まりたいと無茶を言う人間はいないだろう。いるとしたらそれは、任務上どうあってもこの場を離れることができない犯人だけだ。

つまり、そういうことなのだった。富成さんと浅井さんが脱出していることを、宿泊所の三人は知らない。なのに避難するなどと言いだされれば、候補者全員の動向を確認したい犯人は困るのだ。避難する候補者は二人。公園にいるのも二人。分断されてしまえばどちらかにつかざるを得ない。犯人がマークしたがるのは間違いなく、推理に夢中になるあまり単独行動を起こした公園の二人の方だ。意地でも残りたいと訴えるか、あるいは、富成さんたちが心配だから、と言って公園に向かうか。いずれにしろ犯人は、巡査長に反対して単独行動をとるはずだった。とらなければ、それはそれでいい。今度はコンダクターの伊藤さんに電話をし、単独行動をとらせた後、さっき富成・浅井両名にしたのと同じように説得し、別の場所に隔離する。これで三対一だ。それでもまだ相手が動かなければ、今度は残った大野・佐々木両名のうち一人を誘導してばらばらにしてしまえばいい。そうやって一人ずつ犯人から引き離していく。

僕の役目は簡単なはずだった。明かりが消えたら道路を走って渡り、窓を二発、撃つ。

撃ったらすぐにまた駐車場に戻り、妹を連れてホテルに向かう。それだけだった。橋が封鎖されている以上、この道も車は通らない。だが手が震えている。雨合羽の中で、心臓がどくどく鳴っているのが聞こえる。

——作戦開始。ブレーカー落とせ。

辰巳さんの声が携帯から聞こえる。スピーカーモードにして巡査長の携帯に中継しているから、巡査長も聞いているはずだった。巡査長につないでいる妹の携帯が通話終了を表示する。僕が顔を上げると同時に、宿泊所の二階に灯っていた明かりがふっと消えた。

いきなりだな、と思う。だが僕は立ち上がり、銃のグリップを握って走り出す。妹はうずくまったまままだ考え事をしているようだ。振り返って見たいが、その暇はない。

両手で銃を構え、銃口がまっすぐ窓に向いていることを確認し、引き金を引いた。思いきり弾がずれて隣の店に当たるとか、跳ね返ってきた弾が僕に当たるとか、そういうありえない想像が一瞬、頭をかすめた。

破裂音とともに銃口が跳ね上がる。予想していたよりずっと軽い衝撃だった。落ち着いて隣の窓を撃つ。二枚の窓がどのくらい割れたのかを確認することもなく、僕は逃げるように道路を渡り、妹の隣に滑り込んで伏せた。驚くべきことに、妹はまだうずくまったまま微動だにしていなかった。

「銃撃しました」

――よし。そのまま待て。

強くなる鼓動と激しくなる息遣いを抑え、体を縮めて待った。

しばらくすると、玄関のドアが開く音がした。公園内より明るいので、街路灯の明かりで出てきた人影が判別できる。大柄なのが二人。金子巡査長と大野さんだろう。その後ろから髪の長い女性が出てくる。

だが声が聞こえてきて、その女性と巡査長が揉めているのがすぐに分かった。人影が三人と一人に分かれる。後を追おうとした一人が巡査長に止められる。止められたのは伊藤さんだろう。三人の影が移動し、自動販売機の光の前に来た。巡査長と伊藤さんと、あの大柄なのは六十代男性の大野さんの方だ。視線を転じる。小走りで女性が離れていく。顔は見えないが、傘を持ちジャケットを羽織っている。

「……確認しました！　一人公園に向かいました。佐々木奈津子です」

――よし。そのまま動くな。

成功した。犯人は佐々木奈津子だ。

巡査長はまだ伊藤さんを制止している。佐々木奈津子は傘を捨て、走る速度を上げる。坂を駆け上がって公園に向かう彼女を目で追いながら、離れろ、もっと離れろ、と祈っていた。これで犯人は隔離された。県警本部が橋を渡ってくるまで、佐々木奈津子は誰もいない公園内をうろつくことになる。

だが公園の闇の中に佐々木奈津子が消えた後、ホテルに向かうために動き出した伊藤さんが携帯を出した。電話で何か話したのち、巡査長と会話をしている。切迫した様子なのが気になったが、こちらからは電話で訊けない。

何があったのだろうか？

巡査長は伊藤さんと大野さんに何かを言い、言われた二人は頷いている。二人が再び市街地方向に歩き出したところで、僕のポケットで携帯が鳴った。妹のものの方だ。着信は巡査長からだった。

「……もしもし。どうしました？」

――天野さん。今、伊藤さんと大野さんを京急ホテルに向かわせたんですが。

「見えています。駐車場にいます。どうかしましたか？」

――富成明日菜さんから、伊藤さんに電話があったんです。「もう少しで密室の謎が分かりそうだから、ちょっと現場に戻っている」と……。

一瞬、思考が停止した。体に当たる雨の感触が消える。

「……そんな！」

――伊藤さんが止めたんです。でも、一方的に切ってしまって……もう出ません。

「ば」

馬鹿、と大声で叫びそうになった。富成さんの、何か緊張感に欠けるような顔が浮かぶ。殺人犯がいるから逃げろと言ったはずだ。死ににいくようなものだ。

「じゃあ、富成さんはもう公園内に？」

――そうです。

歯ぎしりをしながら考える。彼女もRD－F状態になっているのではないか。だとすれば、電話で断っただけまだましなくらいなのだ。名探偵とはそういう人種なのだから。

「辰巳さん」

――聞こえている。……あの、馬鹿が。

「どうしましょう」

――電話がつながらない以上どうにもならん。こちらはもうすぐ城ヶ島上空だが、この風では着陸できない。富成が覚醒していないことを祈るしかない。現位置で待て。

「そんな……」

ここにきて、まさかこんな結果になるとは思ってもみなかった。辰巳さんの作戦は成功して、犯人は一人、誰もいない公園内に隔離されたはずだったのだ。

だがもう、そうはいかない。富成さんは覚醒しているだろうか。いずれにしろ、その可能性が最も高い彼女が、公園内で犯人と二人になる。辰巳さんたちは着陸できない。県警も島に入れない。犯人を止める手がない。

奥歯を嚙みしめる。自業自得だ、と思おうとした。だが無理だった。富成明日菜さんはただの無邪気な名探偵なのだ。隣にいる妹と同じような。そして善良な人間だった。僕が「殺人犯がいる」と脅し、逃げろ、と言った時、彼女がまず言ったのは「他の人にも教えないと」だった。殺人犯がすぐそこにいると知ったら普通はパニックになるはずで、他の人の心配などしていられないはずなのに。僕にも「気をつけてね」と言っていた。

……殺されるぞ。

以前、「機関」に拉致された人間が最終的にどうなるかの映像を、辰巳さんに見せられたことがある。辰巳さんの幼馴染(おさななじみ)で、撮影当時十五歳だったはずの少女は、髪が真っ白になり抜け落ち、目は落ちくぼみ、皺だらけの顔と手でようやく生きている、という状態にされていた。薬物で強制的にRD－F状態を継続させられ、発明を強制され続けた結果だ。そして、撮影された半年後に死んだという。あの人もああなるのか。

「天野さん」

僕の名を呼ぶ声が近付いてきた。息を切らしながら、金子巡査長が走ってくる。

「金子さん。すみません。富成さんは……」

「了解しております」巡査長は手を出す。「すみませんが、拳銃をお返し願えますか」

「はい。二発、撃ちました」

僕は拳銃を渡すと、巡査長は手早くシリンダーを外し、残弾数を確かめるとホルスターに収めた。「お勤め、ご苦労様でした。あとはこちらにお任せください」

「……金子さん?」

巡査長は両足を揃えると、これまでで最も丁寧な敬礼をした。「では金子はこれより、犯人を足止めし、富成明日菜さんを救出するため、城ケ島公園に向かいます」

——おい。やめておけ。

僕より先に辰巳さんが言う。だが、巡査長は僕を押しとどめた。「天野さんも脱出してください。ここからは本官の仕事であります」

確かに、この状況で動けるのは巡査長だけだ。富成さんには「金子巡査長は偽者」だと嘘をついてしまったが、その点については彼女の携帯に「佐々木奈津子が犯人だと分かった」とメッセージを入れておけばいい。……だが。

「犯人は工作員なんですよ? それに、公園の中には敵が……」

「承知しております」巡査長は頷いた。なぜかひどく落ち着いた声だった。「ですが、この島でこれ以上、被害者を出すわけにはいきません。島にいる市民の安全を守るのが、本官の任務であります」

「無理です」失礼になるなどと遠慮している場合ではなかった。「相手が何か、分かってるんですか? 工作員です。元CIAとか元軍人の。あいつら、何の躊躇いもなく人を殺すんですよ? 地域課の警察官一人でなんて」

「戦闘は極力避けるつもりでおります。佐々木奈津子を『説得』し、富成さんが帰るまでその場に留めることに注力いたします」

「今、公園内まで戻ったら、即、邪魔者扱いで消されるかもしれないのに」

「まあ、多少の危険は伴うわけで」巡査長は笑顔になった。「本件が解決したら休暇を貰って、ゆっくりイサキでも釣ろうかと思っております」

巡査長はそう言うと、さっと踵(きびす)を返して坂を上り始めた。

とっさに追おうとした僕の袖が引っぱられた。振り返ると、ぼけっとしていたはずの妹が、僕の目をじっと見ている。

「……七海」

妹は無言のまま首を振った。

「天野さん」少し離れたところで、金子巡査長が振り返る。「働く人間にはそれぞれ、自分の仕事というものがあります。私の仕事はこの島なんです。ですからあなたも、あなたの仕事をしてください」

「でも」

金子巡査長は僕を見て苦笑した。これまで「御子柴の人間」として目上扱いしていた僕に対し、初めて年長者の顔をしたように見えた。

「……若い新人には多いんですよ。熱心なのはいいが、全部自分一人でやろうとする。『俺がやらなきゃ誰がやる』と、一人で全部背負い込んで、結局パンクしてしまう。……

非常にもったいないことです」巡査長は言った。「まずは力を抜くことを覚えなさい。手を抜くのではなく力を抜く。コツは意外と、身近に転がってるもんですよ」

巡査長は雨合羽のフードをとると、制帽を脱いで頭を下げ、再びきっちりとかぶり直した。「……では」

吹き荒れる風が雨粒を舞わせ、肩に腕に、フードの頭にぶつかってくる。僕は動けなかった。妹に袖を摑まれていたからではない。自分の意志で動かなかったのだ。

なぜなら、僕は足手まといにしかならないからだ。

「……くそっ」

金子巡査長の背中が暗がりに消える。無理だ。と思う。敵は複数。それぞれが武装している。あんな小さい銃一つで、たった三発しか残っていない弾丸で、戦えるわけがない。

なのに僕は何もできない。

だが、僕は気付いた。

隣の七海が、僕の袖を何度も引っぱっていた。気付いてくれ、と言うように。

「七海」

僕はそれまで、妹の様子をちゃんと観察していなかったことに気付いた。だが腰をかがめてよく見ると、彼女は高熱を出した時のような消耗した顔で、しかしまっすぐ僕を見ていた。

「……分かったの？　トリックが」

　妹は頷く。だがその瞬間に横風が吹き、押されてふらついた。飛ばされないように引き寄せると、妹はそのまま、力尽きたようにずるずるとずり落ち、ぺたん、と道路に座り込んでしまった。

「大丈夫？」

　そういえば、今回はかなり長時間、ＲＤ－Ｆ状態を続けていたのだ。しかもその状態のまま階段を上り下りし、公園の内外を駆け回った。消耗していて当然だ。ＲＤ－Ｆ状態は大量のエネルギーを消耗するため、低血糖状態になる。水分と糖分の補給が必要なため、道端の自動販売機に向かおうとしたが、妹は獲物を捕らえるタガメみたいに両手で僕の腰を摑まえた。

　と思ったら、なぜかぱっと離れて駆け出した。どこに行くのだ、と思ったが、妹はなぜか、風に吹き飛ばされてきたレジ袋を追いかけている。足が遅いこともあり、レジ袋が右に飛べば右に、左に飛べば左に、なんだか自分の尻尾を追いかけてぐるぐる回る子犬のようだ。

　だが僕は急いで駆け寄り、風に舞うレジ袋を摑まえた。妹は僕に何かを示そうとしている。緘黙症のため言葉や筆談で伝えることはできないが、それでもなんとかしたいという、彼女なりのやり方だった。妹は僕からレジ袋を奪うように取り、取ったのになぜか、ずばん、と足で踏みつける。それからこちらを見上げる。分かった？　というように首をかしげる。

「密室のトリック……だよな？」

妹は頷く。灯台の内部。直径六メートル×高さ二十メートルの、円柱形の密室。出入口はドアだけ。しかし内側からサムターンで回すしかない。あとは、床付近の小さな隙間。

「その袋が関係あるの？」

妹は頷く。

「床の隙間が何か重要？」

妹は頷く。

「あの隙間から何か入れて、なんとかしてサムターンを回した？」

妹は首を振る。

分からない。肯定と否定だけではなかなか読み取れず、気だけが焦っていく。妹の推理を読み取るのは、いつももどかしさとの戦いだった。妹はきっと僕よりもどかしい思いをしているだろう。焦ってはいけないと分かっていても焦る。今は一秒を争うのだ。トリックさえ伝えれば、富成さんの覚醒を止めることができる。

僕は妹の足元を見る。レジ袋を踏んでいる。つまり……。

妹が見上げてくる。僕が頷いてみせると、妹はふっと微笑み、そのまま僕の腕の中に倒れ込んでしまった。膝をついて支えながら妹の携帯を出す。間に合うだろうか？　富成さんはもう覚醒しているだろうか。犯人に出会ってしまったのだろうか。巡査長は犯人に会っているはずだ。まだ無事なのだろうか。早く！

だが、富成さんは何度コールしても出なかった。僕は巡査長から聞いたことを思い出した。彼女は電話に出ない。

「……くそっ」

間に合わない。電話はつながらない。今から走って公園に行くこともできない。富成明日菜を止める手は、ない。

頭上に爆音を聞き、僕は空を見上げた。雨合羽のフードが邪魔で、空いた手で乱暴に外す。顔に雨粒が当たり、眼鏡の視界が歪む。

「辰巳さん。謎が解けました。妹が、密室のトリックを」

――よし。見えるな？　上空にいる。

「はい。でも、富成さんが電話に出なくて……」

――それなら心配ない。今からできる限り高度を下げる。お前は推理をまとめていろ。

「……え？」

――富成に直接、トリックを話して聞かせるんだ。お前が。

──つまり、犯行時、現場はいわゆる密室でした。そして死因は「転落死」でした。ここまではいいですね？

響くなあ、と思う。「いいですね？」と訊いたところで返事があるわけでもないのだが、辰巳さんからは「間をあけて」「ゆっくり」「はっきり」「短いセンテンスで伝えろ」と指示をされている。スピーカーで不特定多数に対して喋る時のコツである。

──ドアの方は内側から鍵がかかっていましたし、サムターンを人の手で回す以外に鍵のかけようがありませんでした。そして床に開いた隙間の方は、五センチ×四十センチしかなく、人間が通り抜けるのは不可能です。

携帯に向かって話す言葉が、一瞬遅れてスピーカーで響き渡る。辰巳さんが僕の携帯との通話をヘリのスピーカーにつないでいるのだ。周囲に響き渡ることになるため、最初のうちはいささか気おくれしたが、今はもう開き直る気分であり、なんだか壮大な悪戯をしているような気になってきた。

富成さんが電話に出ないというなら、直接聞かせればいいのだった。もちろんこの強風の中、島全域に一気に響き渡るようなボリュームは出せない。だからヘリはできる限りの低空飛行で公園周囲を周回しながら音声を流す。すべてが聞き取れなくとも、富成さんがこちらに電話をしてくる気になるか、先に事件を解決されてしまったことを知った敵が撤退すれば勝ちなのだ。ついでに、京急ホテルに向かっている三名の耳にも届くかもしれない。

――つまり、犯人は現場に一歩も入らず、被害者を現場内で転落死させたのです。

推理をした妹は僕が正解を理解するのを見た途端、地べたに座り込んでしまい、今はそのまま僕に寄りかかって寝ている。街路灯の明かりで照らされる寝顔は安心しきっている。自分の仕事をやりきったという顔だ。フードの上からその頭を撫でる。

――おそらく「問題のヒントを与える」といった口実だったと思います。犯人は携帯で被害者を塔内部に呼び出し、ドアに内側から鍵をかけさせます。その後、あらかじめ螺旋階段の各所に設置しておいた通信妨害装置を作動させます。

コンサートホールや試験会場、あるいは刑務所などで需要があるため、一定範囲内の携帯電話を圏外にすることができる通信妨害装置が販売されている。灯台の内部、直径六メートル×高さ二十メートル程度の空間なら、何基か設置すれば完全に遮断できるだろう。これで、被害者は携帯で助けを呼ぶことができなくなる。なにしろ、犯行にはある程度の時間がかかるのだ。

――現場は確かに密室でしたが、死因は「転落死」です。つまり犯人は、現場に入らずに、被害者の体を最低でも十五メートル上方に持ち上げ、落とす方法があればいいことになります。

とは言っても、それこそが分からなかったのだ。被害者の体を問答無用で引き上げ、落とし、しかも引き上げるのに使った道具は確実に回収せねばならない。なのに壁にも天井にも何の跡もなかった。

だが、妹がレジ袋にこだわっていたことで気付いたのだ。

——現場になった空間の床にはあらかじめ、布または塩化ビニール系のシートが敷いてありました。もちろんただのシートではありません。外の隙間から空気を入れることで膨らむバルーンです。犯人はあらかじめ現場の外に送風機、あるいは大型のボンベのようなものを用意しておき、被害者が乗っているそのバルーンに、床付近の隙間から空気を送り込んで膨らませていきます。……被害者が転落死する、十五メートル程度の高さになるまで。

塔内の被害者からすれば、地面がいきなりどんどん膨らんで体が持ち上げられていくことになる。かなり驚いたはずだが、逃げ場はない。携帯も圏外にされている。バルーンはゴム風船とは違う。簡単に穴を開けられるものではないし、少々傷がついても破裂するわけではない。強引に膨らませ続けることも可能だった。

——バルーンの中央には大きな継ぎ目があり、おそらくは初期の気球のように、蠟や松脂（やに）など、熱で溶ける物質で封がされていました。ここに今度は熱した空気を送り込んで、継ぎ目を裂く。バルーンはしぼみ始めますが、足元に突然裂け目ができたわけですから、被害者はそこから床に向かって落下します。

　これが「転落死」の真相だった。真っ暗な中でこんな状況になり、被害者の鈴木芳人さんはどれほどの不条理を感じただろうか。

――空気を抜いたバルーンは、いくつかの部分に分ければ、床付近の隙間から引っぱって回収できるでしょう。死体が死後動かされたのは、バルーンの上から床に移動したんです。

　ついでに言うなら、妹が被害者のライトに注目していたのも正解だったのだ。被害者は床の中央に落ちていたのに、ライトは壁際の隙間のところだった。ということは、死体は引っぱられるバルーンからすぐにずり落ちたが、その傍らのライトはそのままバルーンに載り、一緒に引っぱられて壁際まで移動してしまったのである。

　何もない空間での転落死。真相はこれだ。

　辰巳さんの声がした。

――金子巡査長からだ。伊藤から連絡が入ったらしい。京急ホテルに避難済みの三人にも、推理が聞こえたそうだ。

　妹の携帯が震えている。画面を見ると、富成さんからの着信があった。

間に合った。ぎりぎりだった。だが全員、覚醒させる前に事件を解決できた。

全身から力が抜け、僕に寄りかかっていた妹が倒れそうになる。それを抱きしめ、耳元に囁く。

「七海。……勝ったよ」

9

「お帰りなさいませ」

ご主人様——とはつけないなあ、と思いつつ頭を下げる。大丈夫なのかなと思って隣の妹をこっそり見たが、妹は服こそ幸村さんのミニチュアのような午後のドレスに着替えているが、動きは全く伴っておらず、猫が顔を洗うようにもぞもぞ動き、目を開けているのか閉じているのか分からない様子で左右にゆらゆら揺れていた。契約上、彼女は別に使用人でも何でもないのだから無理しなくていいのに、御子柴家にいる限りは幸村さんと同じことをしたがる。

顔を上げると、辰巳さんは不満げな顔で僕を見ていた。いつもならさっさと上着を脱いでネクタイを緩めるのに、受け取ろうと待っていても動かない。

「富成明日菜はハズレだ。あれはただの探偵気質の大学生だ」

「はい」頷く。もともと候補者の中で、本物の保有者はごくわずかだ。

「浅井貴志も大野靖男も同様だ。伊藤純也はそもそも候補者でないしな」僕よりだいぶ背が高い辰巳さんは、仁王立ちでこちらを見下ろしながら言う。「佐々木奈津子は逃走した。事件が解決したため撤退したということだろう。公園内の工作員については追及ができない。奴らは今回、何もしていないからな。だが戦闘は避けられた。金子巡査長は報告書を書いたら休暇を取るそうだ」

「はい」

まだそれを聞いていなかったので、こちらもほっとした。辰巳さんとしても、口調のわりに不満な結果ではないようである。

「よくやった、と言いたいところだが、重大な業務命令違反だ。懲戒だ」

頭を下げようとすると、ごつ、と強い拳骨が降ってきた。思わず頭を押さえる。隣の妹はそれで目が覚めたらしく首をすぼめたが、辰巳さんは彼女の頭をぽん、と叩いただけだった。扱いが違う、と思ったが、そもそも妹は業務でないし、当然である。しかしなぜか拳骨を落とされなかった妹の方が不満げに頰を膨らませている。

「今回、お前たちが助かったのはただの幸運だ。たまたま工作員に発見されなかったから拉致されもせず、海に沈められたり両目を潰されたりせずにここに帰ってこられたんだ」

「……はい」

「二度とやるな。一度あった幸運をもう一度期待するのは、最もありふれた破滅のパターンの一つだ」

「はい」

最近気付いたことだが、辰巳さんは真剣になった時ほど喋り方が翻訳調になる傾向がある。幼少時からかなりの期間をヨーロッパ各国で過ごし、医学はアメリカで学んでいたというから、日本語を使う機会があまりなかったのかもしれない。

辰巳さんは「以上だ」と言うと、僕にジャケットを預けてさっさと浴室に向かってしまう。まだ続くかと思っていた僕は気付いた。懲戒と言うから減給か何かだろうと思っていたが、拳骨が落ちてきただけのようである。しかし、子供扱いはある意味減給より効いた。要するにまだ、僕は一人前の従業員と見なされていないのではないか。

幸村さんは溜め息をつく僕に「ああいう危ないこと、もうしないでね?」と言った。頷くしかなかった。本来なら、僕が妹を止めて指示に従わなければならなかったところだろう。

「はいお風呂。キッチンはわたしがやるから」

「あ、はい」

背中を押されて辰巳さんを追う。葵ちゃんが何やら言っていたように浴室に入りはしないが、入浴中に脱いだ洗濯物を回収してかわりにバスローブを用意しておく、くらいのことはする。辰巳さんは入浴中、脱衣室を女性がうろつくのが嫌なようで、最近は僕の役目になった。幸村さんはキッチンに向かう。石和さんは「そこはやはり若さというものでございますねえ」などと言っていたが、辰巳さんは空腹のままでは眠れないから、というので、こういう時は胃腸に負担の少ない一品二品を用意しておくことになっているのだ。

御子柴第二別邸の浴室は離れにある。急いで渡り廊下のドアを開けると、辰巳さんは脱衣室のドアの前で待っていて、外したネクタイを投げるように僕によこした。

「一つ言っておくが」

「はい」垂れ落ちそうになるネクタイを取り、腕の中のジャケットに重ねる。

「SD案件に関しては俺たち全員が『チームで』対応している。だから仮に助けられなかった候補者がいたとしても、その責任はお前一人でなく、チーム全体で負うものだ。お前一人で何かを背負った気になるな」

「……はい」

「それと、独断専行は二度とするな。お前のスタンドプレーでお前が危機に陥れば、チーム全員が本来の作戦を放棄し、お前の救出に動かなければならなくなる。つまり、チーム全員が危険にさらされる」脱衣室のドアを開き、辰巳さんは言った。「以上だ。次はこの程度の懲戒では済まん。というより、次などないだろうな。死んでいる」

ドアが閉じられる。

僕は渡り廊下に突っ立ったまま、辰巳さんの言葉を頭の中で繰り返した。言葉はきついが、つまり辰巳さんは、「一人で背負うな」と言ってくれているのだった。

閉じられたドアに向かい、僕は黙って頭を下げた。

第3話　象になる罪

1

この間読んだ本に「亭主元気で留守がいい」という言葉が出てきた。何の説明もなく使われていたため読んだ時はよく意味が分からなかったのだが、さっき唐突に理解した。あれは専業主婦を始めとする家庭内労働者の気持ちを表す言葉で、亭主つまり世話をすべき相手はなるべく家にいないでほしい、という言い分なのだ。何を勝手な、と思うが、実際に御子柴家使用人として家庭内で働いてみると分かる。具体的に何か仕事が増減するわけでなくとも、家庭内労働者にとっては主が家にいるだけでその時間は完全にオンになる。一方、主が家にいない時はオンとオフの中間にある「仕事中だけどある程度緊張を緩めていいモード」が許される。楽である。

もちろん、主である辰巳さんがいない時でも、やるべき仕事は山ほどある。邸内外の掃除、洗濯、執事不在時の電話応対に各種買い物とお使い。手が空いたなら靴や食器を磨き、消耗品や什器(じゅうき)類をチェックして整理し、戦前の建築であり由緒正しい反面いささか古くてガタがきている邸内外の修繕や庭師さんに頼むまでもない植栽の手入れ、食材配送業者との交渉や酒類の仕入れ、新たなメニューの試作など。主がたった一人、延べ床面積六十坪（屋根裏、地下除く）の御子柴第二別邸でも、すべての家事労働を完璧にこなすとなると大変なのである。

だが今夜は、辰巳さんと石和さんが仕事で急遽外泊になると連絡が入ったので、珍しく「さしあたってやることがない」空白時間が生じた。辰巳さんは医学研究者（何やらアメリカの飛び級で取った資格をもとに日本の医師国家試験を受けたらしい）であると同時にミコグループの経営者一族として何やかやの外交をしている忙しい人であるため、こういう日が時々あるのだ。夕飯の準備がなくなるとその日の仕事が急に減り、食器を磨いたり調理道具の手入れをしたりとちょこちょこ働いても、午後八時には幸村さんが「今日はもう終わりにしようか」と言う。明日以降に体力を温存するためなのか、新人の僕を気遣ってくれてのことなのかは分からない。

御子柴第二別邸一階の食堂は静かである。山の中なので、電気系統が唸るようなびいいー……というクビキリギス※1の鳴き声が窓ガラス越しに室内にしみ込んでくる。年月を吸い込んで固まったような焦茶色をした食堂の柱時計がこつこつと動き、午後八時四十六分を指す。石和さんからも「今日はもうあがりでいい」という指示が入ったので、僕も幸村さんも本来は労働者でない妹の七海も、すでに私服に戻っている。この邸の規模では当然と言えるが御子柴第二別邸には「階上」「階下」の概念はあまりなく、[※2]使用人の僕たちも主がいない時は食堂でのんびりしている。

テーブルの向かいに座って運転免許試験の問題集をぱらぱらめくっている幸村さんを見る。全体的にのんびりしていて時々ずれた発言もするこの人だが、仕事の先を読んだり主の内心を察して気配りを見せたり、そういう部分はすごく鋭くて、あと十年ここに勤めたとしても、僕にこの人のかわりが務まるとは到底思えない。現在でも、はたして僕の存在がこの人の仕事の助けになっているのか、それともここに来るまではカレーを作るか自室の掃除をする程度しか家事をしたことがなかった僕の指導に手間が取られる分かえって大変になったのか、それともそれらを足してプラスマイナスゼロ程度なのか、僕には測りかねている。僕たちが来る前までは幸村さんが、彼女が休みの日は週二日のシフトで入っている安河内(やすごうち)さんというちょっと変わったおばさんが、それぞれ一人で回していたという。ベテランというやつはすごい。

※1　ショウリョウバッタに交じって春先から大量に草むらをぴょんぴょんしている昆虫。いわゆるチスイバッタだが吸血はしない。噛む力が非常に強く、何かに噛みついた状態で引っぱられると首がちぎれても離さないため、この名前がつけられたらしい。その前に離せよと言いたい。
※2　偉い方つまり主人側が「階上」であり、「階下」の人間は勝手に階上に入ってはいけない。めんどくさいタワーマンションみたいであるが、お互いのリラックスのためには大事なシステム。

幸村さんが本の頁をめくる手を止め、僕を見て微笑む。「眠そう。お風呂入って早めに寝る?」

「いえ」目をこする。「たぶんまだ大丈夫です。私服に戻るとどうも気が抜けて」

「分かる。そのための制服なんだよね」幸村さんが本を、とん、とテーブルに置く。「じゃ、最後にひっかけ問題、やってみようか。『交差点や交差点付近でないところで緊急自動車が近付いてきた時は、道路の左側に寄り、一時停止か徐行をして進路を譲らなければならない。』」

「×です。一時停止とか徐行は必要ないですよね」

「正解。じゃ、これは? 『原動機付自転車の乗車定員は一人であるが、小児用の座席をつければ二人乗りができる。』」

「×です。原付は一人乗りです」

「おおー。正解。じゃ、これ。『道路に面した場所に出入りするために、歩道や路側帯を横切る時は、歩行者の有無に関係なく必ず一時停止しなければならない。』」

「○です」

「すごいすごい」幸村さんは本を置いて拍手する。「ひっかけ問題ばかり出したのに」

「いえ幸村さん、ひっかけ問題だって先に言っちゃったら、ひっかからなくなります」

「あっ、それもそうか」

幸村さんは時々ずれている。

僕は現在、石和さんの指示で自動車教習所に通っている。食品や生活用品がすべて契約業者の配達で賄えるわけではないし、日光の山の中にあるこの屋敷ではちょっとしたお使いにも自動車がいるから、使用人には普通免許が必須なのである。教習所には研修として仕事を休んで通っている上、その費用も御子柴家が出してくれるので、なんとしても一回で試験を通りたかった。石和さんは当然だと言うし、辰巳さんいわく人材育成のコストを一種の設備投資と捉えられないような経営者は四流五流なのだそうだが、こちらとしてはやはり肩身が狭い。早く一人前になりたかった。

「免許とったら邸のドルさん[※3]でドライブ行こうね。いろは坂をビューン、とか」

若葉マークをつけて軽自動車で峠を攻めるのか。「私用に使っていいんですか?」

「ちょっとならね」幸村さんは隣に座る七海の肩を抱き寄せる。「七海ちゃんも一緒ね」

抱き寄せられた七海はしかし、携帯の画面を凝視したままで反応しない。別に拒絶しているとかそういうわけではなく、僕が午後の休憩時に教えたサイトに夢中なのである。

幸村さんは七海の頭に頬をつけるようにして彼女の携帯を覗く。「七海ちゃん、すごい集中してるね。これ何のサイト?　なぞなぞ?」

※3　MOCOドルチェ。日産の軽自動車。

「シチュエーションパズルです。こういうの好きかなと思って見せたら大ヒットだったみたいで」妹はだいたい、気に入ったものが一つできるとやりつくすまで動かない。

「ええと……『あるところに、何をやってもニュースになる子供がいた。歩けばニュースになり、新しいおもちゃで遊べばニュースになり、風邪をひいたらニュースになって、彼のもとには、早く元気になってね、という手紙がたくさん届いた。彼自身は他の子供と比べて特に違うところのない、普通の健康な子供だったし、特別な家柄でもないし、何かの事件に関わったこともなかった。なぜ彼だけがこんなに注目されるのだろう？』」幸村さんは僕を見る。「……なんで？」

「……なんででしょうね。『特別な家柄でもない』なら、王子様とかじゃないわけですし」

「ゆづ[※4]とユーリャ[※5]の子供だったとか」

「『特別な家柄でもない』んです」勝手にくっつけるのはいかがなものか。「たぶん、『普通の健康な、上野動物園のジャイアントパンダの子供』とかだったんじゃないでしょうか」

「……ああ、なるほど！」

　幸村さんの大きなリアクションを聞いているのかいないのか、七海は携帯を操作して次の問題を出す。要するに、それで正解だったらしい。幸村さんに呼ばれて妹の後ろに回り、いつしか三人で一つの携帯を覗き込む形になる。

「……父親、母親、小さい男の子が田舎にやってきて、バスに乗った。ところが、バスの中で男の子が『お腹が空いた』とぐずりだしたので、仕方なく目的地まで行かずに途中の停留所で降り、食事にした。その時、食堂のテレビがニュース速報を伝えた。なんと、ついさっきまでこの親子が乗っていたバスが急な落石事故に遭い、運転手、乗客全員が死亡したというのだ。

テレビを観ていた母親は、ぽつりと言った。『バスから降りなければよかった』

父親は最初『何てことを言うんだ』と言ったが、すぐに彼女の言葉の意味に気付き、『そうだね。バスから降りなければよかった』と言った。彼らに自殺願望があったわけではないし、バスの乗客も運転手も全員が犯罪者などではない普通の人間だった。なぜだろう？」

沈黙があり、柱時計の重厚な音だけが食堂に響く。

「……なんで？」幸村さんが首をかしげる。

「さあ。三人とも死にたくはなかったわけですし……あっ、ちょっと七海」妹はさっさと

※4　羽生結弦。二〇一四年ソチ五輪金。実はアジア人初のフィギュア男子金メダリスト。高難度のトリプルアクセルや柔軟性を活かしたスピンなど、多くの武器を持つが、ネクタイを結ぶのが苦手。

※5　ユリア・ヴィアチェスラヴォブナ・リプニツカヤ。二〇一四年ソチ五輪団体金。実は現行ルールでの最年少フィギュア金メダリスト。オリジナル技「キャンドルスピン」などの武器を持つが、歌が苦手らしく、インタビューで「（私が歌ったら）大惨事になる」と言っていた。

携帯を操作して次のページに行ってしまう。

「えっ。七海ちゃんもう分かったの？　ね、教えて？　ヒントヒント」

　幸村さんが七海にのしかかるように体を寄せると、七海は驚きながらもはにかむように笑顔になる。仲がいいなあと思ったが、微笑ましい時間を一瞬で断ち切る音が幸村さんのポケットから響いた。

　緊急着信。辰巳さんからだ。

「幸村です。天野兄妹と一緒に邸内にいます」

　幸村さんの声には二種類ある。この人は仕事になると、普段のゆるゆるした喋り方から一転して、低く硬い仕事中の声になる。

　一瞬、体のすべてが停止するような感覚があり、僕は全身が仕事モードに切り替わるのを感じていた。眠気も疲労感も忘却され、幸村さんの次の言葉を待つ。

　了解、と言って電話を切った幸村さんが僕たちに言う。

「福岡でSD案件だって。殺人事件。着替えて出動ね。駐車場集合」

「ヴェルさんですか？」[※6]

「ドルさんでいい。宇都宮からヘリに乗り換えて東京ヘリポートで辰巳さんたち拾うから」

「了解」

　最初の頃と違い、疲れているか、などと気遣われることはなくなった。妹を見る。妹は頷き、一人でさっさと階段に向かって駆け出す。幸村さんと頷きあい、その後を追う。

こうして休みが突然断ち切られることがあるのだ。そういう仕事だった。頭の中に学園で見た、陽菜ちゃんの心配そうな顔が浮かぶ。

——働くって、大変だね。

そう言っていたな、と思い出す。その通りだ。でもそのかわり、自分の足で立っているという実感がある。社会の、他の誰かの役に立てているという充実感もある。

食堂を出る時、テーブルを振り返った。妹の携帯が置きっぱなしになっている。


父親、母親、小さい男の子が田舎にやってきて、バスに乗った。ところが、バスの中で男の子が「お腹が空いた」とぐずりだしたので、仕方なく目的地まで行かずに途中の停留所で降り、食事にした。その時、食堂のテレビがニュース速報を伝えた。なんと、ついさっきまでこの親子が乗っていたバスが急な落石事故に遭い、運転手、乗客全員が死亡したというのだ。

テレビを観ていた母親は、ぽつりと言った。「バスから降りなければよかった」

父親は最初「何てことを言うんだ」と言ったが、すぐに彼女の言葉の意味に気付き、

※6　ヴェルファイアハイブリッド。トヨタ自動車のミニバン。でかい。

「そうだね。バスから降りなければよかった」と言った。彼らに自殺願望があったわけではないし、バスの乗客も運転手も全員が犯罪者などではない普通の人間だった。なぜだろう？

そういえば、あの問題の答えを知らないままだった。なぜなのか分からないが、それが妙に気になった。

心のざわつきを自覚し、何だろうな、と思いながら、僕は階段を上る。

2

ヘリの座席に黙って座ったまま、僕はずっと落ち着かなかった。やはり、なぜだか妙に嫌な予感がする。はっきりとした恐怖や不安ではなく、何か忘れ物をしているのではないかと疑いながら出かけた時のような不安定な気分だ。

宇都宮ヘリポートから御子柴所有のＡＷ１０９で飛び立ったのが午後九時半頃。東京ヘリポートで給油をしながら辰巳さんと石和さんを拾い、現場である福岡県福津市津屋崎に向けて再び離陸したのが午後十時過ぎ。本州を縦断し八百キロもの距離がある福岡までは三時間半のフライトになり、巡航速度で飛んでも風向き次第では航続距離ぎりぎりになるという。だが念のためという理由で無駄に給油をすれば現場到着が、つまり事件解決が遅れ、その間に候補者が覚醒してしまうかもしれない。ＳＤ案件は、御子柴が把握できるものだけでも日本全国でいくつも発生している。日本の端から端まで駆けつけなければならないのに一刻を争う、エネルギーのいる仕事だった。

ヘリの中はいつも通りだ。操縦席には顔見知りの、いつも七海には特別の笑顔を見せて手を振るものの、口が大きくなんとなく怪獣めいた怖い顔をしているため彼女からは一歩引かれている操縦士さんが座る。その後ろにいる辰巳さんと石和さんは、現地のミコグループスタッフや都道府県警の担当者と複数同時進行で連絡をとり、現地の状況確認や、捜査本部の方針の確認、つまり警察庁に睨まれないレベルでこちらがこっそりしてよい捜査はどの程度か、といったことを訊き、また交渉している。ヘリのローター音に紛れるし二人ともイヤホンを使っているから、会話の内容はその後ろに座る、黒いドレス姿の幸村さんにも聞こえない。そして幸村さんの後ろ、一番「お客様」のようないつもの席に、仕事着であるドレスとお仕着せを着た妹と僕が並ぶ。妹にはそれほど固くなる様子はなく、さっきまでは窓に額をくっつけて眼下の夜景を見下ろしており、今は僕にもたれかかって寝ている。

いつも通りの、移動中の光景だ。だが何か、喉の奥に飲み下せない不安感がこびりついている。尻が一ミリだけ座席から浮いているような感覚である。なぜだろうか。

もちろん、これから殺人事件の現場に向かい、非公式に捜査に割り込む。敵の工作員に狙われる可能性はあるし、そもそも殺人犯の相手をするのだ。不安なのは当然で、初めて「出動」した鹿児島の時は、これから何が起こるのか全く読めずに随分緊張した。だが、それはもう何度も経験するうちに慣れてきたはずだった。現地に着く前にできる限り情報を得ておき、現場を見て関係者の話を聞く。気になるところがあればその場所に潜入して「何か」を探す。仕事の流れも読めている。

なのになぜか落ち着かない。「いつも通りなのになぜか落ち着かない」という事実そのものが、自己反復的に気分を落ち着かなくさせている。いつも通りなのになぜか不安。それならその不安は、僕が何か見落としているためではないかという疑念。教習所でも、慣れてきた頃が一番危ない、と聞かされている。この嫌な予感の正体はそれなのではないか。

服の中にきちんと入れている御子柴の懐中時計を出し、銀色に光る蓋を開ける。平均年差プラスマイナス五秒を誇るセイコー製のクォーツ時計は、業務的な無機質さで午前零時四十六分を指している。現在、ヘリは瀬戸内海上空にいる。そろそろ山口県沿岸から九州上空に入るはずだった。現場まではもう少しだ。

「もう三十分程度で着陸です。お疲れ様でした」石和さんがこちらを振り返った。「津屋崎ヨットハーバーの駐車場に緊急着陸ができます。現地では福岡県警本部の古賀警部補が案内をしてくれる予定になっておりまして、現場までは車で十五分程度だそうです。よろしいですか？」

「はい」

「事件の概要を説明しておくぞ」電話機を耳から離し、隣の辰巳さんも振り返る。「とりあえず、そこの珍獣を叩き起こせ」

妹は首を四十五度に傾けた不自然な体勢で口を開けて寝ていた。御在所岳の地蔵岩[※7]のごとき絶妙なバランスでなぜ首ががくんと落ちないのか不明である。

「……七海。起きて」

「七海ちゃん、首痛くないの？」

幸村さんの心配をよそに、揺すられて起きた妹は周囲を見回して状況を確認すると、すっと表情を引き締めて座り直した。確かに子供は寝る時間だが、この状況で「まだ出番は先だろう」と見当をつけて体力の温存に努めることができるほどに、うちの妹は度胸がある。

「……現場は福津市郊外の津屋崎神社付近、入り江の突端部分にある『潮旅館』。正確には、死体が発見されたのは入り江をぐるりと回った反対側の突端に立つ祖霊舎内だ」辰巳さんは首筋をさすっている妹に向かって言う。一番早く事件の概要を知っておくべきなの

※7　三重県御在所岳の中腹にある奇岩。角柱形の二つの岩の上にキューブ形の第三の岩が挟まりながら載っている。あまりに絶妙なバランスで落ちずに留まっているため、どう見ても大きめの誰かが悪戯で置いたとしか思えない。

が彼女だからである。「潮旅館には、講談社の俳句雑誌の企画ということで集まっていたらしい。四十代女性の編集者が一名と、二十代から六十代までの参加者が計四名」

「……俳句雑誌、ですか。二十代で」

「佐藤文香に高橋克弘に神野紗希。今時、若い俳人は珍しくない」

「へぇ」幸村さんが感心したように頷く。「ああいうのですか? 『この味がいいね』的なことを誰かが言ったからなんとかかんとか」

「あれは短歌です」そんなに曖昧模糊とした歌ではなかったはずである。

「あれ、おいしいって言われるたびに記念日作ってたらどうなるのかな? テリーヌ記念日とかソテー記念日とかビーフストロガノフ記念日とか全部作っていくと」

「辰巳さんはなかなか言ってくれませんし、そういう人を想定した歌なんじゃないですか?」

「うるさい。それと俵万智は事件に関係ない」辰巳さんが言う。しかし、説明を聞きながら自然に出てきた疑問点などが解決のヒントになることもあるため、説明途中で口を挟むことはそれほど禁じられてはいないのである。「とにかくだな。俳句雑誌の企画で、津屋崎神社周辺の景観を詠む、というものだったらしい。津屋崎神社は入り江を見下ろす山の上に本殿があり、入り江の入口に水上鳥居が構えている、それなりに風情のある景観だからな」

「風情……」窓の外を見る。東京から南下してくるにつれて風が強くなり、今はヘリが煽られて揺れるほどになっている。海も、句会には不向きな荒れ模様だろう。

「玄界灘だからな。事件時も今も、海は相当荒れている。それが問題の一つだ」辰巳さんは僕をちらりと見て言った。「現場周辺の地図が来た。送信するぞ」

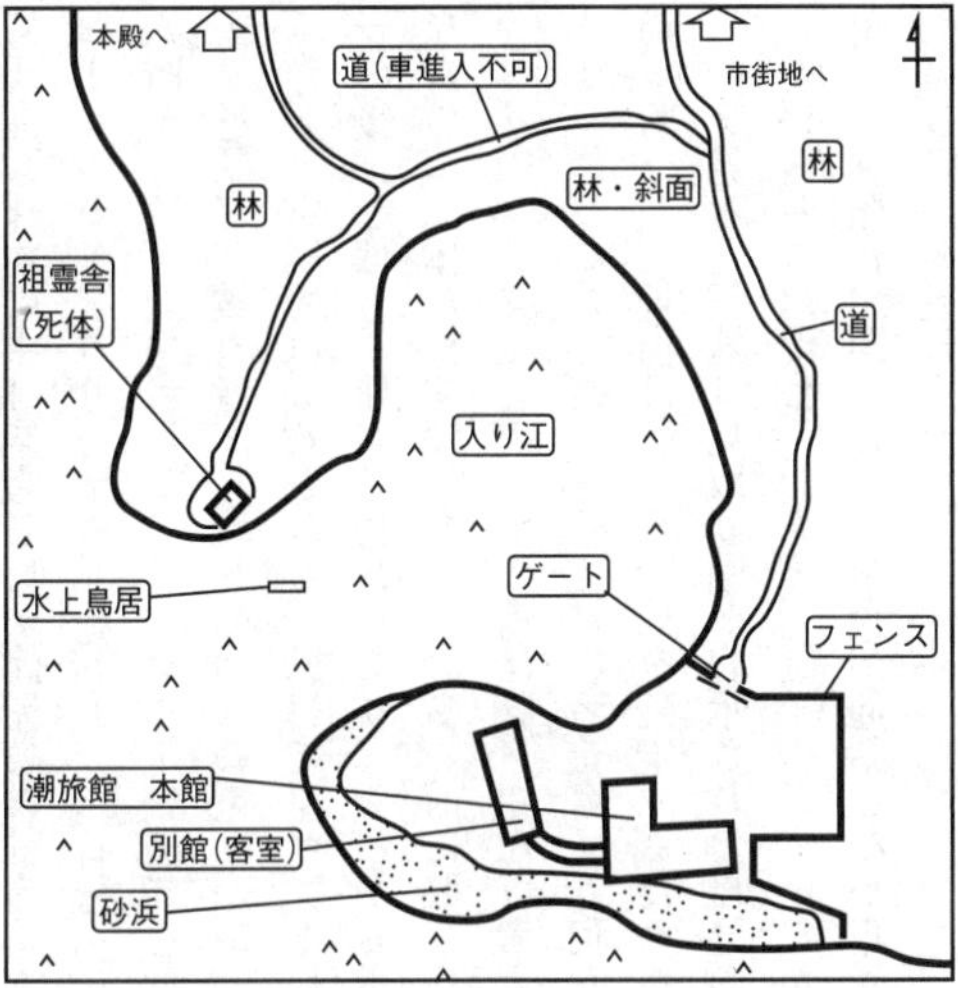

「この死体発見現場の……『祖霊舎』って、何ですか?」

「祖先の霊を祀る祭壇、簡単に言えば神道における仏壇が安置されている小屋だ。もっとも現在、建物の中は空らしい。津屋崎神社自体も通常は無人だそうだからな」辰巳さんはヨーロッパとアメリカで育ったわりに、日本のことについても詳しい。「死体発見は昨夜八時十分頃。関係者はSNSのグループ機能を使っていたらしいが、七時五十一分、グループ通話で、被害者から残りの四人に電話があった。受けた四人全員がほぼ同時に出たそうだが、電話では『殺される。助けてくれ』という被害者の叫び声と、銃声らしき五発の音の後、しばらく何かの物音があり、それからボイスチェンジャーを用いたらしき不自然な声で『死体が祖霊舎にあるから腐る前に取りにこい』と言って切れた」

ヘリのローター音の中で、僕は腕を組んで考える。つまり、被害者が電話をした時、犯人が一緒にいたのだ。そして被害者を脅すか何かして助けを呼ばせた後、殺害した。わざわざそうした理由は、犯行時刻を確定するためだろう。

隣を見ると、妹は見取り図が表示された自分の携帯にじっと見入っている。

「関係者四人は混乱したまま通話を続けていたが、三分後の七時五十四分に、祖霊舎の方角から爆発音が聞こえた。全員が通話しながらベランダに出て、祖霊舎の前で炎が上がっているのを発見した」

「……炎？」

「祖霊舎のそばの地面に発火物が仕掛けてあったんだ。もう消えているだろうが、かなり大きな炎で、祖霊舎周辺から水上鳥居まで真っ赤に照らされていたと、潮旅館の従業員も証言している」

辰巳さんは石和さんと短く二、三のやりとりを挟み、再びこちらを向く。

「被害者に電話をかけても電源が切られていたため、四人全員で祖霊舎に行ってみた。そこで被害者の死体を発見した。それが爆発音から十七分後の八時十一分だ。四人はその場ですぐ一一〇番通報をした」辰巳さんは携帯の画面を確認する。「現在では検視もひと通り済んでいる。死因は細い紐状のものによる絞殺だが、喉の下と両胸、さらに左右両方の腹部に計五つの銃創があった。凶器となった紐も拳銃も被害者の服のポケットに詰め込まれていた。画像を送るぞ」

携帯が震え、黒塗りのリボルバーが表示される。石和さんが言った。「S&W M36。アメリカでは珍しくもない銃です。ただ……」

石和さんは何か言いかけたが、口許に手をやり、ふむ、と頷いて沈黙した。その間携帯が次の画像を受信する。表示された写真にあるのは凶器となった紐だったが、辰巳さんによると、これもどこにでもある白のビニール紐であり、要するに、凶器から犯人の身元を探るのは困難、ということだった。

「銃ですけど、アメリカの拳銃……ってことは、やっぱり」

「『機関』の犯行であるという事実を補強するだけだ。それと、被害者の口の中には札が詰め込まれていた。その画像がこれだ」

　再び携帯が振動し、画像が表示される。死体画像かと身構えたが、口から取り出されて広げられた札の画像だった。発見時くしゃくしゃになっていたものが伸ばされているようだが、傍らにスケールがついているおかげで、黒で五芒星が描かれた札は縦が二十センチほどある大きなものだと分かった。つまり、これが口に詰め込まれたのは被害者の死後だろう。

「この五芒星って……」

「ドーマンセーマンという、陰陽道の一般的な印だ。被害者に空いた五つの銃創もそれを模したものだろう。だが、そういう見立てに惑わされるな。この印はもともと伊勢志摩地方が中心のものだし、そもそも津屋崎神社は陰陽道と何の関係もない」

　宮城での事件を思い出す。あの時の被害者である臼井貴大さんは十字架に磔にされていた。周囲の強酸性湖と合わせてなんとなく聖書を連想させる状況だったが、あれには何の意味もなかったのだ。

「なるほど。見立てと見せて……」そこまで言いかけた僕は、さっきまでの辰巳さんの話で一ヵ所、おかしいところがあることに気付いた。「ちょっと待ってください。被害者が殺されたのって、少なくとも七時五十一分ですよね?」

「そうだ」

「で、残り四人は三分後の七時五十四分の段階で、『通話しながらベランダに出』て、一緒に炎を見てたんですよね？」

「そうだ」

「それじゃ……」

僕は頭の中で状況を整理しようと努力した。宿のベランダから入り江のむこうの炎を見る四人。手には携帯を持ち、炎で赤く照らされる祖霊舎と、その手前の鳥居を見ている。

「……最大で三分しかないのに、犯人はいつ現場から戻ってきたんですか？」

「そこがSDQUSだ」辰巳さんは頷く。「宿から祖霊舎までは入り江をぐるりと迂回する上、道は途中からほとんど獣道というような山道を登らなければならない。距離的には五百メートルほどだが、走ったとしても三分で祖霊舎からベランダまで移動するのは困難だ。入り江を船で渡れば五十メートルほどの距離しかないが、祖霊舎が建っているのは崖の上で、海面から十五メートルの高さがある。それに海が荒れている。ボートなどはまず無理だ」

とっさに考える。陸と海が駄目なら、空はどうか。「現場から、何かで飛んで旅館近くまで戻ることはできませんか？」

「『サンダーボール』のショーン・コネリーのようにか？[※8]」

※8　『007　サンダーボール作戦』テレンス・ヤング監督、一九六五年公開。「核を載っけた乗り物がワルモノに奪われる」という現代のアクション映画でよくある展開がすでに出てきている。

「ルパン三世のようにです」辰巳さんは時折「この人はいくつなのか」と思わせる発言をする。子供の頃から年上とばかりやりとりをしてきたせいかもしれない。

「無理だろうな。事件時の風では正確に操縦できない。それに大型のドローンにしろ、ロス五輪の開会式で使われたような背負い式のジェットパックにしろ、人間のような重量のある物を飛ばすためには相応のエネルギーが必要になる。それはつまり、その分だけ音も出るということだ。そんなものが旅館付近を飛び回っていれば、風のある夜でも誰かが気付く」

となれば、空を飛んだのでもないのだ。

「ちなみに、祖霊舎周辺や潮旅館周辺に隠し通路のようなものはないぞ」

辰巳さんの方は陸海空ときて「地中」も疑ったらしい。しかし、それですらないという。

だが死体は祖霊舎で発見された。絞殺という手段といい、五ヵ所に空けられた銃創といい、口の中に詰め込まれた札といい、殺害時、犯人は被害者のそばにいたはずなのだ。犯人はたった三分で祖霊舎から出て、入り江をぐるりと迂回してゲートを越え、宿の自室のベランダに駆け戻ったということなのだろうか。

「七時五十四分の時点で四人全員が確認されている。部屋は一階と二階に分かれていたが、声をかけあってお互いの姿を確認したそうだ。その時、走ってきた様子の者はいなかった」辰巳さんは言った。「つまりこの犯人は、息一つ切らさず、三分間で祖霊舎から自室まで瞬間移動したことになるな」

行き止まりの感覚があった。SDQUSに直面した時のいつもの感覚だ。言葉にするなら数学の難しい証明問題に出くわしたような「じゃあ無理じゃないか」という感覚。

しかし、考えてみればそれはいつものことだった。この「じゃあ無理じゃないか」は、いつだって「実は無理じゃなかった」に塗り替えられてきた。トリックについてはまだ全く見当もつかないが、今回もきっとそうなるはずなのだ。

だが、この不安感は何だろう。

携帯がメールの着信を伝えて震えた。発信者は「佐倉陽菜」となっている。僕は思わず懐中時計を出そうとして、携帯の画面の隅に時刻表示がされているのを思い出してそれを確認した。午前零時五十一分だ。こんな時間に陽菜ちゃんからメールが来た。

メールの着信はまだ続いていた。「添付ファイル　1」の表示がずっと動かない。電波が悪いわけではないようだから、相当大きなファイルなのだ。メールの着信が終わり、件名が表示される。

〈発信者〉佐倉陽菜

〈件名〉わたしをたすけてください

「……何だ？」

幸村さんが僕を見る。「どうしたの？」

「いえ」

とっさに携帯を隠した。仕事中で、SD案件の説明を聞いている最中なのだ。私用のメールを見ている時ではない。

だが気になった。これまではSNSか電話でやりとりしていた陽菜ちゃんが、なぜいきなりメールなのだろうか。それもこんな時間にである。そしてあの件名は何だろう。添付されているサイズの大きなファイルは。

携帯を胸に押し当てて画面を隠しながらも、心臓の鼓動が徐々に強く速くなってゆくのがはっきり感じられた。陽菜ちゃんに何かあったのだろうか。

隣の妹はSD案件に集中しだしたらしく、現場周辺の見取り図を表示させた携帯をじっと見ている。辰巳さんは今、前を向いた。その隙に携帯を操作し、メール本文を表示させる。

〈発信者〉佐倉陽菜
〈件名〉わたしをたすけてください

（本文）

わたしはひとりぼっちすぎて、いきていくのがつかれました。

わたしはがくえんをでました。もう、さよならするつもりです。

でも、なおくんにあいたいです。わたしをさがしてください。

しごとちゅうなのはしっています。いますぐしごとをやめてください。

わたしのことは、だれにもいわないで、ひみつにしてください。

もしそうしてくれないなら、わたしのしたいがどこかでみつかります。


……何だ、これは。

まず最初に疑ったのは、陽菜ちゃんはふざけているのではないか、ということだった。平仮名ばかりの文面はそういう印象を与える。

だが、それはありえない。悪戯にしてはたちが悪すぎる。こんなことをする子ではないのだ。彼女の携帯を使って他の誰かが悪戯をしたのだろうかとも思ったが、それも考えにくい。携帯電話の内部は個人の領域だし、すでに学園を出た僕も、学園の子供たちの間では、陽菜ちゃん個人の「学園外の人間関係」という扱いになる。お互いの個人的な領域に触れないことは学園の子供たちの間では暗黙の了解だった。新しく入ってきた葵ちゃんももう理解しているだろう。他人のプライバシーを勝手に探れば、自分も勝手に探られるかもしれないからだ。だが、悪戯でないとすれば。

体が冷える感触があった。陽菜ちゃんに何かあったのだ。間違いない。

あの子の事情については、なんとなくしか聞いていない。学園に来た理由は実親のネグレクトだったそうで、学園にはかなり小さい頃からいたようだ。他の子と同様、彼女も経歴に爆弾を抱えている。実親から何か言ってきたなどの事情でそれが爆発したのだろうか。

だが、それでも納得がいかなかった。例えば今日、実親と何かあったとして、いきなりこんなメールを送ってくるだろうか。彼女の性格を考えると、むしろ僕に心配をかけないよう黙り込むはずなのだ。城ケ島の時の彼女の顔が浮かぶ。大変な職場ではないのかと心配してくれていた。それが「しごとちゅうなのはしっています。しごとをやめて、わたしをさがしてください」などと書いてくるとは到底思えない。それほどショックを受けるような何かがあったのだろうか。だがそれならなぜ「わたしをさがしてください」と書くのか。「学園に会いにきてください」と書けばいい。学園を出ている、というだけで何のヒントもなければ捜しようがない。それまでの気遣いをかなぐり捨ててまでメールを送ってきたのに、これでは会いようがない。それに。

もしそうしてくれないなら、わたしのしたいがどこかでみつかります。

何かがおかしい。「死ぬつもり」ではなく「さよならをするつもり」と婉曲に書いておきながら、最後は突然こんな書き方になる。これではまるで、僕を脅しているようだ。むしろ彼女自身ではなく、別の誰かの言葉で僕を脅している……。

辰巳さんと石和さんは前を向いて会話をしている。幸村さんもそれを聞いている。妹は携帯に集中しているようだ。僕は携帯を操作して添付ファイルを開いた。動画ファイルであり、長さは「49秒」と表示されている。イヤホンを出して携帯につなぐ。

再生すると、陽菜ちゃんの姿が現れた。見覚えのある水色のパーカーを着た上半身。顔の表情も分かる距離で、まっすぐにこちらを——カメラを見ている。背景は屋内らしく、くすんだ白い壁紙とかすかにちらつく照明から、どこかの古いアパートの一室ではないかと見当がついたが、記憶を探っても、学園やその周囲にこんな場所はなかった。

陽菜ちゃんはこちらを向いたまま、かすれる声で喋り始めた。

——直くん。私を助けてください。私は独りぼっちすぎて、生きていくのが疲れました……

陽菜ちゃんはメール本文の内容をそのまま喋った。怯えているような視線には力がなく、よく見ると顔色が真っ白だった。声もかすれている。

これは……。

陽菜ちゃんがメール本文の内容を喋り終わると映像はぶつりと止まり、場違いな印象のある再生マークがでかでかと表示される。

途中から、携帯を握る手が汗ばんでいた。

彼女は間違いなく「言わされている」。自分の意志で喋ったのでもなければ、メールを送ってきたのでもない。そもそもあんなどこだか分からない場所に、中学一年生が夜中、一人で入れるわけがなかった。連れてこられたのだ。何者かに。

――「誘拐」。

ありふれたその単語が最も適切だった。陽菜ちゃんは誘拐された。誰に？　考えるまでもない。

しごとちゅうなのはしっています。いますぐしごとをやめてください。
わたしのことは、だれにもいわないで、ひみつにしてください。
もしそうしてくれないなら、わたしのしたいがどこかでみつかります。

これは彼女ではない。彼女を誘拐した「機関」からのメッセージだ。「今すぐＳＤ案件の捜査をやめろ。他人にこのことをばらすな。さもなければ、佐倉陽菜の死体がどこかで見つかることになる」――。

嫌な予感の正体が分かった。陽菜ちゃんが人質に取られた。僕が「事件を解決」したら、彼女が殺される。

※

被害者の名前は佐倉陽菜（一三）。児童養護施設「相模学園」在住の中学一年生である。佐倉陽菜は前日午後九時過ぎ、学園内住居棟の食堂で職員に目撃されたのを最後に消息が不明になっていた。学園付近での目撃証言が全くないことから、車で拉致されたものとみられるが、付近の住民によればその時間帯、学園周辺では特に不審な車両がずっと停車しているなどのことはなかったという。

3

「……被害者は福島修。六十三歳で元銀行員。小柄で瘦身。頭頂部の頭髪ほぼなし。保有者に合わない職業だが、こいつは単に被害者役として連れてこられたのかもしれん。ツアーの引率を担う編集者が浦川由美。四十六歳。フリーの編集者だから候補者だろうな。参加者は年齢が上の者から順に佃明美五十二歳、名古屋杏奈三十三歳、田崎亮太二十歳。佃と名古屋は主婦、田崎は学生。まあ、この時期の平日に休める人間となると限られているからな」

　辰巳さんが事件関係者のプロフィールを説明している。集中した時の記憶力がとてつもなく高い妹にはそうする必要がないせいもあって、辰巳さんは覚えやすいようにゆっくり一つ一つ言ってくれたりはしない。ちゃんと聞いて覚えなければ、と思うが、今の僕にはヘリのローター音と同程度にしか聞こえてこない言葉は、するすると耳の上を素通りしてゆく。僕の意識の大部分は、自らの動悸の感触と、白い混乱と恐怖で占められていた。陽菜ちゃんが「機関」に拉致された。今もどこかで囚（とら）われている。どうして、こんなことに。


「……身長が低く太っている田崎を除き、体格は全員似たような中肉中背だな。田崎にしても、走ったり跳んだりという動作が困難なほどの肥満ではなく、このまま何もしなければ生活習慣病のリスクが高まる程度だ。全員が近隣の九州北部、または山口西部の出身で、関西で活動している編集者の浦川が関西弁である以外は、九州北部のアクセントで喋る」

　混乱する頭の片隅にようやく、まずどうすればいいのか、という問いが生じた。だが、そこから先が進まない。「機関」に拉致された以上、陽菜ちゃんは殺されるのだろうか。なぜあの子が。

……僕のせいだ。間違いなく。

「拳銃が使われたことから、当然、四人の手や衣服の硝煙反応は調べられた。だが手袋や何かで発射残滓の付着は避けられるからな。誰からも何も出てこなかった。が……」辰巳さんが言葉を切る。「おい眼鏡。聞いているのか？」

自分のことだ、と気付くまでに一拍かかってしまい、ようやく目の焦点を辰巳さんに合わせる。「は、はい。すみません」

「子供には起きているのがつらい時間だというのは分かるが、集中力を切らすな。推理の役に立たんからといって、黙ってぼけっとしていていいわけじゃないんだ」

「はい。すみません。……大丈夫です」

幸村さんが僕の顔色を窺い、少し首をかしげる。眠いわけではない、とアピールするために肩をぐるりと回してみせたら、隣の妹に当たって不審げな顔をされた。

メールには、誰にも言うな、とあった。誰かにばれたら陽菜ちゃんが危険だ。

だが僕は、自分の置かれている状況の危険性を知って息が詰まった。辰巳さんはもとより、幸村さんも石和さんも、人のことをよく見ていて察しがいい。今は謎に興味がいっているようだが、妹も、僕が普段と違うとすぐ察知する。この四人に囲まれていて、陽菜ちゃんが人質に取られている、ということを隠し通せるものだろうか。

「すみません。その、つい……」すでに不審がられている以上、何か理由を言った方がいいと思った。「……つい、その、今回は妹より先に解いてやろう、とか思っちゃいまして。トリックの方に頭が」

「……そのくらいのつもりでいた方が望ましいがな」

辰巳さんはそう言って前を向き、幸村さんも背中を向ける。視線を感じて隣を見ると、妹が僕を見上げ、じっとこちらの顔を覗き込んでいた。

「……いや、大丈夫だから」

妹は疑わしげに首をかしげると、指でつんつんと脇腹をついてきた。僕は慌てて体をよじる。「いや、大丈夫だから。腋、苦手だからやめてって」

妹はまだ僕を見ている。虫籠の中の昆虫をつついて生きているかを確かめたかのようである。

「降下いたします。シートベルトのご確認を」

石和さんの声がする。ヘリの揺れ方が変わり、津屋崎上空に着いたことが分かった。

ヘリから足を踏み出し、誰もいない深夜の駐車場に立つ。AW109は着陸後もローターを回したままで、僕たちを降ろすとすぐにまた離陸した。もともと「非公式の緊急着陸」だったのだろうし、すぐに給油が必要なのだろう。ローターの起こす風に目を細めている間に、駐車場に停めてあった白いワゴンの車内に明かりが灯り、ややずんぐりした男性が降りてくる。

「ご苦労さんです。御子柴さんですね？　福岡県警刑事部の古賀です」

やってきたのは太い眉と立派な髭（ひげ）の初老の紳士だった。いや、乗ってきたのは白のハイエースだし、着ている服も袖をまくった白ワイシャツによれたネクタイとグレーのパンツ、というあまり紳士らしくない恰好なのだが、駐車場の明かりでも分かる色の淡い瞳（ひとみ）に加え、日本人離れして似合う禿頭（とくとう）と口髭がどうしても「紳士」という印象になるのだ。声もなんとなく吹き替え声優のそれを思わせる。

「口髭をカイゼルにしたら完全にデヴィッド・スーシェのポワロだな」辰巳さんは小声でそう呟くと手を差し出し、握手に慣れていない様子の古賀さんの手を握る。「御子柴辰巳だ。よろしく頼む。一つ訊きたいんだが、捜査一課なのか？」

「なーに、本当（ほんなごと）のこと言や外事なんです。ただそいやと支障（さわり）あるんで、私だけ捜一に形だけ籍ば置いちょるとです」

博多（はかた）弁で話すポワロという奇妙な図だが、辰巳さんは頷く。「感謝する」

「なんのあーた。警察庁ん腰抜けぶりにゃ、こっちも業腹ですたい」

福岡県警も本気で上（うえ）の指示をごまかすつもりらしい。頼もしかったが、よくしてくれればくれるほど、僕の気持ちは追い詰められていく。これから現場に向かう。御子柴の関与が「機関」側にばれる。大丈夫なのだろうか。いずれ僕は、辰巳さんたちにくっついて関係者と——つまりは「機関」の工作員と会わなければならない。「機関」の工作員は当然、陽菜ちゃんを誘拐した班と連絡を取りあっているだろう。僕が「警告を無視して動いている」と思われたらおしまいだ。

辰巳さんたちには脅迫のメールは来ていない。だから、僕が大人しくしようと思っても、辰巳さんたちは動く。あるいは妹は、僕が何もしなくてもトリックに気付き、SDQUSを解いてしまうかもしれない。そうなれば警告を無視したも同じだ。陽菜ちゃんが殺される。だが僕一人では、辰巳さんたちを止めることはできない。下手に動けば怪しまれる。例えば幸村さんなら、僕から〇・五秒で携帯を奪えるだろう。陽菜ちゃんが誘拐され、脅されていることがばれてしまう。僕自身が教えたのでなくても、やはり相手にとっては警告を無視したと同じことになってしまう。どうすればいいのだろう。陽菜ちゃんを返してもらうには。だが。

いきなり腕の下をつつかれ、見ると、妹が前を指さしていた。古賀警部補が僕を見ている。

「お若かですな。こんお歳で名探偵ですか。ウチんずんだれ※9に爪の垢ば煎じて飲ましてやりたかです」

こちらは、いえ、とかぼそぼそ言って頭を下げるしかない。視線をそらして駐車場の暗がりを見ながら、僕は必死で頭を回した。このままずるずると進行してはまずい。何をどうすればいいのだろうか。

「あの」出てきた言葉は、なんとも平凡で情けないものだった。「すみません。ちょっと、トイレに行きたいんですが」

幸村さんは周囲を見回してくれるが、辰巳さんは露骨に顔をしかめた。「早くしろ」

ヨットハーバーの建物はさすがに暗くなっていたが、後ろの津屋崎病院は入院患者がいるのだろう。街路灯の他、建物の中にもぽつぽつ明かりが点いているらしかった。すみません病院で借りてきます、すぐ戻ります、と頭を下げつつ、津屋崎病院の植え込みのむこうに向かって駆け出す。ちらりと見たが、古賀警部補はきょとんとしていた。背中にも視線を感じる。皆がどういう顔をしているのかは考えたくなかったが、とにかく、一時的にでも一人になる必要があった。植え込みの陰に隠れ、暗がりの中で携帯を出す。

画面の明かりが妙に眩しい。操作しようとして、自分の手が震えていることに気付いた。まずは確認する。どこに？　何を？

迷っている時間はなかった。僕は電話帳を出し、陽菜ちゃんの携帯にかけた。呼び出し音が妙に長く続いた後、アナウンスが流れる。ただ今おかけになった電話は、電源が切られているか、電波の届かないところに――

※9　「ずんだれ」《博》「ずんだれる」＝ずり下がる、等。転じて「ずんだれ」＝だらしない人。

つながらない。学園にいるなら圏外にはならないはずだった。だとすれば来たメールに返信するのも無駄だろうと判断し、結局、学園にかけるしかないと決める。陽菜ちゃんのいるA棟の直通番号はまだ登録されている。真夜中に職員を起こしてしまうことになるが、そんなことを気にしている場合ではない。とにかく状況を確認しなければならない。呼び出し音を聞き、とにかく確認を、と頭の中で繰り返す自分に、自分でもどかしさを感じる。何かひどく悠長なことをやっている気がする。本当はもっと、有効で素早い選択肢があるのではないかという疑問が浮かぶ。まず確認を、と言いながら、誰かに相談したいだけではないか。

そこで不意に思い出す。誰にも言うな、ということは、仮に学園につながったとして、こちらの事情を話すこともできないのだ。どうしようと思ったところで「はい、こちら相模学園です」という声が出た。豊田先生の声なので少しだけ安心した。

――ん？　天野君か？　こないだは来てくれてありがとうね。

「いえ……夜分にすみません」そんな会話をしている場合ではないのだ。「あの、そちらの佐倉陽菜ちゃんが……」

――ん？　何？　どうした？

「陽菜ちゃんの様子、どうでしょうか？」そんな訊き方では埒（らち）が明かないと気付く。「いえ、陽菜ちゃん、今どこにいますか？　学園内にいるでしょうか？」

——え？　どういうこと？

「いえ、その」考えろ、と必死で唱える。とにかく彼女がいるかどうかだけでも確認してもらわなければならない。誘拐という、こちらの事情は悟られることなく。「……陽菜ちゃんから以前、聞いたんです。今日の夜、こっそり抜け出す計画がある、って。その時は黙ってててって頼まれたんですけど、やっぱり心配になって……」

豊田先生の声が高くなった。

——ほんと？　今夜？　今？

「はい。……大丈夫でしょうか。いますよね？」

——いや、夕飯の後……ちょっと待った。確認してくるわ。確認したらまたかける。ありがとね。

「あ、待ってください」このまま切られてはまずいことに気付き、急いで止める。「もしいなかった場合、僕が迎えにいきます。場所に心当たりあるんで。だからその、警察とかはまだ、いいですから」

　こう言わなくては通報されてしまう可能性がある。だが豊田先生は迷う様子で沈黙する。当然だろう。子供を迎えにいくのは職員の仕事で、卒業生とはいえ外部の人間に任せるのは問題がある。その一方で、できるなら警察沙汰(ざた)の大事(おおごと)にしたくないという気持ちもあるはずだった。

——分かった。お願いしていい？　悪いね。

豊田先生が柔軟な人で助かったと思う。はいと応えると、先生はすぐに電話を切った。わりとのんびり屋の先生にしては慌てている様子で、それは卒業生の僕が突然夜中に電話してくるという異常性を察知した、ケースワーカーの勘なのかもしれなかった。

僕は電話機を耳から離し、汗でぬらついて滑りそうになって慌てて握り直した。まだそれほど蒸し暑くはないはずなのに、こめかみを汗が伝う。

無理だ、と思った。何も知らない豊田先生をごまかすのでさえこの苦労だ。辰巳さんたちはごまかせない。だが、そうなれば陽菜ちゃんが危ない。

——もしもし豊田です。部屋を見てみました。言った通りだ。陽菜ちゃんがいなくなってる。九時頃には見たはずなんだけど、確かにその後は……荷物は特に持っていないようですが、靴はなくなってます。場所に心当たりがありますか？　また電話します。

夜の山道は全方向から包み込んでくるような虫の音に満ちていた。それだけでなく、死体発見現場である津屋崎神社の祖霊舎へは途中までしか車が入れず、僕たちは途中の分かれ道でハイエースから降り、徒歩で向かうことになった。あらかじめ言われていた通り道はほぼ獣道であり、左右から伸びてくる枝葉をかき分ける音、落ちた小枝を踏み折る音と、歩くだけでも賑やかだった。片耳だけのイヤホンではよく音声が聞き取れず、結局留守録メッセージを二回繰り返して再生した。

「こういう道となると、駆け抜けるのも難しいな。轍や何かも残っていない」

「ほんの二百何十メートルかなんですがね。気をつけて歩かんときつかです。お嬢さん、その靴で大丈夫とですか」

「慣れてますので大丈夫です。……あっ七海ちゃん、そこ枝あるよ」

前を行く五人が木の陰に隠れた隙に立ち止まり、さっと携帯を出して豊田先生にメールを送る。「**迎えに行きます。見つからなかったらまた連絡します**」。携帯をしまって急いで五人との距離を埋める。辰巳さんと石和さんは古賀警部補と話し込んでいるし、幸村さんは七海が転ばないよう気を遣っているので、僕が十歩やそこら遅れても、振り返る人はいなかった。携帯を出したこともおそらく見られてはいない。

やはり陽菜ちゃんは姿を消していた。靴を履いてこっそり出たということになると、学園の外までは彼女の意志で出ていったのだろうか。「機関」がどうやってそれを誘導したのか分からないが、連中ならそれも可能だろう。

僕に届いた彼女からのメッセージでは、彼女は明確に「誘拐された」と言っていない。それが「機関」の作戦だった。ああいうメッセージにしておけば、たとえ警察に届けたところで「彼女は何か悩みがあって自殺したのだ」ということになる。優秀な、あるいは熱意のある警察官が担当で、そのことに疑いを抱いたとしても、警察には上の方から圧力が来る。「その件は自殺だから関わるな」——実際に未成年者を一人誘拐してそれを丸ごと揉み消すより、その方がはるかに楽で確実だからだ。だがそれは間違いなく、彼女が「機関」に捕らえられているという証拠だった。

　前を行く幸村さんの背中を追う。暗闇の先に土蔵のような小屋が現れ、ライトの明かりで照らされた。

「これか」

「十畳ほどん広さの、まあ土蔵ですばい。今はもう使われとらんですけん、入口は一応鍵のかかっちょりますが、中はとうにうっぽんぽん」

「何？」

「……空っぽです」

「すまん。博多弁は話せない」辰巳さんは入口の扉を指さす。「この扉は死体発見時、閉まっていたのか」

「鍵のかかっちょったとです。ただまあ、合鍵やったらどがんでんなりますけん」

　覆いかぶさるように伸びている木の枝を避け、古賀警部補が祖霊舎の扉を開ける。両開きの戸が開くと中は闇だったが、湧き出てくる異臭が死体の臭いだということはこれまでの経験から分かった。ライトの光が祖霊舎の床を嘗める。死体そのものはすでに運び去られて白線になっていたが、銃創から流れたのであろう赤黒い血の染みが綺麗に五ヵ所、残っている。床はコンクリートで、土足のまま入れる。

妹がそこに飛びつく。古賀警部補はその様子に驚き、僕を振り返った。あくまで名探偵のふりをしなければならない。僕はそれらしく頷いてみせて扉をくぐり、白線に近付く。死体の位置はほぼ中央、だが白線の形は、死体が苦しんでうずくまったように縮こまっている。

少なくともこの場ではとりあえず、推理しているふりをしなければならない。僕は古賀警部補に訊く。「死体の姿勢が変な気がしますけど……」

「ああ、ええ」警部補は尻ポケットから、ネクタイと同じくらいによれた手帳を出した。「鑑識によると確かに死後、動かされた様子があるとです。引きずられたとじゃなくて投げ捨てられたちゅう感じらしかとですが」

白線の脇に膝をつきながら考える。僕はどうすればいいのか。相手には連絡がとれない。「機関」の目的は、御子柴の活動をやめさせることだ。つまり連中は僕に対し「推理をするな」と言っている。妹の存在からして僕が保有者であることはすでに疑われているだろうが、実際にこれまでSD案件で推理を披露してきたのが僕だから、僕にはまだ、事件を解決する力があると見なされている。

妹から「機関」の狙いをそらすための偽装だったのに、それが仇になった。僕には御子柴の動きを、SD案件をどうする力もないのだ。僕を脅迫したところで事件はいずれ解決する。その場合、陽菜ちゃんは殺されるだろう。その事情をばらして分かってもらおう、などというのも無理だ。「機関」側が信じてくれるはずがないし、そもそも相手と連絡を取るチャンネルがないのだ。

とにかく、僕が動くことはできないのだ。だがそれで陽菜ちゃんは解放されるのだろうか。そもそも、推理する演技をいつまで続けられるのだろうか。

それだけではない。そんなことをしていたら、潮旅館にいる三人の候補者はどうなるのか。

鹿児島、千葉、それに宮城。城ケ島の時は危険を冒してまで、覚醒して拉致される候補者を護(まも)ろうと戦ってきた。なのに今回は、自分の身内が危険にさらされたからと黙るのか。今、入り江のむこうの潮旅館で、候補者の誰かが覚醒しているかもしれないのに。そもそもこれは立派な殺人事件で、何も悪いことをしていないはずの、元銀行員の福島修さんが殺されているのに。

不意に死臭が鼻から口に抜け、僕は口許を押さえた。

「……あの、すいません」僕は、ライトで照らされる床の白線を見たまま言った。「僕、ちょっと気分が悪いので……」

これ以上この場にいるのは限界だった。妹が謎を解いてしまうかもしれないし、僕が動いていないことがばれるかもしれない。だが動かないままで、候補者たちがどんどん危険になってゆく現状に向きあい続けるのも辛すぎる。

辰巳さんが目を細めて僕を見た。「……役に立たんな。お前は車に戻っていろ」

言葉が突き刺さってくる。辰巳さんが顎をしゃくって幸村さんに指示し、幸村さんが僕の腕を取る。「やっぱり気分、悪いんだね。とりあえず出ようか」

頷き、幸村さんに付き添われて祖霊舎を出る。顔を上げることなどできなかった。辰巳さんも石和さんも、古賀警部補も、どんな目で僕を見ているのか。

車に戻ろうと言われ、僕は黙って頷いて、幸村さんが照らしてくれる獣道を歩く。こうして捜査を外れてしまえば演技は続けなくていい。だが、それで一体何の解決になるというのだろうか。妹は、僕がいなくても真相に辿り着いてしまうのではないか。

ハイエースの白が暗闇に浮かんでいる。幸村さんに促されて助手席に乗る。このまま僕だけ帰されるのだろうか。小学校の頃、体育のマラソンの途中で目眩(めまい)を起こして保健室に連れていかれた時のことを思い出す。脱落者、という言葉が脳裏に浮かぶ。

僕が助手席に座ってドアを閉めると、幸村さんはなぜか、車体を揺らしながら何度も乗ったり降りたりし、車内の何かを調べているようだった。

僕がそれを不審に思って顔を上げると、幸村さんはさっと隣の運転席に乗り込んできて、ドアを閉めた。車内灯が消えて外の空気が遮断された静かな空間で、幸村さんの呟く声が聞こえた。

「OK。盗聴なし、きみの携帯も大丈夫だね」

「……え?」

幸村さんは体をこちらに向け、顔を寄せてきた。

「……直人くん、『機関』から来たメール、見せて」

※

本件誘拐事件が認知されたのは翌未明零時五十一分である。関係者の一人である天野直人(一八)へのメールで、婉曲にではあるが、犯人側から直接、犯罪事実が示唆された。犯人側からのメールには動画ファイル(約五十秒間)が添付されており、動画は「誰にも相談するな」という警告とともに、一見、自殺をほのめかすに過ぎないようにもとれるメッセージを、監禁されている佐倉陽菜本人に語らせるという内容だった。この時点の佐倉陽菜には外傷等は確認できず、生存している可能性が大きいとみられた。

4

「いえ、その」とっさに胸元を押さえる。だが、それがそのまま肯定の動作になってしまうことは明らかだった。「……いえ、でも、どうして」

「ずっと様子が変だったよ。正確に言うと、零時五十分過ぎぐらいから」幸村さんは僕をじっと見て、静かな声で言う。「それに携帯を気にしてた。わたしたちに相談できないっていうことは、人質か何かを取られて脅されてるんだよね？　人質は誰？　さっき電話してたのは相模学園だよね？」

なぜそこまでばれているのかと思ったが、幸村さんは僕の目を見たままあっさりと言った。

「さっき、きみがトイレ行くって言った時、辰巳さんの指示で、石和さんがきみをつけてたの。様子が変だから、って」

言葉が出なかった。とっくにばれていたのだ。この人たちを甘く見ていた。

僕は諦めて携帯を出し、メールを表示させて幸村さんに渡した。逮捕されたような気分だった。だが、今さらどうごまかしても、もう意味がない。

……誰にも言うな、という要求を蹴った。陽菜ちゃんはもう駄目だろうか。

幸村さんは動画を見ると顔をしかめ、ぽつりと言う。「……ひどいね。この子、関係ないのに」

「……誰にも言うな、と言われています」

幸村さんは無言で携帯を操作し、メール画面を閉じた。

「大丈夫。この子、御子柴が助けてあげるから」

俯いていた僕が視線を上げると、幸村さんは僕の顔をじっと見ていた。

「警察には正式に告発しないけど、手伝いはしてもらえる。警察のかわりに御子柴の地上班がこの子を助けるから」

「でも……」

「心配しないで。みんなプロだから。……きっと陽菜ちゃん、無事で戻ってくるよ」

幸村さんは微笑むと、運転席から身を乗り出してきて僕を抱き寄せた。ぽんぽん、と優しく背中が叩かれ、顔に当たるシルクの感触に、強張っていた体がほぐれて楽になる。泣きだしたいような気持ちだったが、さすがに子供っぽすぎると思ってこらえた。

スライドドアがいきなり開き、辰巳さんの声がした。「……今は勤務時間内だ。後にしろ」

幸村さんが離れる。車体が揺れ、辰巳さんが後ろの席に乗り込んできた。幸村さんから僕の携帯を受け取り、ドアを閉めながらメール画面を開く。「……なるほどな」

「あの……」

「こんなことならすぐに相談しろ。誘拐犯の言う『警察に言うな』という台詞は挨拶みたいなものだ。万が一、こちらが驚いて言うがままになってくれれば儲けもの、という程度のな」脚を組んで添付ファイルの動画を見る辰巳さんは幸村さんと違い、眉一つ動かさなかった。「……さすがに、背景に場所を特定できる手がかりはないな」

「手がかり……」

僕は考えた。さっき弛緩（しかん）したせいで、初めて自分の頭が回っている感覚を覚えた。そう。考えるとはこういう状態だった。僕は自分がこれまで、どれだけ混乱していたかを思い知った。眼鏡を直し、頭の中で情報を探す。

「そのメール、陽菜ちゃんの名前で来ました。警察と携帯キャリアに頼んで、ＧＰＳ情報を出してもらえば……」

「……ようやく頭が回りだしたらしいな。こういう事態だろうと予想がついたから、すでに指示しておいた。今、石和がかけあっているところだ」辰巳さんは僕の携帯を示す。「だが、そんな単純な手で居場所が分かるほど間の抜けた相手じゃない。メールはおそらく何ヵ所かを中継している。当然、佐倉陽菜本人の携帯も使われてはいない」

見せられた僕の携帯の画面には、さっきのメールの発信者情報が表示されていた。名前こそ「佐倉陽菜」となっていたが、アドレスは見覚えのない、ランダムな文字列だ。なりすましというやつだろう。

「それじゃあ……」それでは手がかりがない。

「この程度で諦めるな。人間が一人拉致されたということそれ自体が、すでに最大のヒントだ」辰巳さんは僕に携帯を投げ返して言った。「佐倉陽菜の居場所を捜す。発見次第、地上班と県警で救出作戦に入る。もちろん、SD案件の捜査も同時に進める」

「……了解」

そう答えはしたが、それこそ雲に向かって手を伸ばすような感覚だった。陽菜ちゃんがどこまで連れていかれたのか、こちらは知りようがないのだ。この広い日本列島のどこかから、彼女の居場所をどうやって探り当てるというのだろう。

だが辰巳さんは、携帯を出しながら言った。「眼鏡。お前は相模学園にかけろ。……どうも気になることがある」

「……分かりました。水色のパーカーと、白の英語のロゴが入ったTシャツ、下はグレーのジーンズですね?」

――たぶんそれで間違いない。……なあ、どういう状況なの? やっぱりこっちで警察に言った方がいいと思うけど。

「実は、こっちでもう連絡済みです。それに御子柴の人たちが捜すのを手伝ってくれています。目撃証言がもう入りましたから、じき見つかると思います」そんな事実は一切ないのだが、辰巳さんの言いつけである。僕は思いきりハッタリを言う。「朝までに連れて帰るか、居場所を連絡します。心配かと思いますが、どうかそのまま待っててくれませんか」

僕が話す前に一度、電話口に辰巳さんが出ている。それがよかったのだろう。豊田先生はとりあえず納得してくれたようだった。

――分かった。しばらくしたら、またかけるから。

「了解です。それじゃ」

電話を切り、後ろの席の辰巳さんを振り返る。「服装、分かりました。それと、確かに葵ちゃんも一緒にいなくなってます」

「分かった。それでようやく納得がいった」辰巳さんは早口で何か指示をして、かけていた電話を切る。「おそらく誘拐の手引きをしたのが、その作本葵だ」

「……え？」

辰巳さんは当然のように言った。「最初から怪しいと思っていたんだ。お前たちの関係者の周囲は御子柴が監視していたはずだった。だが、相模学園の周囲に不審者の報告はなかった」

初めて聞くことだった。「それって……」

「『機関』がこういう手段を使ってくることを、御子柴が予想しないとでも思ったか？」辰巳さんは呆れたように言う。「御子柴家の関係者を襲うのはリスクが高いが、一般人であるお前たちの周囲の人間を誘拐し、人質に使ってくる可能性は当然ある。お前さえ動揺させればいいんだからな。だから御子柴は、相模学園の周囲に護衛を置いておいたんだ。

……お前たちをスタッフに採用した理由の一つがそれだ。御子柴が用意できる人員には限りがあるが、係累の少ないお前たちなら、効率よく警備できる」

辰巳さんは冷酷なことを平然と言った。僕はそれまで何も知らされていなかった。

「それなら……」

「『機関』も当然、相模学園には目をつけていただろう。事実、お前たちがうちに来た直後には、周囲で不審車両が何度か見つかっている。だが、すぐにそれがなくなった。諦めたのだろうと思ったが……」辰巳さんは言った。「作本葵というのが新しく学園に入ってきたそうだな。そいつは『機関』の工作員、または金で雇われたアルバイトだ」

僕は座席のヘッドレストを摑んでいた。「嘘でしょう?　だってあの子、まだ中学……」

言いかけて、自分の考えが甘すぎることに気付く。世界には、十歳にもならない兵士が溢れている。

「いくら『機関』でも、人材が無限にあるわけじゃない。たまたま相模学園に潜入できる人材が手元にあったというのはよほどの偶然だろう。……だからこちらも予測ができなかったんだ」

正直なところ、いきなりの話に頭がちゃんとついていっていない。だが振り回される思考の隅の方で、それが事実だ、という勘が小さく点灯していた。たまたま陽菜ちゃんと同学年の葵ちゃんが最近、学園にやってきた。……僕が御子柴に勤め始めてから、すぐ。

あの子は、そのための子だったのだ。あの子なら、陽菜ちゃんをこっそり外に誘い出すことができる。

「だが、作本葵が犯人グループの一人だとすれば、携帯のGPSからヒントが得られる。作本葵の携帯の番号は分かっているわけだからな」

「でも、犯行の時に持っているかどうか……」

「一緒にいなくなったのなら、作本葵本人も工作員や佐倉陽菜と一緒に相模学園を出て、途中までは一緒に移動していた可能性が大きい。その場合、携帯を置いていくことは考えにくい。むこうはこの件を『自殺』として処理したいんだ。同行者が携帯を置いたままということになると事件のにおいが強くなってしまうからな。つまり……」

辰巳さんの携帯が鳴り、石和さんらしき誰かからの報告を聞いた辰巳さんは、僕に言った。「当たりだ。作本葵の携帯電話のGPS記録を確認した。彼女の携帯は昨夜九時三十八分の時点で電源が切られている。つまり、この時刻が犯行開始時刻だということだ。おそらく宇都宮へリポートを監視していて、AW109が飛び立った時点で行動を開始したんだろう」

確かに、携帯のGPS情報を残しながら人質を連れ去る犯人はいない。だが。

「でも、犯行開始時刻が分かっただけじゃ、どこにいるかなんて……」

「そうでもない。お前の携帯にメールが入ったのは零時五十分頃だろう。その時点で犯人グループは佐倉陽菜の移動を終え、メッセージも撮り終えていた。だとすれば、移動に割いた時間は三時間程度ということになる。つまり佐倉陽菜が監禁されているのは、相模学園から車で三時間程度のどこかだ」

「……そうか」

　確かにそうなのだ。まさか車よりははるかに目立つ船やヘリなどは使っていないだろうから、物理的にそれ以上遠くへは行けない。そして、それより近くのどこかであるとも考えにくい。「機関」の目的は僕が推理に参加することの阻止だった。だとするなら、すでに現場に向けて飛び立っている僕に対しては、一分でも早くメールを送りたいはずだった。監禁場所が相模学園の近場で移動がすぐ済むなら、もっと早い時間に警告が来ていたはずだ。そのままのんびりと待っているはずがない。

「今回の現場が津屋崎だったことも、おそらくは計画の一部だな。宇都宮ヘリポートから出れば札幌まで無給油で移動できるが、南日本は福岡でぎりぎりだ」

だが、それが分かったところで、到底陽菜ちゃんの居場所まで特定できはしないのも確かだった。三浦半島から車で三時間の場所、というだけでは漠然としすぎている。「機関」側もそれを承知だろう。

　僕は座席に座り直して考える。どんな些細なことでもいい。ヒントはないのか。

だが、辰巳さんが言った。「現時点でも、かなり特定できる」

「……そうなんですか?」距離以外のヒントが全くないのに。

「GPS情報を取れると言っただろう。神の目が情報をくれるんだ。分からないことなどない。ミコシステムの協力があればな」辰巳さんは自分の携帯を示す。「特定の番号の端末の動きを追うのではなく、ビッグデータの方から逆に検索するんだ。位置情報が入っているすべての端末の中から、特定の条件に合致する端末を検索するプログラムがある。敵は必ず携帯を所持している。条件に合致する端末を潰していけば、いずれ敵の端末を割り出せる。佐倉陽菜はその位置情報が示す場所にいる」

「特定の……つまり、九時三十八分に相模学園の近くにいて、そこから三時間後に、相模学園から車で三時間のところにいる端末……ですか」

正確な犯行時刻が分からないのでは絞れないのではないか。そう思ったが、辰巳さんは言った。「もう少し頭を使え。条件はそれだけじゃない」

僕の隣で幸村さんも考え始めたようである。「中学一年生を誘拐して、メッセージを作って……となると、三人組くらいですよねえ」

辰巳さんは頷いた。「二人の可能性もあるが、おそらくは三人だろう。だが四人組となると、通常の乗用車では一台に収まらない。人質も乗せるわけだからな。五人乗りでも、五人一杯に乗ってしまうと車内で動きがとりにくくなる」

そういうことだったのだ。僕も頷いた。「つまり、昨夜九時三十八分あたりから三時間くらいの間、三つ一緒に移動していた端末……」

「そうだ。それも、途中で休憩をとらずに移動し続けた端末だ。通常、高速道路は二時間も走れば休憩すべきと言われているからな。それなりに絞れる」辰巳さんは携帯の画面を指先で叩いてみせる。「加えて、トラックのように法定速度を守りはせず、逆に速度を出しすぎもせず、安定した移動速度を保(たも)っている端末だ。その中から現在、どこにも寄り道をせず目的地に着いていて、それが屋内で、映像にあったような築年数の経った建物内にあるものを選び出せばいい。正確な犯行時刻が不明だから候補は複数挙がるだろうが、一つずつ潰せない数ではないはずだ。今、石和が携帯キャリア各社に連絡して検索させている」

僕の鼓動がまた速まってくる。今度は、望みが出てきた、という鼓動だ。

辰巳さんは携帯をしまい、スライドドアを開けて僕を振り返る。「分かったら、お前は本来の仕事に戻れ。佐倉陽菜はこちらで救出する」

「でも……僕、動いちゃっていいんですか?」

「なんだ。まだ状況が分かっていないのか」辰巳さんは溜め息をつき、スライドドアを閉め直した。「いいか。たとえお前が『機関』の要求通りに『推理』をやめたとして、それで佐倉陽菜が無事に解放されると思うか?」

辰巳さんに言われて気付いた。それまでパニックになっていて、少しも考えていないことだった。そうなのだ。奴らが、そんなに親切なはずがない。せっかく得た人質なのだ。もし解放してしまって、また僕が動き出したら意味がない。つまり、今回のＳＤ案件が奴らの思い通りに成功して終わっても、陽菜ちゃんは絶対に解放されない。それはこの先、永久にそうだろう。むしろ「維持管理」が大変になった人質はいずれ始末されるかもしれないのだ。

混乱していてそんなことすら見落としていた。結局、陽菜ちゃんはこちらが救出しない限り助からない。

「だが安心しろ。少なくとも現状、佐倉陽菜が何か危害を加えられることはない。この誘拐を自殺に見せかけたい『機関』側が、人質の耳や指を切り取るはずがないからな。複数人質がいれば一人ずつ死体にしてみせることもできるが、今回は一人しかいない」

「……そう、ですね」

凄惨な話だが、確かに論理的ではある。もう、信じるしかなかった。

僕は頭を下げた。「……すいませんでした。仕事で返します」

「そうしろ」

辰巳さんはさっさとスライドドアを開けて降りていってしまう。幸村さんが僕の表情を窺っていることに気付き、僕はそちらにも頭を下げた。

「頭が冷えました。陽菜ちゃんのことはみなさんに任せて、現場に戻ります」

「……大丈夫？」

「はい」優しいなあ、と思う。この人の期待にも応えたかった。「気付いてくれて、ありがとうございました」

幸村さんは苦笑した。「……きみの様子に気付いたの、わたしだけじゃないけどね。七海ちゃんも疑ってたし、石和さんも」

やはり顔に出すぎていたのだ。僕は演技が下手なのかもしれない。

「ていうか、一番先に気付いたの辰巳さんなんだよね」

「……そうなんですか？」

「わたし、言われたもん。『あいつがただ単に気を抜くはずがない。何か非常事態かもしれないから、よく観察していろ』って」

思わず窓の外を見る。辰巳さんの姿はもう闇の中に消えていた。

※

一時三十五分、天野直人から事態を告げられた御子柴が活動を開始した。警察及び携帯キャリア各社に緊急連絡。ＧＰＳ情報のビッグデータから、条件に合致する端末の絞り込みが開始された。

同時刻、御子柴地上班が緊急通報を受け、活動を開始した。佐倉陽菜の監禁場所が判明した場合、警察の介入なく、独自に救出作戦をとることが必要になる。屋内への急襲、人質救出という状況のマニュアル通り、地上班は軽機関銃、散弾（一部ドア・ブリーチング弾）、特殊閃光弾（スタングレネード）、現場状況把握のためのコンクリート透過レーダーを装備。さらに狙撃手が配置され、東京へリポートに集結した。

5

祖霊舎に戻ると、石和さんと古賀警部補が同時に振り返ってこちらを見た。だが、一番鋭い視線を送ってきたのは妹だった。とっさに眼鏡を直し、頭を下げる。

「……体調、戻りました。大丈夫です」目がカメラになったかのようにじっと僕を捕捉（ほそく）している妹にも言う。「大丈夫だから」

妹は僕の返事に納得したらしく、ととと、と壁に向かって走っていき、木製の跳ね窓を押し上げた。長い年月でしっとりとまだらになった窓板は一・五メートル四方はある大きなもので、体の小さい妹は押し上げようとして押し返されている。後ろから手を貸し、頭でぶつかって前まわしを探る感じの体勢になっている妹の肩越しに左右のつっかい棒をはめる。そういえば素手で触ってしまったなと思ったが、古賀警部補が何も言わないところをみるとすでに指紋は採ってあるのだろう。

ここまでの獣道は上りであり、祖霊舎は入り江を挟んだ北側の突端、崖の上に建っている。方向的に、こちらからなら正面に水上鳥居が、さらに潮旅館の建物が見えるはずだったが、実際は跳ね窓が四十五度しか開かないので前が見えず、一メートルちょっとの幅で真下の崖と海面が見えるだけだった。それも真っ暗なので、石和さんに借りたライトで照らしても、ごつごつした岩肌と時折白い波濤を見せる海面には何もなかった。むしろ、ここまで断崖絶壁ぎりぎりに建っていたのかと驚く。真下の海面までは十五メートルといったところだろうか。窓枠は腹の高さであるし、手すりも安全ネットも何もないので、身を乗り出して下を覗こうとする妹の腰のあたりを摑んで止めていなければ、そのまますると落下してしまいそうである。後ろから幸村さんの「気をつけてね!」という声も聞こえる。

「人の出入りは余裕でできるな……」

そう呟いてみるが、正直なところ、ロッククライミングでここから出入りする気は起こらない。入口の扉はいくらでも合鍵が作れるのだからそちらでいいし、ザイルか何かでここから出入りしていたら、それだけで三分が経ってしまうだろう。妹が僕からライトを奪い取って跳ね窓を照らしたが、蝶番やつっかい棒などに細工の跡はなかった。

海面に白い波濤がちらつき、波の音がする。陽菜ちゃんのことが意識に上り、それをすぐに押し込める。きっと見つけ出してくれる。御子柴の力を信じるのだ。僕の仕事はここだ。

後ろを振り返る。左右両側の壁には顔ぐらいの高さに小さい板戸がついているだけで、正面の壁にも今は何もない。おそらくそこに祖霊舎の本体が安置されていただろう部分の壁の色が四角く変わっているだけだ。頭上には梁（はり）が通っている。妹は僕にライトを返すと、梁を見上げてぴょん、と跳ねたので、後ろから両脇を抱えて気合とともに持ち上げる。重さに耐えてようやくぶら下がらせることができたが、妹は足をばたばたさせ、くたびれたナマケモノのようにぶらんぶらんと揺れるだけで、すぐ僕に視線で助けを求めてきた。手を貸して降ろしてやり、今度は扉の方に駆け出そうとする彼女を摑んで止めてハンカチで手の埃（ほこり）を拭う。古賀警部補には遊んでいるように見えるのだろうな、と思う。

「……何ばしよっとですか」古賀警部補は半ば呆れたように言った。

「あれがあいつの推理法だ。妹が適当に飛び回っているうちに閃くらしい。天才だからな。頭の中はよく分からん」

　自分だって飛び級で大学院を出た天才だろうに、辰巳さんは苦しいフォローをしてくれる。しかし古賀警部補は感心した様子で頷いた。「灰色の脳細胞ちゅうやつですか。私はそがんとに、すったりですけんなあ」[※10]

※10「すったり」《博》ぜんぜん。からっきし。

残念である。僕にもない。

しかし、だからといって妹に任せきりにはできない。僕なりに可能性を考えていくことにする。ようやく集中力が出てきたのだ。例えば、この跳ね窓である。景色は見えないが、人の出入りはできるのなら。

「死体には動かした跡があったんですよね？　犯行現場はここなんじゃなくて、旅館付近だったんじゃないですか？　例えばドローン……」言いかけてやめる。空を飛ぶ何かで死体を一・五メートル×一メートルちょっとしか開かない跳ね窓から投げ入れる、などというのは不可能だ。そもそも窓が四十五度しか開かない。入口の戸はもっと広いが、周囲が木に囲まれている。「……海上をケーブルカーみたいなのを使って移動させたらどうですか？　古賀さん、犯行前、この祖霊舎には誰か入りましたか？　そうでないなら、あらかじめかなりの準備をしておくことも」

「誰も来ちょらんそうですが……」

困り顔の古賀警部補にかわって辰巳さんが言う。

「そのケーブルはどこに行ったんだ？　吊り上げる機械は当然こちら側になければいけないが、それはどこだ？　七時五十四分の時点で祖霊舎は火がついて照らされ、注目されていた。たった三分でどうやって片付ける？　遠隔操作で取り外す程度のことはできても、林の中も海中もいずれ警察が調べるぞ」辰巳さんは携帯で話しながら、僕の言葉にも反応している。「そもそも、小柄とはいえ被害者の体は六十キロ近くある。旅館付近とここでは十五メートルほど高低差があるが、六十キロの物を十五メートルも持ち上げるにはかなりのエネルギーがいるんだ。三分で殺害からケーブルの回収までできて、しかも音をたてず、十五メートルの高さ、死体を吊り上げることができる機械など考えられん」

僕の推理を否定すると、辰巳さんは携帯での会話に戻った。表情が厳しい。陽菜ちゃんの捜索がうまくいっていないのかもしれなかったが、僕がそこを気にしても仕方がないことだ、と自分に言い聞かせ、事件の方に意識を戻す。他の手段はすぐには思いつかない。だが現場に何かヒントはないだろうか。

そういえば妹が消えたなと思って視線を動かすと、彼女は死体の白線の横にしゃがみこんでいた。見ると、死体の枠の左側に二つほど、白線で小さく囲まれた別の枠があるのだ。そちらに駆け戻って見てみると、飛び散った血痕だと分かった。

「そがん思いきり飛び散ったもんではなかとです。倒れる時にこぼれたもんでなかかと、鑑識が言うちょりましたが」

古賀警部補が説明を加えてくれる。死体は動かされたというが、そういえば、銃創が五つもあるのに血が周囲に飛び散った様子はあまりない。それに。

「……あの、銃弾ってここから見つかりましたか？」

「弾頭部分のこと？」幸村さんが訂正する。「リボルバーだから、薬莢の方はシリンダーに残ってるよ」

「随分詳しかじょーもんさんですたい」

「えっ、わたし縄文顔ですか？」

「かなりのもんやと思いますばってん」古賀警部補は耳を赤くして咳払いした。「んにや、好みもありますけん。私から見れば、です」

「初めて言われた……やっぱり日本人なんだね、わたし」

「いえ、日本人にもいろいろおるとです。ウチんかみさんなぞ、鬼瓦（おにがわら）によく似ちょりますけん」

なんだか嚙み合っていない気がするがそれはどうでもいい。[※11]

「……弾丸って貫通してますよね？　その、弾頭とか」周囲の壁にライトの光を這わせる。「それに、弾痕（だんこん）もないようですけど」

「鑑識によると死体（ホトケ）な銃創はどいも近射……三十センチ以内の距離から撃たれたもんやったそうですばい。五ヵ所どいも貫通創やったとですが、弾頭も弾痕もなーもなかけん、首ば捻っちょるとです」

「つまり、現場はここではない……？」

だが、だとすると、犯人は死体をここまで持ってこなければならないことになる。自分が脱出して旅館に移動するより、動かない死体をここに運び込む方が大変なはずである。

僕は跳ね窓を見た。被害者をあそこに立たせて海面に向かって撃てば、貫通した弾丸は海に消える。だが、犯人にそんなことをする理由があるだろうか。

見ると、妹も疲れた顔で壁際に体育座りしている。

「七海ちゃん、お尻に埃つくよ」幸村さんが妹を立たせて囁く。「あとパンツ見えるから駄目」

恥ずかしそうにお尻の埃をはたかれている妹を見て、まだRD－F状態に入ってはいないようだと判断する。RD－F状態に入ると、そんなことは気にならなくなるからだ。

やはりまだ推理の材料が足りないのかもしれない。僕は古賀警部補に言った。「関係者の話を聞きたいんですが……」

どう頼めばいいか分からなかった。関係者の中には犯人もいる。僕が要求に応じていないことがばれたら、陽菜ちゃんが危険ではないか。

「事件を解決するまでは問題がないはずだ」辰巳さんが電話を耳から離して言う。「だが、念のためだ。質問は俺がやる。お前は怯えているふりをして後ろで黙っていろ」

「……はい」

辰巳さんも石和さんもずっと電話をしているが、表情は厳しいままだった。そちらの進(しん)

※11 「じょーもんさん」《博》 美人。べっぴんさん。

捗はどうですか、というのは、怖くて訊けなかった。おそらくまだ、捜索は難航している。

※

佐倉陽菜の監禁場所についてはGPS情報を検索しての絞り込みが続けられていたが、午前二時時点で未だ特定は困難な状況だった。高速道路をどの程度使用したかが判明しない以上、相模学園から最短百五十キロ、最長で二百三十キロ圏内を中心に検索がされたが、これは静岡県浜松市、長野県塩尻市、福島県いわき市南部から千葉県銚子市まで広範であり、夜間でありながら該当する端末の数が多数に上った。

二時五分時点で地上班は出動態勢を整えたまま東京へリポート内で待機、その間に各県警と現地スタッフが該当する端末の現在地を探すため行動を開始したが、作業は難航した。

6

二階建ての潮旅館は、普段はとてもこうではないのだろうなというほど明るく照明を点けていた。事件関係者の他にも近隣のシルバー会から十数人が宿泊中だったらしく、館内はそれなりに賑やかで、祖霊舎の炎を誰かが見つけた後は大騒ぎだったという。

本館玄関の車寄せ周囲には四台のパトカーが並び、それぞれが回転灯の赤い光で周囲を撫でている。車載無線で話をする警察官、ゲート横で直立不動の警察官。裏側の砂浜からこちらに歩いてきたスーツの刑事は、横に控える若い刑事に何かを指示して走らせている。重大事件の現場らしいざわつきかただったが、まだマスコミが来ていないとなると、ある程度の報道管制はしいているらしい。自動ドアから中に入ると、フロントにもロビーにも刑事がいた。皆、一様にこちらを見るが、古賀警部補が先導してくれるおかげで、一瞬後には僕たちを「いないものとして扱う」無関心に戻ってくれる。

「今は県警(ウチ)ん者が尋問中ですけん、ちっとお待ちください」警部補がロビーのソファを指す。「一人ずつは難しかとですが、全員いっぺんなら話ば聞けるとです」

もちろん、それまでぼけっとしているつもりはない。ソファ横の観葉植物を撫でる警部補に訊く。「出入口ってここだけですか?」

「ええと、あっちん方が風呂場で、廊下ん突き当たりに非常口のあるとです」現場のことをよく把握しているらしく、古賀警部補は廊下の先を指さして即答した。「そいからあそこが食堂で、今、閉まってますそこがお土産(みやげ)コーナー。その前をあちらに行きますと渡り廊下で、客室のある別館に着きますが、一階二階それぞれ、廊下んどん詰まりに非常階段のありまして、そちらからの出入りもまあできますが、だいぶ古くなっちょるけん、ぎしぎし音がして、堂々とフロント通るより目立つようで」

フロントの前から左右に延びている廊下を見る。建物自体は古くて廊下も狭いが、風呂場に向かう方も別館に向かう方も見通しはいい。

「フロントにはずっと人がいたんですよね？」捜査協力の都合なのか、この時間でもまだ、フロントには係員が立っている。「出入口がここだけとなると、事件時、犯人が出入りしたのを見てるんじゃないですか？」

「それがどうも」古賀警部補は困り顔で禿頭を掻く。「たまたまそん時は外したりなんだで、誰かが通っても見落としてしもうてるかもしれんとのことです。こんロビーや売店周囲にもシルバー会の面子（メンツ）がうろついとりましたが、それもいたりいなかったり、誰がいついたか記憶が曖昧やったり、ああでもなかこうでもなか言うばかりで、いまいち当てんならんとです」

事情聴取の場面を想像する。十数人のシルバー軍団がああでもなかこうでもなか。随分と賑やかだっただろうなと思った。

玄関のガラスドアを見る。「ゲートのところに監視カメラがあったみたいですけど……」

「あれは県警も確認したとです。七時五十分から通報んあった八時十一分まで、犯人の姿はなかったとです」

来る途中にフェンスの高さは見たが、二メートル程度だった。乗り越えるのでもいいし、崖にロープを張って海側からフェンスの端を迂回して越えるのでもいい。もっとも、そんな目立って手間のかかることが必要になるとしたら、ますます三分では祖霊舎から別館の客室まで戻れない。

「関係者五人ですが、ベランダから水上鳥居と祖霊舎、さらに山の上の本殿がよう見えるとこがいいっちゅうんで、一階と二階の端に五部屋、取っちょります」古賀警部補はくたびれたメモ帳を出し、丸い指で器用にめくる。「殺された福島修と編集者の浦川由美、それから名古屋杏奈が一階です。田崎亮太と佃明美が二階。部屋割りは適当にその場の雰囲気だったそうですが、田崎は二階がいいと言ったので、名古屋が替わってやったそうです。太っちょるけん、階段でダイエットしよるつもりだったんでしょうかな」

それはどうでもいいと言わんばかりに辰巳さんが質問をかぶせる。「七時五十一分より以前、関係者が最後に確認されたのは?」

「七時過ぎまでは夕食で食堂にいたとです。ただ被害者だけは夕食に出てこんかったそうで、最後に目撃されたのが六時過ぎちゅうことです。直前まで部屋んおった様子は……おっと。こっちね、こっち!」

古賀警部補が手招きしている方向を見ると、私服の刑事に先導されて四人の男女がやってきた。すぐに関係者だと分かる。刑事に続いてきびきび歩いている女性が名古屋さん、不安そうに左右をちらちら見ているやや年配の女性が佃さんだろう。その後ろにいる編集者の浦川さんが一番暗い表情で俯いており、気を遣っているらしい田崎さんになだめられるようにしている。

「やあ、何度んすんまっせんな」警部補は四人をソファに座らせ、自分もさっさと座り込んでしまう。こういう場合に謝りつつ話を進めることに慣れている様子だった。「確認なんで、もう少しだけ質問さしてください」

名古屋さんがうんざりしたという様子を顔に出して溜め息をつく。辰巳さんが後ろから古賀警部補に何か囁き、警部補はユーモアありげに見える笑顔で言った。「俳句雑誌ん企画でいらしてたそうで。みなさん句は詠まれるとですか」

雑談でリラックスさせようというのが見え見えだとでも言いたげに名古屋さんが肩をすくめ、佃さんは困ったように苦笑する。浦川さんは暗い顔で俯いたままだったが、田崎さんは上品な笑顔で穏やかに応じてくれた。「この歳で俳句なんて、随分じじむさいと言われるんですけどね。そんなことないですよ。若い俳人もたくさんいます」

「例えばどなたがお好きで」

「僕は井上井月の世界が好きなんです。『目出度さも人任せなり旅の春』とか、放浪生活の気楽さと寂しさみたいなのが。自分自身は福岡から出たこともないから、その反動っていうか」

「少し分かるわ。解放感あるよね」俳句の話が相当好きなのか、佃さんは笑顔になって応じる。「私は黛まどかさんの『B面の夏』が大好きで」

「まあ、外見を見れば想像がつくな」辰巳さんが呟く。どう想像がつくのかは僕には分からないが、とにかく言われた通り、後ろで大人しくしていることにする。

　これまで参加者の間でそういう話題になって盛り上がったことがないらしい。佃さんが期待に満ちた目で名古屋さんを見ると、名古屋さんは仕方がない、という顔で言う。「越智越人って……少しマニアックですけど」

「蕉門十哲の一人だな」辰巳さんが応じる。「『うらやましおもひ切時猫の恋』」

「そうです。刑事さんで知ってる人がいるなんて」名古屋さんは古賀警部補の横に立つ辰巳さんを見上げ、驚いたように目を見開く。「昔の人の恋歌が好きなんです。『二人見し雪は今年も降りけるか』なんて、完全に歌詞やないですか」

「すばらしい。ロマンチックですたい」自分の容貌を意識しているのかいないのか、古賀警部補が欧米系の大ぶりなジェスチャーをしつつ言う。「じゃ、あんたは」

「……私は俳句が専門でないので」浦川さんは肩をすくめる。「松尾芭蕉は知っていますけど」

「機関」によって選ばれただけのフリー編集者なら、そういうこともあるだろう。古賀警部補は疑うことはせず、むしろ「失礼しました」という表情で視線を移した。

「亡くなった福島さんはどがん句がお好きやったとでしょうなあ。……SNSのグループ登録ばされとりましたが、そがん話んせんやったとですか」

「企画用やったんです」浦川さんが俯いたまま口を開いた。「明日……いや今日、全員で好きなとこに散って、そこで当意即妙に上げる、という話でした」

「そこにいきなりグループ通話で『助けてくれ』という声が入った」辰巳さんが言う。

「確かに福島の声だったんだな？」

「はい」

浦川さんが助けを求めるように他の三人を見ると、三人も頷いた。佃さんが言う。「間違いないですよ」

「犯行時刻をごまかすため、銃声も声も録音だったかもしれないが」

「そりゃあ、なかです」佃さんは首を振った。「私……それに名古屋さんも、何が起こっちょるんかと呼びかけました。叫び声やったけど、受け答えしてましたよ」

名古屋さんだけでなく浦川さんと田崎さんも頷いた。後ろで聞いている僕は心の中で溜め息をつく。被害者はもっと前に殺しておいて、グループ会話では録音した音声を流せばいいのではないか、という推理は、僕も考えていたのだ。

辰巳さんが古賀警部補を見ると、警部補も頷いた。「端末ん遠隔操作やら何やらで細工ばしちょる可能性もあったんで確認しましたが、七時五十一分、五十四分共に、ここにいるみなさん、確かに被害者の携帯と直で話しちょったとです」

辰巳さんは頷き、ソファの四人に視線を戻す。「後ろで何か音はしていなかったか。風の音や何かだ。相当大きな銃声が聞こえたというが、その響き方はどうだった」

「風ん音の入っていた……ような」佃さんが確かめるように他の三人を見る。やや曖昧ながら三人も頷いた。それに自信を得たのか、佃さんは辰巳さんを見て言う。「響き方とかで、気になるもんはなかったとです。外でやったんかと思いますけど、はっきりとは」

祖霊舎は出入り自由だから、外で殺して中に死体を放ってもいいし、窓際で殺せば風の音も入る。はっきりした情報はない。

「七時五十四分の時点で、全員が別館のバルコニーにいたというが、それはどうやって確かめた？」

「どうって、声がしとりましたし」佃さんが助け船を求めるように他の三人を見る。「話しながら身ば乗り出して、顔もちゃんと見ましたけん、間違えようがなかとですよ」

「ちゃんとそれぞれの部屋にいたか？　他人の部屋から顔を出している可能性もあるが」

「まさか」

辰巳さんは細かいことを訊いているようだが、これも大事なことだった。つまり、犯人からメッセージがあり、祖霊舎の前で爆発物が炎上した七時五十四分の時点で、全員が別館のそれぞれの部屋のバルコニーにいた。一緒にメッセージを聞き、炎を見ているふりをして別の場所にいたのではないのだ。

だとすると、やはり犯人には三分しか時間がない。他に何があるだろうか、と考えるが、あまり聞き耳を立てて考え込んでいる顔もできないのだ。浦川・田崎・佃・名古屋の四人のうち一人は、「機関」の工作員のはずなのだから。しかし、人間の思考は「顔についてくる」ものなのか、思案顔にならないように、と意識すると、途端に思考も回らなくなり、ほどけていってしまう。妹の姿を目で探すと、少し離れた所で壁際の鉢植えの葉を指でくりくりいじりながら、じっと関係者四人を見ていた。

僕同様にいい案が浮かばない様子の辰巳さんも、少し力を抜いた様子で訊く。

「バルコニーから祖霊舎を見たと言うが、それは本物の祖霊舎だったんだろうな? 炎で注目させられたせいで、別の場所に建てていた偽の建物を見ていた、という可能性もあるが」

不満顔で口を開きかけた名古屋さんに代わり、田崎さんが穏やかに答える。「本物やったと思います。水上鳥居との位置関係も昼に見たままでしたし、四人もおりましたから。祖霊舎の位置のずれとるとに気付かんということはなかかと」

「不思議よね。外部犯とは考えにくかし、私たちは四人とも犯行不可能」

佃さんがそう言うと、他の三人がぎょっとした顔になる。それまで「ここにいる四人のうち誰かが犯人」という言い方はしてこなかったのだろう。それにそもそも、その四人が集まっている場でそれを口にするというのはかなり大胆な発言になる。

もっとも、そういうところで「空気を読まない」のは、保有者の性格に合致している。佃さんは口許に指を当てて思案顔になる。「『薔薇のごと屍体黙りて不可思議に』ってとこかしら」

「詠むな」辰巳さんが呟く。「それに結句にしまりがない。具体物を入れるべきだな」

添削したら人のことを言えないじゃないかと思うが、幸いにも小声だったので四人には聞こえていないようだった。

後ろに人の気配がして、振り返ると石和さんが来ていた。執事としての習性なのかいつも存在感を消し足音をさせず動く石和さんだが、辰巳さんはすぐに反応して隣に行き、囁き声でされる報告を聞いている。鉢植えの葉を撫でながら古賀警部補と話す関係者四人をじっと見ている妹はもう事件に集中しきっているようだ。僕はそっと辰巳さんの隣に移動して囁く。

「……どうですか」

「まだだ。それらしい端末がいくつか見つかっているが絞れない」辰巳さんは短く答えると、僕を見下ろして囁く。「佐倉陽菜のことはこちらに任せて一旦忘れろ。お前が救うべきはそこの三人だ」

「はい」

答えはするが、なかなか気持ちが落ち着かない。陽菜ちゃんは本当にまだ無事なのか。幸村さんが僕の肩に手を添え、辰巳さんたちから離すように背中を押してくる。辰巳さんたちに捜索を依頼している、ということすら感づかれてはならないのだと思い出し、とっさにソファの四人を見る。佃さんが古賀警部補に何か言い、名古屋さんがそれを見ている。田崎さんは穏やかな顔で、浦川さんは暗い顔で黙っている。誰もこちらを観察しているようには見えない。

田崎さんが動き、ところどころささくれ立っている古いソファが軋む。綺麗に掃除してはあるが、この建物はかなり古いし、そう高級な造りでもないようだ。天井を見ると、蛍光灯はかすかにちらついているように感じられた。

視線をソファに戻した僕は、違和感を覚えて再び天井を見上げた。まともに蛍光灯を見たせいで少し目がくらみ、橙色の斑点が視界で明滅する。だが、これは。

心臓が勢いよく血液を絞り出したのが分かった。その一発を皮切りに、どくどくという動悸が強く続く。事件のトリックではない。陽菜ちゃんの監禁場所だ。確率は低いが……。

石和さんのようにはいかないが、絨毯の上をそっと移動して辰巳さんに寄り添う。石和さんと話していた辰巳さんが一旦ちらりとこちらを見て、最低限の動作で発言の許可を出す。僕は囁く。

「……陽菜ちゃんの監禁場所の、ヒントが」
辰巳さんは無言で背中を見せ、ロビーから出ていく。石和さんと僕がそれを追う。赤色回転灯が照らす駐車場に出て、石和さんが周囲を確認して頷いてみせる。僕は携帯を出した。

「可能性は小さいですけど……」

携帯で、犯人から送られてきた陽菜ちゃんの動画を再生する。

――私を助けてください。私は独りぼっちすぎて、生きていくのが疲れました。私は学園を出ました。もう、さよならするつもりです――

言わされている陽菜ちゃんの頬に涙の跡を見つけ、携帯を握りしめる。怖いだろうな、と想像して、僕は初めて、不安や混乱ではなく「怒り」を覚えた。

辰巳さんが横から僕の携帯を覗き込む。「……この映像にヒントがあるのか？」

僕は画面を見る。陽菜ちゃんではなく、背後の白い壁を見た方が分かりやすいと気付いた。

「この部屋の照明、蛍光灯ですよね。それもLEDじゃなくて、ほんとの蛍光灯」

「ちらつき方からしてグロースタータ式蛍光灯だな。古い建物だから、照明器具もそうなのだろうが……」辰巳さんはそこまで言うと口許に手をやり、ぼそりと付け加えた。

「……いや、その可能性もあるか」

さすがは辰巳さんで、もう察したらしい。

「LEDじゃない昔の蛍光灯って、ちらつく速度が決まってるんですよね？　たしか電気の周波数で」

高校の物理か何かで聞いたことがある。蛍光灯というものは点灯中、ずっと光を出し続けているわけではなく、光ったり消えたりを高速で繰り返してちらついているのだ。そしてそのちらつきの速度は流れる電気の周波数で決まる。現在のLED蛍光灯ではまちまちだし、旧式の蛍光灯にもちらつきの少ないインバータ式というのもあるが、古い蛍光灯はほとんどがグロースタータ式という、点灯管を用いるものだった。そしてグロースタータ式蛍光灯のちらつき方は日本の東西で違う。五十ヘルツの東日本では一秒間に百回、六十ヘルツの西日本では百二十回。目で見てもその違いなど分からないが、動画をコマ送りにすれば。

「……できるな。添付の動画ならフレームレートは24fpsだろうが、全体を再生すれば分かる」辰巳さんは石和さんに目配せをする。石和さんはそれだけで電話の相手に指示を始めた。

「相模学園から二百三十キロ程度と考えると、西はせいぜい浜松、あるいは長野方面に向かって塩尻といったところだろう」辰巳さんは言う。「だが五十ヘルツと六十ヘルツの境界はおおむね新潟県の糸魚川と静岡県の富士川だ。静岡市以西の掛川や浜松は六十ヘルツだし、長野県内ならほぼ全域が六十ヘルツだ。絞れるかもしれない」

石和さんは無表情のまま電話でやりとりをしている。僕は辰巳さんと並んで、石和さんの報告を無言で待った。石和さんは僕たちの視線が全く気にならない様子で話し、電話機を耳につけたまま沈黙した。

それほどの可能性ではないと思う。だが相模学園から高速道路でどこかに向かったのなら、ルートは限られているはずなのだ。東名高速で浜松方面に向かうか、中央道で長野に向かってくれていれば。

潮を含んだ風が顔のまわりを撫でて通り過ぎる。夜空はかすかに灰色がかっていて、分厚い雲が頭上を占めているのが分かった。仕事に必要なので天気予報は把握している。福岡あたりも日光同様、雨は降らないはずだったが。

石和さんがこちらを向いた。「……特定できました」

僕より先に辰巳さんが反応する。「どうだ」

「直人さんのご指摘の通りでした。映像内の蛍光灯は一秒間あたり百二十回の点滅をしておりました。つまり監禁場所は六十ヘルツ圏内——『西』です」

石和さんは僕を見た。よくやった、と言われた気がした。「すべての条件に合致する三つの端末が特定できました。長野県茅野(ちの)市仲町のアパートです。現在、地上班が急行しております」

叫ぶのをこらえ、両拳を握る。絞れた。陽菜ちゃんはそこにいる。辰巳さんの言った通りだった。神の目が情報をくれれば、分からないことなどないのだ。

「市街地だな。こちらが察知して救出作戦を練る場合でも派手にやれないと計算に入れてそこにした可能性がある。……狙撃手は配置できるか？」

「端の部屋ではないようで、部屋内の狙撃は困難です。車両内に配置し、見張りを排除するのが限界かと」

「よし」辰巳さんは頷く。「人質の安全を最優先。敵は『排除』を基本としろ。逃走した敵は追わなくていい」

「かしこまりました」

辰巳さんと石和さんのやりとりを聞いている間も、まだ鼓動が収まらない。これから救出作戦が始まる。僕にできるのは、祈ることくらいしかないのだ。

※

午前二時二十二分、GPS解析班は佐倉陽菜の監禁場所を長野県茅野市仲町のアパート内と特定。東京ヘリポートから地上班が出動した。現地では作戦用のワゴン車が用意されるとともにAW109の緊急着陸を要請。五十二分後の午前三時十四分、茅野市運動公園内に着陸した地上班と現地スタッフが合流。この時点で監禁場所の部屋番号は特定されており、十三分後の午前三時二十七分、救出作戦のための配備が完了した。

7

懐中時計を出して文字盤のライトを点ける。午前三時二十七分。

石和さんと辰巳さんはさっきからずっと携帯でやりとりをしている。波と風の音で途切れ途切れにしか聞こえないが、辰巳さんの横に突っ立って耳を澄ましていると、東京からヘリで茅野市に向かった地上班が現地スタッフと合流したらしいことが、漏れ聞こえてくる言葉からなんとなく分かった。

陽菜ちゃんは無事なのか。怪我をさせられることはないだろうと聞いている。だが、そうでなくとも、何かひどい目に遭わされているのではないか。人の命を何とも思っていない「機関」のやることだから、「そうする方が都合がいい」ということになれば、すぐに殺されるかもしれないのだ。

津屋崎の殺人事件の謎も、まだ解けてはいない。聞き込みの後、一度現場に行き、それでも何も分からずに戻ってきて、今は潮旅館のベランダの前、水上鳥居のむこうに祖霊舎を望む砂浜に来ている。仮に犯行現場が祖霊舎付近でなく宿周辺だった場合、考えられるのは別館周囲のこの砂浜くらいしかない。建物の中はもちろん、表の駐車場も、街路灯で照らされている上に監視カメラがある。目立たないよう人を殺して死体を運んでなどということはできないのだ。

雲が少し動いたようで、頭上には一つ二つ、星が光るようになっていた。暗闇に目が慣れたこともあって、別館の明かりだけでも、祖霊舎の方を窺いながら波打ち際を右から左へ、左から右へ、と往復する妹と、海に落ちないようにそれを見守る幸村さんの背中は識別できる。妹はいよいよ謎に挑戦し始めたようだ。RD-F状態になっているかどうかはここからでは分からないが、それでいい、と思う。妹には陽菜ちゃんのことは伝えていない。不安で動けなくなってしまうのは、僕だけで充分だ。

ふらふらと移動しつつ砂に足をとられてよろける妹を、幸村さんが支える。本来なら、僕が妹の隣についていなければならないのだが、辰巳さんは僕がここで聞き耳を立てていることを許してくれている。石和さんも何も言わなかった。三時二十九分。

「……作戦開始」

波の音に紛れ、辰巳さんの声が聞こえた。振り返ると、辰巳さんも電話機を耳に当てたまま、僕に頷いた。

息を吸い込む。どうか、陽菜ちゃんが無事でありますように。

※

午前三時二十九分、救出作戦が開始された。

監禁場所は両側に建物のある木造アパートの二階。場所の特定後、管理人からマスターキーの貸与を受けていた現地スタッフの男女各一名が住人の関係者を装い、監禁場所である二〇三号室の下にあたる一〇三号室に潜入。天井越しに壁透過レーダーを用いて、敵及び人質である佐倉陽菜の位置と、管理人から入手していた間取り図を照合して現場の状況を把握した。二〇三号室はダイニングキッチンと玄関側の洋室、窓側の和室という間取りであり、佐倉陽菜は奥の和室におり、三人の敵のうち二名がその部屋に、残る一名が玄関付近にいたが、和室の窓はカーテンが閉められているため狙撃は困難であり、また内部にいれば常に全体の状況が把握できる狭いアパートであったため、ドアを破壊しての強行突入という方法しかなかった。

現地スタッフ潜入から五分後の午前三時三十四分、五名からなる突入班が、ショットガン、特殊閃光弾、及び軽機関銃を装備の上、ドア前に集結。同三十五分、ドアの蝶番を破壊して突入した。だがこの時点で、あらかじめアパート内から表の路地に向けて監視カメラを備えていた敵は突入を察知して態勢を整えており、軽機関銃を装備した敵と突入班は、ドア破壊、特殊閃光弾発射と同時に、玄関付近で激しい銃撃戦となった。

※

作戦開始、という辰巳さんの声から、もう何分が経っただろうか。茅野市では今この瞬間に人が死んでいるかもしれず、そのうちの一人が陽菜ちゃんかもしれないのだ。波の音がする。空の星がまたたく。濃密で恐ろしい時間が一秒ずつ過ぎていく。辰巳さんも石和さんもじっと携帯を耳に当てたまま動かず、一言も喋らないまま待っている。吸ったはずの空気が喉の奥で固くなって詰まる。僕は肋骨(ろっこつ)の中で跳ねまわる心臓をどうにもできないまま耐えていた。

やがて、辰巳さんが口を開いた。

「……了解。撤収作業急げ」

辰巳さんは携帯を耳から離し、僕を見て無表情のまま言った。

「成功した。佐倉陽菜は無事だ。現在、地上班が保護して東京に移送中だ」

体中が痺れるような感覚があって耳が遠くなり、気がつくと砂浜に膝をついていた。力が抜ける。助かったのだ、もう安心していいのだと心の中で繰り返しても、強くなった鼓動はなかなか収まってくれなかった。横で砂を踏む音がして、見上げると幸村さんが来ていた。隣に膝立ちになった幸村さんに抱き寄せられて、鼻先で感じるドレスの生地のにおいに、僕の体はようやく「安心していいのだ」と気付いたようだった。優しく背中を叩かれるにつれ力が抜けていく。

陽菜ちゃんは助かった。もう、心配しなくていいのだ。

自分の中でそう繰り返し、まだ凝っている何割かの筋肉をなだめていく。

「これで解決が可能になった。立て。今度はこちらの事件だ」

辰巳さんは容赦なかった。こっそり溜め息をついたらしき幸村さんに促されて立ち上がると、石和さんと目が合う。石和さんは、普段ほとんど見せない微笑で頷きかけてきた。

僕も頷き返し、妹の方を振り返る。妹は波打ち際で、祖霊舎の方を見たまま海風に髪をなびかせている。

休んでいる暇はなかった。すでに事件発生から七時間以上が経っている。急いでSDQUSを解かなければ、こちらで被害者が出てしまう。僕は砂を踏んで妹の方に歩き出した。まるで一ヵ月ベッドに眠っていた人のように足元がおぼつかず、一度立ち止まって空を見る。星が三つに増えていた。あるいはあれは人工衛星だろうか。陽菜ちゃんを助けられたのはほぼGPSのおかげなのだ。そう、GPSなら……。

速度を上げて動き出した思考に一つ星が灯る。自分の仕事をしなければならない。辰巳さんに言う。

「GPS情報はどうですか?」

「何?」

「関係者全員のGPS情報です。いえ、それ以外に」膝の砂を払う。「今回、陽菜ちゃんの捜索にやったのと同じようにすれば何か分かりませんか? つまり、特定の端末を追うんじゃなくて、事件時、この近くにあった端末の動きを全部見れば」

死体は祖霊舎で見つかったし、犯行時刻が七時五十一分なのは間違いがない。あと分からないのは犯行場所なのだ。そこは関係者に訊いても曖昧なままだった。祖霊舎の中だったのか、外だったのか。それはつまり、「犯人が祖霊舎の中で被害者を殺害して何らかの方法で三分で宿のバルコニーに移動した」のか、「犯人は宿の前で被害者を殺害して何らかの方法で三分で死体を祖霊舎の中に移した」のか、ということだ。どちらも不可能に思えるし、この二択が分かっても謎は謎のままなのだが、トリックの方向性を絞り込むことは大事だった。「難問は分割せよ」「直接に解決にはつながらんが、確認する価値はあるな」

だが辰巳さんは言った。「直接に解決にはつながらんが、確認する価値はあるな」

「……確認、ですか?」

「現場は祖霊舎のはずだ。この砂浜で被害者を殺害するのは無理がある。宿のすぐ前だしな」

「……あ」

宿を振り返る。言われてみればその通りだった。別館の建物はすぐそこまで来ていて、この砂浜は「宿のすぐ前」と言っていい。犯行時にかかってきた電話ではかなり大きな銃声がしていたという。

「銃声の方は、たとえばサイレンサーみたいなので消したとか……」

辰巳さんは答えず、横で電話をしている石和さんを見る。石和さんは携帯のマイクを手で押さえて言った。

「映画などで間違ったイメージがついてしまっておりますが、拳銃のサイレンサーというものは、使用してもそれほど発射音を消せるものではありません。加えまして、今回の犯行に用いられた拳銃は三十八口径のリボルバーです。もともとの発射音も大きゅうございますし、リボルバーはシリンダーから音が漏れてしまうので、原則的にサイレンサーはつけられません」

明らかに初心者に説明する調子で言い、石和さんは電話に戻る。辰巳さんも言った。

「それ以前に、電話中、犯人は被害者に喋らせて助けを呼ばせている。被害者がどの程度大きな声で喋るかは分からないし、恐怖のあまり叫びでもされたらその時点でアウトだ。現場がここだというのは無理がありすぎる」

そうなのだ。宿の明かりは今ほど煌々(こうこう)と点いてはいなかっただろうし、何かを派手に光らせたりしない限り別館の客室からは見えないだろう。だが波や風の音に隠れていたとはいえ、すぐ前だ。窓を開けている部屋が一つでもあれば聞こえてしまうし、すぐ前で聞こえたら何かと思って外を見るだろう。外からでは窓を開けている部屋があるかどうかも確認ができないし、全室に確実に窓を閉めさせておくような細工の痕跡もない。たまたま皆聞いていなかった、という可能性に賭けた計画など、ＳＤ案件で採用されるとは思えなかった。

だとすれば、犯行現場はやはり祖霊舎の中か、その付近なのだ。だが、祖霊舎からたったの三分で宿の自室に戻る方法が何かあるのだろうか。陸路は獣道やフェンスに邪魔をされて無理だし、そもそも関係者四人に走ってきた直後のような様子はなかったという。だが海路はこの荒れ方では無理だし、空路も風がある上、音をどうするかという問題がある。むろん地中を掘ったわけでもない。

妹はまだ波打ち際で突っ立っている。幸村さんが隣に行き、お尻の砂を払ってあげている。足元が波で濡れているんじゃないかと思うが、妹本人は気にしていないようだ。

僕も立ったまま考えた。陸路でも海路でも空路でも地中でもない。それなら、やはり「海上」ではないか。ここから祖霊舎に行くのは十五メートルも上らなければならないから無理だが、むこうからここまで降りてくるのなら、高低差を利用して静かに素早くできる。犯行後、ケーブルをどうやって回収するのかが問題だが、逆に言えば、それさえなんとかすればいいのだ。「三分で入り江の反対まで移動する」より「三分で五十メートル分のケーブルを回収する」の方が簡単に思える。何か手があるはずなのだ。

「氷でケーブルを……」無理だな、と思ってやめる。

石和さんと話していた辰巳さんが、厳しい表情でこちらに来た。氷云々のお馬鹿な発言を聞かれたのかと思ったが、違った。

「……悪い知らせだ」

一瞬、浮かんだのは陽菜ちゃんのことだった。やはりどこか怪我をしていたのか。

だが辰巳さんは首を振った。「佐倉陽菜に怪我はない。こちらのことだ」

「こちら……」

「昨夜六時から八時十分までの、携帯電話端末の位置情報が来た。最大で十メートル程度の誤差はあるそうだが」辰巳さんが差し出してきた携帯には、入り江付近の地図が表示されていた。「……この通りだ」

携帯を受け取り、六時からの位置情報の動きを再生してみる。六時の時点で、宿とその周辺には二十個以上の点がごちゃごちゃに固まっていた。宿泊客は二十人近くいるし、職員の携帯もあるのだから、この数には納得がいく。宿どころか駐車場を飛び出し林の中に一つ二つ反応があるのも、逆に砂浜を出てわずかに海上にはみ出してしまっている反応があるのも、誤差として理解できる。だが。

六時から徐々に時間が進んでいく。それにつれて、二十数個の反応が巣穴のアリのようにごしゃごしゃと動く。全く動かない反応がいくつかと、誤差が修正されたらしく宿の中に瞬間移動する反応や、その逆に砂浜に飛び出る反応もある。だが。

時間が進む。端末たちが動いている。まだ、すべての端末は宿の周囲にある。犯人は被害者をどこか人気のないところに呼び出したはずなのだ。犯行開始はいつだろうと待つ。そこで気付く。

「……あれ？」

そう声をあげた時には、もう時刻表示は八時十分になって止まっていた。再び六時に戻して確認していく。端末の反応が好き勝手に動く。だが。

「……これで、終わりですか？」

顔を上げると、辰巳さんが頷いた。その表情から、僕は「悪い知らせ」の意味を理解した。

昨夜六時から八時十分までの間、現場周囲のすべての端末は宿付近から動かなかった。祖霊舎付近に近付いたものは一つもない。

……そんな、馬鹿な。

確かに犯人は犯行時、携帯電話を使用していたのだ。そして宿付近での犯行は無理だった。宿付近が無理なら、犯行現場は祖霊舎付近でなくてはならない。祖霊舎周辺に近付いた端末が一つもないのはおかしい。

携帯だけを宿に置いて、遠隔操作で通話したのではないか、と考えてみる。だがこれも無理があった。陽菜ちゃんの誘拐を見る限り、犯人はこちらがGPSのビッグデータを検索することを計算に入れていたとは思えない。仮に計算したとしても、「GPS検索をされた時のため」だけに、見つかる危険のあるそうした細工をするとは思えない。犯行場所が分かったところで謎は謎のままだからだ。つまり犯人は、GPSをごまかすための細工はしていない。

——神の目が情報をくれるんだ。分からないことなどない。

辰巳さんもそう断言していた。なのに、GPS情報は言っている。祖霊舎には、誰も近付いていない。だが宿付近での犯行も無理。それなら現場は一体どこだというのだろうか。

辰巳さんに携帯を返す。その手が震えている。

この犯人は、神の目を欺く。

8

GPS。グローバル・ポジショニング・システム。アメリカ合衆国が運用する、人工衛星を用いた全地球測位システム。携帯電話でも利用され、端末の位置情報をリアルタイムに、わずかな誤差で記録できる。陽菜ちゃんの救出でもこのGPSが役に立った。ビッグデータからの検索システムを用いれば、居場所だけでなく、端末所持者の行動パターンから、その素性がかなりのところまで解読できるのだ。大気圏外から人間一人一人を追いかけ、監視し、何を考えているかまで炙り出す。まさに神の目だった。

だがその神の目が、この事件は不可能犯罪であると言っている。

七時五十一分から七時五十四分までのたったの三分間で、祖霊舎から宿の自室まで犯人が戻る方法はない。自分の意思で生きて動く犯人自身ですらそうだとすると、犯人が宿付近にいたまま死体を祖霊舎に送るのはもっと困難なはずだった。その上、宿付近での犯行は無理がある。銃声を聞かれたり被害者に叫ばれたりしても大丈夫な隠し部屋か何かが宿付近にあったのだろうか。だがその場合、そこから祖霊舎まで被害者を移動させなくてはならなくなる。まだ宿泊客もスタッフも好きに動き回っている時間だ。見られずに済ませるのは無理だ。

困惑したまま、波打ち際に立つ妹に携帯を渡す。辰巳さんから送ってもらったGPS情報を表示させ、ついでに足元が濡れていることに気付いて妹を引っぱり、一歩下がらせる。触った時に体が熱くなっていることに気付いた。RD－F状態に入っているのだ。だが。

僕は思う。今回ばかりは、たとえホームズ遺伝子が活動しても不可能ではないか。どんなに発想力があっても、0×0を1にする方法はないのだ。だが妹はじっと携帯を見ている。さっきより大きな波が来て、せっかく下がったのにまた足が濡れる。引っぱってもう一歩下がろうとしたら、砂に足を取られて妹ともども尻餅をついてしまった。

「ぐえ」

腰の上に妹が倒れてきて腹が潰される。なんとか体を起こすと、妹は体育座りで僕の脚の間に収まったまま、まだじっと携帯を見ていた。まさか倒れる間もずっと見ていたのだろうかと首をかしげるが、RD－F状態の保有者はそのくらい周囲が見えなくなることがあるようだ。僕は立ち上がろうとしたが、妹が僕の膝を肘掛けがわりにしてどっかりと腰を落ち着けてしまったので動けない。

「座ったら砂だらけになっちゃうよ。砂も湿ってるし」

幸村さんが来た。僕は首だけで振り返り、動けない、ということを顔で伝える。手を置いている砂は確かに湿っていた。いつだか分からないが、空模様の通り、昨夜のどこかで雨が降ったのだ。

一つだけ気になることがあった。「幸村さん、天気予報じゃたしか、雨降らないって言ってましたよね」

「言ってたね」幸村さんも頷く。「携帯の天気予報見たら、ちゃっかり傘マークに変わってたよ。予報じゃなくて事後報告だよね」

「……ええと、このあたりでも天気予報じゃ、雨なんて言ってなかったんですよね。昨夜は」

「言ってなかったと思う」

僕は携帯を確かめようとしたが、妹が返してくれない。それを見た幸村さんが携帯を出し、昨日出ていたこのあたりの天気予報を検索してくれた。「星マーク出てる。あ、でもちょっと雲かかってる」

幸村さんが見せてくれる画面を見る。ということは、昨夜は関係者にとって予想外の形で雨模様になったということになる。犯行時は降っていなかったはずだが、おそらく僕たちが到着する前、午後九時から十一時くらいの間に一度、さっと降ったのだろう。

その事実を頭の中で咀嚼(そしゃく)する。もしそうだとするなら……。

立ち上がろうとして、妹に腕を摑まれた。

「いや、ちょっと待って七海」

別に僕にくっついていなくても推理はできるだろう。こちらは古賀警部補にでも確認しなければならないことがあるのだ。妹が手を離さないので、仕方なくそのまま彼女も立たせ、手を引いて辰巳さんのところに戻る。妹はもう一方の手ではまだ携帯を持ったままで、画面を見ながらされるがままである。幸村さんが後ろからついてきて砂を払ってくれる。

「辰巳さん。古賀警部補に確認していただきたいことがあります」

「何だ」

「このあたりの天気です。ええと」意図が不明なまま頼むのはよくない。頭を回して言葉を組み立てる。「要点を言えば、昨夜の空模様です。『天気予報では降らないと言っていたのに、降りそうな空模様になってきた』といった感じだったのかどうか」

「それはつまり……」辰巳さんも僕同様、言葉を組み立てたようだった。「……なるほどな。確かに、犯行時刻は謎だった。単にそういうことだったか」

僕は頷く。だいたいこの人の方が、常に僕より賢いのだ。すぐに察してくれたらしい。

だが、携帯の通話を切って古賀警部補にかけようとした辰巳さんは眉を上げた。その古賀警部補から着信があったらしい。

「……私だ。何かあったか？」

電話機からかすかに警部補の声が漏れ聞こえてくる。関係者を宗像(むなかた)署に移送するというので、今はたしか別館にいるはずだった。

「……分かった。こちらから行く。顔色は見たか？」

その単語が気になった。関係者のところで何か起きたのだ。辰巳さんの口調が強くなる。「……自室？　駄目だ。すぐに全員集めてくれ。監視はついていないのか？」

隣の幸村さんが別館を見て目を細める。辰巳さんが宿に向かって歩き出し、こちらを振り返った。「すぐ宿に戻るぞ。編集者の浦川由美に動きがあった」

辰巳さんについていく僕たちはすぐ早足になった。辰巳さんが駆け出し、合わせるように駆け足になる。街路灯に照らされた駐車場に回る。

「覚醒しましたか？」

「古賀警部補の話によればまだだ。口調は普段通りだったし、表情もまばたきの回数も正常だった」辰巳さんは走りながら言う。「だが何かに気付いたらしく、俺たちにもう一度話を聞きたい、と申し出てきたそうだ。何かに気付き、単独で動き出したとなると保有者である確率が上がる」

自動ドアが開くのももどかしく、玄関の黄色がかった光の中へ駆け込む。ロビーに古賀警部補がいた。

「浦川はどこだ」

「別館の、自分の部屋にいるとです」古賀警部補は答えながら、もう先にたって別館への渡り廊下へ駆け出す。「事情聴取ば終わって、ひとまず各自、部屋に帰しとったらしかです」

「人目のない状態にしたのか？」

古賀警部補は困った顔で頭を下げる。城ケ島の時からそうだった。上からの通達で、警察はＳＤ案件だと分かっても、ことさらに関係者を観察したり保護したりすることはできない。

引いていた妹の手を離し、ロビーで待っているように言う。妹は聞いているのかいないのか、そのままの姿勢でぼけっと突っ立っていた。ロビーには警察官もいるから、危険はないだろう。

渡り廊下を過ぎて別館に入ると、前方から破裂音がした。古賀警部補は「お？」と首をかしげたが、僕は聞いた瞬間、全身の皮膚に漣(さざなみ)が立つ感触を覚えた。御子柴に関わったせいで知ってるのだ。この音は。

幸村さんが先頭に飛び出て、腕を伸ばして僕たちを制止する。「二つ先の部屋です」

辰巳さんは携帯で石和さんを呼んでいる。僕は何をすればいいのだろうと考え、二人の様子に戸惑っている古賀警部補に言った。「ロビーにＡＥＤってありませんでしたか？持ってきてください」

辰巳さんがこちらを振り返って頷く。銃声がしたということは、誰かが重傷を負って心肺停止状態になっているかもしれないのだ。間違いなら間違いでいい。

古賀警部補が床板を振動させながらばたばたと渡り廊下を駆け戻っていく。幸村さんは辰巳さんから目線で許可をとると、音がした部屋のドアをさっと開け放した。後ろにいた僕は慌てて壁にはりつく。

ドアが開く瞬間、一瞬だが見えた。人が二人、倒れている。そして奥に一人立っていた。

踏込の奥の襖が開け放されていたので、部屋の奥まで視界に入ったのだ。座椅子と座卓、横から伸びていた女性の両脚。そして制服の警察官が、壁に背中をつけて座り込んでいる。それがただ「座り込んでいる」のではないことも見えていた。頭部が真っ赤だった。その傍らに、拳銃を持った女がいる。警察官のホルスターから吊り紐が延びていたから、警察官は自分が携帯していた拳銃を奪われて撃たれたのだ。

幸村さんが体勢を低くして部屋に飛び込んだ。思わずその後ろから頭を出して部屋を覗いた僕は、座敷に上がりながら幸村さんがスリッパを投げ、奥にいた女が顔を覆うと、その間にポットを掴み、お湯をぶちまけるのを見た。そこまで高温の湯ではなかったはずだが、突然ぶちまけられた女が悲鳴をあげる。幸村さんはスカートをなびかせて畳を蹴り、座卓の上にあった重そうなガラスの灰皿を掴んで殴りかかった。横殴りの一撃で拳銃を弾かれた相手は素早く後退し、身を翻して窓ガラスを突き破る。幸村さんは二、三歩後を追って踏み出したが、相手がバルコニーの手すりを越えて砂浜に逃げると、テレビの横に置いてあった非常用懐中電灯を取って外の相手を照らした。それと同時に乾いた銃声が響き、飛び出した女が横倒しになる。一瞬で三つの銃声がした。幸村さんがテレビの電源コードを抜き、砂浜に出て相手をねじ伏せる。それを追ってバルコニーから窺うと、石和さんが拳銃をホルスターにしまったところだった。

「直人さん。お怪我は」

「大丈夫です。僕は……」

言いながら振り返る。部屋の中に倒れているもう一人の女性は浦川さんだった。辰巳さんがその傍らから立ち上がる。

「こっちは呼吸がある。気絶させられただけのようだ」

それから壁際に倒れている警察官の横に膝をつく。小さく舌打ちが聞こえたが、辰巳さんはすぐに警察官の血まみれの頭に腕を回し、仰向けに寝かせて心臓マッサージを始めた。

「一一九番だ」

辰巳さんに言われ、僕は携帯を出した。

だが、すでに分かっていた。通報するのは救助のためではなく、死亡確認のためだ。辰巳さんは心臓マッサージを続けているし、古賀警部補がAEDを持って駆け込んできたので、僕も警察官の服をはだけて電極パッドを貼るのを手伝った。だがAEDは動かなかった。すでに心臓が停止していたからだ。

「これは……」古賀警部補が周囲を見回し、外で縛られている一人と部屋で倒れている二人を見て顔をしかめる。

「俺たちの話を聞いて、そこの浦川由美が気付いたんだろう。自分でないなら、犯人はあいつしかいないと」辰巳さんが立ち上がり、バルコニーの外で幸村さんに縛られている女を見る。「そして今、外で縛られている犯人に会いにいった。無謀にも一人でな。浦川由美が覚醒しておらず、しかし自分が犯人であったことがばれた犯人は、おそらくは浦川を気絶させ、逃走しようとした。その物音を聞き、助けに入ったこの人もやられた」

辰巳さんは、電極パッドをつけたままですでに死んでいる警察官を見下ろした。辰巳さんは袖口を血で染めているが、そうしなくても最初から、この警察官が死んでいることは一目で分かっていた。頭部におそらく二発、銃弾を撃ち込まれている。

「くそったれ」

古賀警部補が初めて激しい感情を表し、壁を拳で殴る。「じゃあ、犯人はあそこの……」

「ああ」

辰巳さんは頷くと、砂浜の方を指さした。「……犯人は、あそこで縛られている名古屋杏奈だ」

それから倒れた浦川さんの傍らに膝をつき、意識を取り戻して呻き声をあげている彼女を助け起こした。

「……気付いたんです。どんなトリックを使って祖霊舎から宿に戻ったのかは分かりませんけど、犯行ができたんは名古屋さんだけのはずや、って」

ソファに座ってうなだれたまま、浦川さんは言う。下を向いてはいるが、はっきりした声だった。

「一体、なんで分かったとですか」

その向かいのソファに座る古賀警部補が疑わしげに口髭を撫でる。部屋から呼ばれて左右のソファに座っている田崎さんと佃さんも、怪訝な顔で身を乗り出した。

「……犯人は一階の部屋にいなければならないと気付いたんだろう」

浦川さんに代わって、僕の隣に立つ辰巳さんが答えた。

「現場がどこであれ、犯人は犯行後、自分の部屋のバルコニーまで戻らなければならない。だが犯行時はまだ午後八時前だ。スタッフはもちろん、宿泊客もロビーをうろついている。そんな状況でロビーを駆け抜け、階段を駆け上がって三分間で部屋に戻るなど無理だ」

浦川さんは辰巳さんを見て頷いた。辰巳さんは続ける。

「加えて、さっき話を聞いた通り、非常階段を使えば目立ってしまう。となれば、犯人が部屋に戻るコースは一つしかない。別館の外周をぐるりと回り、砂浜からバルコニーへ直接入る。可能なのは一階にいた名古屋杏奈と、この浦川由美だけだ」

「……そんなことに気付いたんです。ここで話を聞いた時に。でも確信がなかったから、直接訊いてみようと思って」浦川さんが再び下を向く。「……私、合気道(あいきどう)やってるんです。

せやから、いざとなったら自分で捕まえるつもりで」

「なんちゅう無茶ばなさるとですか。そがんことは警察に言うてください」

古賀警部補が言うと、その後ろに立っている刑事も頷く。

だが僕には、「ここで話を聞いた時に気付いた」という言葉がこたえた。彼女を助けに入った制服警官――宗像署の井手泰明巡査は、救急車の到着後すぐに死亡が確認されている。僕たちが動かなければ、井手巡査が死ぬことはなかった。

「……なぜ犯人が、午後七時五十一分などという、まだロビーに人がいる時間に犯行に出たのか分からなかったんだが」辰巳さんは言う。「おそらくは昨夜の天候のせいだろうな。昨夜、予想外に雨模様になったため、犯人は本来ならもっと遅い時間にするはずの犯行を前倒しにした。雨が降ってからでは、外で犯行に出たことがばれる」

犯人は計画を変更した。だが午後七時五十一分の時点ではまだロビーに人目があったので、仕方なく別館を迂回してバルコニーから部屋に戻った。非常階段が使えないことを把握していなかった犯人のミスだ。

「ばってん、こん浦川さんの犯人でなかと、なして気付かれたとですか？」

「さっきここでした質問のせいだ」辰巳さんは溜め息混じりに答える。「その時に情報は出揃っていた。ミスをしたのはこちらも同じだ」

おそらく、辰巳さんが古賀警部補に耳打ちしてさせた「好きな俳人は誰か」という質問が、容疑者を絞っているのだろう。他の三人は「井上井月」「黛まどか」「越智越人」と答えたが、浦川さんだけは「松尾芭蕉」と答えた。

普通に考えれば、俳句好きでないと知りようのない俳人を挙げた三人は本物で、松尾芭蕉しか挙げられなかった浦川さんが怪しい、となるだろう。だが今回は違う。「機関」は陽菜ちゃんを誘拐する準備を整えている。それはつまり、御子柴が妨害してくることを予期していたということだ。だとすれば、御子柴が「本当に俳句雑誌の投稿者なのか」と確かめようとしてくることぐらいは計算済みだったはずで、犯人役は当然、俳句に詳しい人間が選ばれる。つまり、詳しくない浦川さんの方が、むしろ潔白を証明しているのである。

このことと、昨夜の天候。この二つにもっと早く気付いていれば、犯人が名古屋杏奈であることも分かったはずなのだ。

「……やれやれです」県警から殉職者が出ている。古賀警部補からは、会った時の飄々(ひょうひょう)とした雰囲気が消えていた。「とにかく犯人——名古屋杏奈は今、病院ですばい。みなさん、ご安心ください」

石和さんの撃った弾は三発とも脚に当たっており、名古屋杏奈は出血量こそ多いものの命に別状はなく、現在は津屋崎病院に搬送されている。確保した石和さんと幸村さんは現在、別室で刑事たちと話をしているはずだ。形式的には、名古屋杏奈の確保は「逃走しようとして福岡県警の警察官が発砲した」ということになるようだった。辰巳さんによれば、「機関」が工作員を奪還しようと病院を襲うなどというようなことはないそうだが、各工作員は限られた情報しか与えられておらず、警察や御子柴が取り調べをしたところで、それほどの収穫は望めないのだという。どうしても溜め息が出る。

そこで気付いた。そういえば、妹はどこだろうか。別館に急ぐ時、ロビーに置いていったままだった。

見回すと、なんと妹はまだそこにいた。カウンター付近、僕がさっき手を離した場所にそのまま突っ立っているのだ。時計を見ると午前四時十分。別館に踏み込んでから三十分が過ぎているのに、一歩も動かなかったのだ。なにしろ子供サイズのメイド服だから外見的にも目立つ。カウンターの中の係員さんが、声をかけようかと迷っている様子でちらちら見ている。

「七海、ごめん」

慌てて駆け寄る。RD-F状態の人間の行動パターンを忘れていた。本当に、集中が深くなると自分の身の回りのことは目に入らなくなるのだ。肩に触れると、妹は虚ろな目でこちらを見た。こちらを見たが僕の顔を見ているわけではない目で、要するに、集中すると傍らの人に焦点を合わせることすら億劫になるらしい。

だが、その妹の目が急に焦点を結ぶ。僕ではない。なぜかカウンター横のラックを見ている。

妹は顔から引っぱられるようにふらふらとラックに歩み寄り、何もないところでつまずいて、体の前面からべたん、と見事に倒れた。

「おいおい。大丈夫？」

助け起こすが、妹は痛みもよく分からない様子でゾンビのように立ち上がり、またふらふらと歩き出す。ついに係員さんが「大丈夫ですか」と出てきたが、僕は頭を下げ、妹が手を伸ばしたパンフレットを見る。

「……スペースワールド？」

妹が手に取ったのは北九州市のテーマパーク「スペースワールド」のパンフレットだった。がさがさと開き、園内地図を見て、それからなぜか僕の前に、広げたそれを突き出してくる。

「……読んでほしいの？　それともこれに何か？」

妹が推理している様子を衆人環視の状況で目立たせたくない。僕は囁き声にしつつ妹を壁際に連れていったが、妹は広げた園内地図をぐいぐいと鼻先につきつけてくるのをやめない。

僕は地図に目を凝らした。宇宙がテーマのアトラクションの数々。ゲームやイベントの案内。園内地図で目を引くのは大観覧車と巨大コースターだろうか。一体どこに、と首をかしげると、妹はもどかしそうにぴょん、と跳ねる。

「……なぜ、遊園地のパンフレットなど出してる？」

振り返ると辰巳さんがいた。僕は慌てて首を振る。「いえ、遊びじゃないです。妹が何か気付いたようで」

妹はぷいと辰巳さんから顔をそむけ、僕を引っぱって寄せると、地図の一点を指さした。

「……あ」

僕は気付いた。分かりやすいヒントだった。

入り江の反対側の祖霊舎に死体があるのに、犯人はどうやって、たった三分で宿の自室に出現したのか。宿付近での犯行は困難。なのにGPSが、犯人は宿付近を離れていない、と言っている。

神の目を欺く方法は簡単だった。名探偵の名を冠する遺伝子群を持つ小学四年生は、遊園地のパンフレット一枚でそれを伝えてくれた。

9

正確な時間は分からないが、最低でも三十分はRD－F状態を続けていたことになる。

妹の消耗はかなりのもので、僕が推理を確かめると、繰り人形の糸が切れたがごとくにその場でくたっと脱力した。ちょうど戻ってきた幸村さんに頼んで買ってもらったスポーツドリンクを飲ませ（五〇〇mlペットボトル一本を十秒ちょっとで飲み干した）、ソファに寝かせると、妹は疲れ切った顔で目を閉じた。今は靴を脱がせてもらい、ソファの上に幸村さんの膝枕で丸くなっている。そうして眠っている姿は子猫のようで、とても殺人事件の捜査における重要人物には見えない。むろん、平均的な九歳児なら当然それでいいはずなのだ。

　僕はそのソファの横に立って、関係者を見下ろしている。左右には佃さんと浦川さんと田崎さんが、向かいには古賀警部補ともう一名の刑事が座っているため、僕はどこにも座るスペースがないのだ。

「……ええと、今回の事件で問題になったのは、被害者の死体が祖霊舎で発見されたのに、犯行時、電話がかかってきてから三分後の七時五十四分には、犯人……つまり名古屋杏奈も、みなさんと一緒に別館の自分の部屋のバルコニーにいた、という点です」

古賀警部補はうんうんと頷く。犯人自身は井手巡査に対する殺人と浦川さんに対する傷害の現行犯でもう逮捕されているし、あとは取り調べと証拠固めなので、県警の刑事もある程度落ち着いて話を聞くことができるらしい。

「これについては、犯人が祖霊舎で被害者を殺害した後、何らかの手段で三分以内に戻った――という可能性も考えられていましたが、携帯電話のGPS情報を解析した結果、被害者の福島さんが最後に目撃された午後六時頃から犯行後の午後八時過ぎまで、祖霊舎の付近に端末が移動したことが一度もなかったため、否定されました。着信はリアルタイムのグループ通話で、通話データの改変や端末の遠隔操作も確認できなかった以上、確かに犯人は七時五十一分の時点で、この宿の付近にいたはずなんです」

GPS情報を解析したという事実はすでに県警の方から伝えられているそうで、左右のソファに座る三人も特にそこには反応せず、ただ立っている僕を見上げているだけである。

「つまり犯人は七時五十一分の通話が切れてから、同五十四分の通話が始まるまでの三分の間に死体を祖霊舎に移し、しかも祖霊舎の前が炎で照らされても見つからないようにその痕跡を消した、ということになります。そうなると問題が二つあります。一つはもちろん、そもそもそんなことが可能なのか、という点です。福島さんの死体は六十キロ近くありました。どうやって六十キロの荷物をたった三分で、入り江の反対側まで移動させたのでしょうか。二つ目は、宿付近では犯行が目立ちすぎるという点です。死体を移動させる時間や誰かに見られる危険を考えると、犯行場所は別館周囲の砂浜くらいしかありません。ですがこの砂浜でも、犯行は困難です。銃声もしますし、通話中に被害者が叫び声をあげれば、すぐにばれてしまう。みなさんの部屋のすぐ前ですし、どの部屋が窓を開けているかも分かりませんから」

ひと呼吸置く。関係者の三人は口を閉じ、古賀警部補も、それが考え込む時の癖らしく口髭を撫でている。県警の刑事は眉をひそめて腕を組んだ。

「ですが、この二つの謎を一気に解決するトリックがありました」

皆の反応はまだない。

「死体を移動させるにあたって最も問題なのが、宿と祖霊舎の間は水平距離五十メートルの他に、十五メートルの高低差があったという点です。祖霊舎の跳ね窓は四十五度しか開かないので、死体を中に入れるには、水上鳥居付近から十五メートル、死体を吊り上げなくてはなりません」

十五メートルといえばビルの四、五階に相当する。クレーンでもなければ普通は無理だ。

「死体を十五メートルも吊り上げるには相当なエネルギーが必要になります。クレーンやケーブルカーのようなもので吊り上げることは可能ですが、それだととても三分では済みませんし、使った装置を回収することもできません」

偉そうに説明しているが、これは辰巳さんの受け売りだし、これから言う推理も妹が思いついたものなのである。これが僕の役目なのだから仕方がないが、我ながらいささか情けない気がする。「したがって、犯人が死体を十五メートルの高さまで吊り上げるのに使ったのは、電気エネルギーでも熱エネルギーでもありません。……これです」

僕はジャケットの内ポケットから、折り畳んでしまってあったスペースワールドのパンフレットを出して広げた。妹が自分の推理を僕に伝えるために出してきたものだ。このパンフレットには、解答がそのまま示されている。

僕は園内地図のその部分を指でさした。高さ六十メートル、コース長千五百三十メートルの巨大ジェットコースター「タイタンMAX」だ。ジェットコースターは滑走中に動力を使わず、最初に移動した最高地点から「落ちる勢い」だけでゴールまで走る、というのは、よく知られている話である。

「犯人が用いたのは『位置エネルギー』です。つまり犯人は宿から祖霊舎までの間に、即席のジェットコースターを作ったんです。それを使って祖霊舎まで死体を移動させた」

具体的なことは何も言っていないが、それでも大まかなイメージは伝わったのだろう。関係者三人と刑事二人は首を捻って考え始め、幸村さんは首を三十度ほどかしげつつ、人差し指で空中に山形を描いている。少し離れた場所で電話をしている石和さんがそれを、何事かという顔で見ていた。

「ジェットコースターは、高低差をつけて張られたケーブルと、それに吊り下げられて移動する、死体の入った滑車付きのケースでできています。ケーブルは三点で固定されています。まず、最も高い位置にあるスタート地点。それから、中継地点である水上鳥居の貫(ぬき)

の下。最後に、『ゴール』になる祖霊舎の中です。スタート地点では巻き取りができる機械とともにしっかり固定されていますが、水上鳥居はおそらく下部に引っかけてあるだけでしょう。そして祖霊舎のところではおそらく、強力な電磁石か何かを利用して、屋根裏に痕跡が残らないような形でフックが付けられ、ケーブルが吊り下げられていました」

電磁石については説明するまでもないだろう。祖霊舎の屋根裏に磁力で付けられているフックは電磁石に流れる電流を切れば外れるし、ケーブルと一緒に引っぱって回収できる。それと引きあっていたもう一方の電磁石は祖霊舎の屋根の上に載っており、こちらはドローンなどの遠隔操作で、犯行後どこかに飛んでいってしまう。

「いやしかし」それまで黙っていた県警の刑事が手を挙げた。「スタート地点はどうするんですか。そんな高い建物はこの付近にはないでしょう」

僕は答えた。

「隠しておいたんだと思います。海中に。犯行直前にそれを海から出し、宿の上空に飛ばした」

皆、僕の言葉の意味を取り損ねたようで、けつまずいたような感じで空気の流れが止まる。

「つまりスタート地点は建物ではなくて、闇夜に溶け込むように黒く迷彩されたガス気球だったんです。それを海中の何点かで係留しておき、犯行開始の少し前に遠隔操作で一部の係留を外す。砂浜に気球が現れたところで海水を拭き、銃で脅した被害者と一緒にその中に乗り込みます。係留気球は多少風があっても決まった高度の決まった位置に移動しますから、遠隔操作でワイヤーを外して、宿の上空……おそらく四、五十メートルの高度で気球を固定します」

空気抵抗や滑車の摩擦を考慮しても、そのくらいの高さがあれば、水上鳥居をくぐった死体は勢いがついたまま祖霊舎の窓まで上がれるだろう。

「それから七時五十一分の電話をかけ、被害者を殺害・銃撃した後、ケーブルに吊り下げられたケースに入れた死体を祖霊舎に向かって発進させます。死体は気球のいる四、五十メートルの高さを滑り降りた後、水上鳥居をくぐり、その勢いで水上鳥居から祖霊舎までの十五メートルの上りを抜けて、祖霊舎の跳ね窓から中に落ちます。これなら、ものの数秒で祖霊舎に死体が移動します。その後、遠隔操作で電磁石を切って祖霊舎の屋根裏の固定を外し、同時に跳ね窓も閉じ、それらをぶら下げたドローンを空に逃がします。同時に気球内のウインチでケーブルを巻き取ります。さらにそれと同時に気球の係留を解き、気球を上昇させます。ケーブルの総延長はおそらく七十メートル以上あったはずで、ウインチでケーブルを巻き取るだけだと三分間では困難ですが、ケーブルごと気球が上昇していってしまえば、誰にも見つからずに遠くに消えてしまいます」

おそらく使用されたガス気球は、プロペラか何かで進路を操作できるものだったはずだ。周囲の林、あるいは海中にそれらが落下しているのか、それともそのままどこか遠くに飛んでいってしまったのか、それは分からないが。

「……なるほどね」幸村さんが七海の頭を撫でながら頷く。「宿の真上からラぺるだけなら、一分くらいでバルコニーに行けるよね」

ラペリング降下することをそう略す人は初めて見たが、その通りだった。

「つまり」僕は天井を指さした。「犯行場所は祖霊舎でも宿の周囲でもなく、『宿の真上』だったんです。宿の屋根の上の、さらに数十メートル上空なら、風も吹いています。銃声も叫び声も、よほど注意して聞いていない限りは聞こえないでしょう。だから犯人は『宿の付近』でも安心して犯行ができたんです」

GPS情報の謎の答えはこれだった。GPSの位置情報は基本的に、二次元的にしか対象の位置を特定できない。神の目には弱点があった。上の方から見下ろしている神様には、「高さ」が見えないのだ。

説明を終え、ソファの関係者たちにお辞儀をする。ここの三人の中に保有者がいたとしても、これで覚醒は防げただろう。

手前のソファを見る。神の目の欠陥を見抜いた妹は、幸村さんの膝の上でぐっすりと眠っている。本当なら、僕もその場に倒れ込みたかった。「機関」の脅迫に屈せず、事件は解決した。だが昨夜からの徹夜に加え、陽菜ちゃんは誘拐され、浦川さんは襲撃され、そして井手巡査が亡くなった。僕は怪我一つしていないが、自分の心が敗残者のようにボロボロになっているのを感じている。実際、僕は自分たちが勝利したのか敗北したのか分からなかった。

10

病院の空気には、病院の空気だとすぐ分かるいくつかの特徴がある。一つはその独特のにおいだ。石和さんなどによると昔の病院は消毒液のにおいがしていたそうだが、僕からすると病院のにおいというのは、生暖かくて脂っこい「肉体のにおい」である。とりわけ入院患者のいる病棟では多くの人間があまり頻繁に入浴しないまま薄着で生活し、体をいじられ、時にはその場で糞尿（ふんにょう）の処理もしている。それらから少しずつ発せられるにおい物質が、空気の動かない病室で、廊下で、階段で混ざりあい、脂っこくて微妙に甘ったるい「肉体のにおい」を醸成するのだろう。つるつるに磨かれた床のタイルと抑えた色でガイドラインのひかれた白い壁。それらの清潔感と整然とした静けさの中に、よく攪拌（かくはん）された人間の肉体のにおいが漂う。そのミスマッチが病院という場所だった。僕はあまり好きではない。当然と言えば当然だが、いい思い出がないのだ。

妹だって同様だろうと思うのだが、妹は僕より、それどころか幸村さんや辰巳さんより前に出て、先頭で廊下をずんずんと歩いている。決然とした歩き方であり、朝の回診やら食事の後片付けやらで四方からがちゃがちゃと金属音の聞こえる午前九時の病棟に、妹のスリッパのたてるぱたぱたという音が規則正しく響く。

事件解決後、僕たちは陽菜ちゃんが保護されている東京の病院にヘリで移動した。陽菜ちゃんが誘拐され、人質に取られてから保護されるまでの経緯は、東京に戻るまでの間に辰巳さんが妹に説明した。現地には石和さんが残って後始末をしているが、幸村さんは一緒である。陽菜ちゃんが保護されているのはミコグループの系列にある大学病院で、警備付きの個室を用意できるという。彼女はどこにも外傷はなかったそうだが、精神的なショックは大きいだろう、ということを、到着後に医師から聞いていた。

精神的なショック。

当然だった。いきなりわけも分からず誘拐され、長野まで連れていかれて監禁され、自分の「遺言」を言わされた。その数時間後、警察でもない特殊部隊が突入してきて、特殊閃光弾を浴びながら銃撃戦の中、助け出された。

そして何より、その誘拐の手引きをしたのが、学園で一番仲のよかった葵ちゃんだった。

どれだけの衝撃なのか、僕には想像のしようもない。事件の背景。非公式に進行している世界中での名探偵争奪戦争。御子柴と「機関」のこと。SD案件と僕たちの活動についても、僕たちが福岡から戻るまでの間にすでに説明がされているという。まだ中学一年生の彼女に対してもきちんとそうしてくれる御子柴の姿勢はありがたかったが、同時にそれらの話が、十三歳の少女にとって重すぎるものであることは心配の種でもある。彼女は今、どんな気持ちでいるのか。僕も春先に、同じようにして急転直下、巻き込まれた。その時の気持ちを想像すると、なんとか彼女を安心させてあげたかったが、僕は今、どんな顔をすればよいのか分からないまま、妹の後ろを歩いている。辰巳さんと幸村さんが病室のドアの前で立ち止まる。

「その部屋だ。どこまで行くつもりだ」

後ろから辰巳さんの声がして、行き過ぎた妹は慌てて戻ってきた。いきなりドアを開けようとし、幸村さんに腕を掴まれる。「待った七海ちゃん。ノックノック」

幸村さんが妹の頭上からドアをノックするが、返答らしきものはない。妹はそれでもさっさとドアを開けてしまう。

がらんと広い個室はレースカーテンの遮光性がいいのか薄暗い。廊下に漂う皮脂のにおいが薄まり、重いドアが音を遮って室内は静かだった。真ん中にベッドがあり、パジャマ姿の陽菜ちゃんが、体を起こしてこちらを見ていた。

「あ……」

「入るぞ」

辰巳さんがそう断り、ドアの横にいたスーツ姿の女性が一礼して出ていく。妹がその横をとたとたと駆けてベッド脇に行った。

「……七海ちゃん」

陽菜ちゃんは妹に微笑むと、シーツの上に出した手を握ってくる彼女の頭を軽く撫でた。僕たちに視線を向け、小さく会釈する。力の入らない体をそっと動かしているような仕草（しぐさ）だった。今まで眠っていたのかもしれない。

「御子柴辰巳だ。後ろのがメイドの幸村。この眼鏡の上司だ」

辰巳さんが親指で幸村さんを指し、幸村さんと陽菜ちゃんが目礼を交わす。陽菜ちゃんが窺うような上目遣いで幸村さんを見ると、幸村さんは少し反応に困った様子ではにかむ。

その隣に立つ僕に視線が来た。

「……直くん」

「あの、ええと……」どう声をかければいいのだろうか。とっさに出かかった言葉を飲み込み、努めて穏やかな声を作って言う。「……大丈夫？」

言ってからすぐ、大丈夫なわけがない、と思う。だが陽菜ちゃんは無言で小さく頷いて、僕を見る。「……それ、仕事の服？」

「……うん」

「似合ってる」陽菜ちゃんは微笑んで、妹を見る。「……七海ちゃんも」

「ありがとう」

と言ったきり、何を喋っていいのか分からない。「大変だったね」？　大変、どころではなかったはずだ。「助かってよかった」？　確かにそうだが、本当に彼女は「助かった」のだろうか。

しかし辰巳さんは、こういう時でも平気で喋る。

「スタッフから説明は聞いているな？　まあ、いきなり信じろと言われても難しいだろうが」

陽菜ちゃんは頷いた。「……あんまり、よく分かってないかもしれませんけど」

幸村さんが傍らのパイプ椅子を持ってきて、辰巳さんがベッドの前に座る。

「今後、君の身柄はミコグループが保護する。ミコグループの保護下にあるということはむこうにも分かるように伝えるからな。ああいった事件に巻き込まれることは今後二度とない。もちろん、君のかわりに相模学園の誰かが誘拐されるようなこともな」

僕たちは人質を取っての要求を撥ねつけた。別の誰かを人質に再度要求をしたところで、隠蔽しにくい誘拐事件を増やすだけ。辰巳さんはそう言っていた。

陽菜ちゃんは恐れるように身を引きながら辰巳さんに頷く。それから、ぎゅっと手を握っている妹にも頷いてみせた。大丈夫だ、と気を遣ってくれているのだ。

「それから、君はおそらく今月一杯で相模学園を出て、新たな養親のもとで生活することになるだろう。慣れた場所から出るのは大変だろうが、保護の実効性のためにはやむを得ないことだと理解してほしい」

陽菜ちゃんがさっと無表情になる。「平気です」

その様子を見てか、幸村さんがとりなすように言う。「神奈川県内になるようにするから、学園にも遊びにいけるからね」

「引っ越し先は一般家庭と変わらない。気分的にそう簡単に納得できるものではないだろうが、新たな両親が一組、増えると思ってくれていい」辰巳さんは感情を込めない、コーディネーターの口調で言う。「生活上の制約は特にない。君は平均的な同年代の子供と何ら変わらない生活を送れるだろう。君は望めば大学に進学することもできるし、能力に応じて好きな職に就くこともできる」

陽菜ちゃんは辰巳さんに目を合わせないまま、無表情で頷いた。「ありがとうございます」

「大変だろうが」辰巳さんは陽菜ちゃんをまっすぐに見ている。「大人の都合で居場所を移されるのは、これで最後だ。……これまでよく頑張った」

「……いえ」

「こちらからは以上だ。何か質問は？」

陽菜ちゃんは口を開きかけたが、ベッドのシーツに視線を落としたまま、しばらく沈黙していた。

それから、小さな声で言った。「……お父さんとお母さんは」

「スタッフが連絡した。望めば、会いにいくこともできる」

「はい」

それが嬉しい答えでないことは、僕にも分かる。陽菜ちゃんは心配そうに自分を見上げる妹に、うすい笑みを作ってみせた。「七海ちゃんと、直くんにも……会えるんだよね」

「もちろん」僕は身を乗り出して答えた。「ＩＤ、あとでメールするね」

「うん」

陽菜ちゃんは再び視線を落とし、しばらく沈黙していた。そうしていると、もともとなで肩なのとあいまって、なんだかひどく小さく見える。

陽菜ちゃんはぽつりと言った。

「……直くんが、助けてくれたんだよね」

「いや、ええと……」

「さっき、聞いた。私がさらわれた場所を、直くんが推理して見つけてくれた、って」

そんなにたいした働きはしていない。絞り込んだのは辰巳さんだし、実際に救出してくれたのは御子柴の地上班の人たちだ。

僕は答えられずにいたが、陽菜ちゃんはこちらを見て微笑んだ。

「……ありがとう」

「いや……」

僕は答えられなかった。喉の上まで言葉が出ていた。違う。君はそもそも……。

言葉を飲み込み、かわりに言う。「……無事でよかった」

結局、僕が陽菜ちゃんにかけることのできた言葉はそれだけだった。辰巳さんがさっさと席を立ち、幸村さんが続き、二人に促されて僕と妹も立ち上がる。僕は顔を見るのがやっとだったが、妹は陽菜ちゃんと手を振りあい、笑顔を交わしていた。

病室のドアを閉める。溜め息が出た。

辰巳さんが言った。「幸村。そこの珍獣を連れて先にヘリで帰れ。子供はそろそろ限界だろう。昼寝をさせてやれ」

「かしこまりました。ええと……」むっとした顔になりながらも眠気に目をこすっている妹の頭に手を置き、幸村さんは尋(たず)ねる。「車を玄関に手配しておきます。ええと……」

「この眼鏡はこちらで預かる」辰巳さんは肩をすくめた。「すぐにすむ」

眠気が限界まできているらしい妹が幸村さんに抱えられるようにしながらエレベーターに乗っていくのを見送り、辰巳さんと僕は陽菜ちゃんのいる四階に残り、階段前の休憩スペースに移動した。大きくとられた窓から朝の日差しが入るため明るかったが、まだ時間帯が早いこともあってか人影はなく、隅のテレビも沈黙している。

辰巳さんは自動販売機のボタンを押すと、無表情のまま携帯で支払いをして缶コーヒーを買った。驚くべきことに二本買って一本を僕に投げてよこした。受け取り、ホットであることに気付く。

「あっ、すみません。あの」

立場が逆だ、と思ったが、辰巳さんは面倒そうに言った。

「この程度でいちいち恐縮するな。使用人は雇い主の生活に支障がないようにすればいいだけだ。日常生活の何から何までやる必要はないと、幸村から聞かなかったのか」

素直に礼を言い、辰巳さんに続いてコーヒーの蓋を開ける。ホットで砂糖入りなのは、疲労回復も兼ねてということらしい。しかし、そういえば辰巳さんに何か買ってもらったのは初めてで、口をつけるのに勇気が必要だった。

「……どうした」

「……いえ。缶コーヒーとか、飲むんですね」

辰巳さんはさっさと飲んでいる。「別の飲み物だ。これはこれで悪くない」

僕も一口飲む。今朝は日差しが熱いようだ。こういう時のホットはなかなか冷めない。蓋を開けて少し持っていたのに、火傷しそうな熱さだった。

そのまま沈黙する。辰巳さんと二人だけになることは普段でもあまりなく、ましてこんな場所でとなると、何を喋っていいのか、そもそも喋っていいのかどうかも分からない。

迷っていたら、辰巳さんが先に口を開いた。

「報告があった。津屋崎で保護された浦川由美・佃明美・田崎亮太の三人を検査したが、いずれも『保有者の疑いは低い』とのことだ。精密検査の結果はまだだが」

「はい」頷く。辰巳さんはコーヒーの缶を見ている。

——保有者の疑いは低い。

珍しいことではなかった。もともと、SD案件に巻き込まれる候補者のうち、保有者の割合は小さい。

だが、そういえばここ十時間以上何も食べていない胃に、その事実が重くもたれかかる。保有者がいないというなら、あのまま放っておいても拉致されることになる人間はいなかったことになる。むろん殺人事件ではあるが、陽菜ちゃんを危険にさらしてまで解決を急いだ意味はあったのだろうか。そして何より。

考えないようにしていたことだった。宗像署の井手巡査だ。

僕たちが捜査に介入した結果、浦川さんが動いた。そして犯人に接触し、結果、井手巡査が殉職することになった。

井手巡査はきっと、異変を感じて浦川さんのもとに駆けつけたのだろう。浦川さんはすでに気絶させられていたから、彼女を助けるため犯人の名古屋杏奈と戦ったのだ。つまり、正義感があり、きちんと仕事をするいい警察官だった。だが、元軍人や元ＣＩＡ職員で構成され、戦闘訓練を受けている「機関」の工作員が相手では、どうにもならない。

結果論だ。それは分かっている。だが、何件か不可能犯罪と戦ってきて、どうしても意識せざるを得なくなってきたことがある。

名探偵がいるから殺人事件が起こる。そして名探偵が動き回ることで、死者が増えている。もしも世界から名探偵が消えたなら、どれだけの人が死なずに済むのだろうか。

そして、陽菜ちゃんの誘拐事件。彼女は僕が御子柴に協力したせいで誘拐された。弁解の余地はない。

缶コーヒーを飲む。舌が痺れたように味が分からなくなっていて、砂糖の甘みが上滑りしたまま喉に流れていく。

辰巳さんは、コーヒーの缶を見たまま言った。

「……俺たちに対して妙な気遣いはいらない。謝りたければ謝ってよかった」

はいと応えて頷き、ああそうか、と思う。辰巳さんだって察しはいいのだ。

さっきの病室で、僕はどうしても言えなかった。「巻き込んでしまってすまない」ということを。

辰巳さんも幸村さんも、あるいは石和さんも、ここにいない無数の御子柴のスタッフも、みな人的資源としての名探偵の確保、ひいては世界経済の均衡のために戦っている。これはいわば国家間の経済戦争の一部なのだ。当然、その過程で事件に巻き込まれる人が出ることは承知しているし、彼らは僕よりずっと多くの「自分たちが黙っていれば巻き込まれなかったはずの人」を見てきたはずである。「二頭の象が争う時、傷つくのは草だ」——このアフリカの諺を、僕は辰巳さんから聞いた。自分たちがやらなければ経済の均衡が崩れ、将来的にもっと多くの犠牲者が出る。だから辰巳さんたちは、象となって草を踏み潰す罪を自ら引き受けている。

その人たちが横にいるのに、一番下っ端で、背負う傷も十字架も軽い僕が勝手に、陽菜ちゃんに対して謝ることはできなかった。

僕が黙っていると、辰巳さんは言った。

「……お前はSD案件について、いつでも降りる自由がある。特別手当は出なくなるがな」

僕は頷くだけで声が出なかった。そのままそうしていると、辰巳さんが言った。「何でもいいから喋れ。何のために時間を割いたと思ってるんだ」

「あ……すみません。ええと……」

考える。確かに悩んでいる。それに、さっきから頭を離れないことがある。

「……シチュエーションパズルの問題に、あったんです」

父親、母親、小さい男の子が田舎にやってきて、バスに乗った。ところが、バスの中で男の子が「お腹が空いた」とぐずりだしたので、仕方なく目的地まで行かずに途中の停留所で降り、食事にした。その時、食堂のテレビがニュース速報を伝えた。なんと、ついさっきまでこの親子が乗っていたバスが急な落石事故に遭い、運転手、乗客全員が死亡したというのだ。

テレビを観ていた母親は、ぽつりと言った。「バスから降りなければよかった」

父親は最初「何てことを言うんだ」と言ったが、すぐに彼女の言葉の意味に気付き、「そうだね。バスから降りなければよかった」と言った。彼らに自殺願望があったわけではないし、バスの乗客も運転手も全員が犯罪者などではない普通の人間だった。なぜだろう?

辰巳さんは最後まで聞くと、僕を見た。「……解答が分からないのか?」

「分かったんです。さっき」息を吐いて、また吸う。「考えてみれば当然のことです。この一家がバスを止めて降りなければ、そもそも落石事故自体が発生していないんですから」

バスを降りた一家は助かった。だが、そもそもバスが途中で止まらず走っていれば、岩が落ちるちょうどその時にその場所を走っている、ということもなかったのだから、事故自体が起こっていないことになる。彼らは、自分たちが原因で落石事故が起きたことに気付いたのだ。

だが辰巳さんは、つまらなそうに鼻を鳴らした。

「それはただの解答に過ぎない」

「はい」頷くしかない。「……でも、この家族はたぶん、とても悩んでいます」

僕は下を向いた。手に持つコーヒーの缶が光っている。吐き出すことといえば、それくらいしかない。

辰巳さんは黙っていた。廊下を何かの載ったカートが動いているようで、きゅるきゅるという車輪の音が甲高く響く。

気がつくと、辰巳さんが携帯を操作していた。僕の携帯に何かを送信したらしく、ポケットの中でバイブレーターが振動する。僕は携帯を出した。

「データを送っておいた。これまで明らかになっている、国内の保有者の状況だ。見ておけ」辰巳さんはそう言うと、コーヒーの缶を空き缶入れに捨てた。「行くぞ」

辰巳さんはさっさと歩いていってしまうので、携帯を確認する間もない。二割ほど残っていたコーヒーを飲み干し、急いで後に続く。

階段を下りて一階に行くと、病院は徐々に賑やかになっていた。裏口から出るらしく、外来受付に背を向けて廊下を進む。裏口が救急受付になっているらしく、ガラスドアの外で、横付けされた救急車の赤色回転灯が光っていた。

救急受付のところで医師と、初老の女性が何かを話している。女性は医師に何度も頭を下げ、目許を拭って「ありがとうございます」と繰り返していた。救急搬送された患者が応急処置を受け、命に別状がないと分かったのだろう。助かったのはあの女性の夫だろうか。それとも親や子供だろうか。

辰巳さんはそちらを見もしない。僕はその背中を追って、日差しの下に出た。

珍しいことだったと思う。ＳＤ案件の捜査員としても、日常の使用人としても最も重要度の低い僕と、辰巳さんが一対一で話す機会はあまりない。もちろん辰巳さんは、意図してさっきの時間を作ってくれたのだ。

考えろ、と伝えるために。

助手席のフロントガラス越しに前を見る。眩しい午前の日差しを浴びながら、「法定速度遵守車」のステッカーを貼ったトラックが、左側の車線を後方に流れていく。前を走る大型トラックは、まだ遠くてよく見えないが、家畜を運んでいるようである。

皆、働いている。日本は今日も、おおむね平和だ。

だが僕たちが知らないところで、誰かが拉致されているかもしれない。

後部座席を振り返る。辰巳さんは腕を組んだまま眠っていた。この人が眠っているところを見たのは初めてかもしれないと思う。だが、いくつもの作業をマルチタスクでこなし、この若さで何十人ものスタッフを指揮するこの人でも、疲れることはあるのだ。今回の事件でも、雇い主であるこの人は、僕の何倍も働いている。

運転手さんは無言のまま運転に集中している。乗っているレクサスの性能もあるのだろうが、おそろしく滑らかで氷上のような走りがこの運転手さんの技術を物語っている。御子柴第二別邸の安河内さんと同じくらいの歳のおばちゃんなのだが、この人も一流のプロなのだろう。であれば、運転中に僕の携帯を覗いたりもしないはずだった。僕は携帯を出して、さっき辰巳さんから貰ったファイルを開いた。普通のＰＤＦファイルだったが。

見出しを見た瞬間、心臓がどくりと鳴った。

――「特殊国際案件に関係する失踪者の一覧」

そして次のページからは、顔写真とプロフィールが並んでいた。

No. 1

氏名　蛯名　真一（えびな　しんいち）
性別　男性
生年月日　昭和五二年八月一〇日生まれ　失踪時の年齢　三一歳

身長　一七五センチ　体重　六三キロ
特徴　右目の下にほくろ　眼鏡着用
失踪時の状況
二〇〇八年九月七日、大阪府堺（さかい）市西区の居酒屋で大学時代の友人らと食事の後、別れたのを最後に行方が分からなくなる。携帯電話は自宅に残されていた。
関係が疑われるSD案件　SDオオ一〇三号

No.2
氏名　野原　聖司（のはら　せいじ）
性別　男性
生年月日　昭和六三年二月二二日生まれ　失踪時の年齢　二一歳
身長　一六三～一六四センチ　体重　四六キロ
特徴　左右に八重歯　喘息（ぜんそく）の持病あり
失踪時の状況
二〇〇九年七月三一日午後五時半頃、遅番のアルバイトに行くと言って家を出たまま行方が分からなくなる。携帯電話GPSの最終地点は広島県三原（みはら）市内のアルバイト先付近。付近での目撃情報はなし。

関係が疑われるSD案件　SDヒ一〇一号

No.3

氏名　八谷　太（はちや　ふとし）

性別　男性

生年月日　昭和二九年六月七日生まれ　失踪時の年齢　五五歳

身長　一六〇センチ前後　体重　六五〜六六キロ

特徴　白髪交じり　山形（村山）訛(なま)り

失踪時の状況

二〇〇九年一一月二六日午後六時頃、職場である山形県村山市役所を出たのを最後に行方が分からなくなる。自家用車通勤だったが車は市役所駐車場になく、約一五分後、基点橋付近に駐車中の似た車両が目撃されている。車両ごと行方不明。携帯電話GPSの最終地点は山形市内。

関係が疑われるSD案件　SDミギ一〇三号

No.4

氏名　佐藤　優佳奈（さとう　ゆかな）

性別　女性
生年月日　平成九年四月五日生まれ　失踪時の年齢　一三歳
身長　一四八～一四九センチ　体重　四〇キロ
特徴　肩までの髪を紫のゴムで留めている　眼鏡着用　オレンジのリュックサック
失踪時の状況
二〇一〇年五月一一日、東京都杉並区の自宅に帰宅後、塾に行くと言って外出。以後行方が分からなくなる。塾には現れた形跡なし。携帯電話GPSの最終地点は自宅付近。
関係が疑われるSD案件　SDオキ一〇一号

………

ナンバーは「26」まで続いていた。一人一人のプロフィールと一緒に顔写真がある。正面からの一枚だけだが、証明写真のようなものだけでなく屈託なく笑っている写真もあり、それがなおさら心に刺さった。特殊国際案件。つまり、SD案件に関わり、「機関」に拉致されたとみられる日本の名探偵たちだ。

二十六人。これまでも、分かっているだけでそれだけの人間が消えている。そしてSD案件の件数はその何倍にも上る。SD案件だと疑われた時点で報道管制がかかるため、マスコミは報じないか、報じても通常の殺人事件だとして小さくしか扱わない。

これがこの国の現実だった。「機関」に対して無為無策、及び腰でいる間にこれだけの人間が連れ去られ、そしてその何倍もの人間がSD案件作成のために殺害されている。

僕は携帯から顔を上げ、サイドウインドウから外を見る。視界が開け、高速沿いの田園風景が広がっていた。

僕が動いたせいで陽菜ちゃんは誘拐された。井手巡査は死んだ。SD案件への関与をやめなければ、そのせいでまた何人も死ぬだろう。だが、分かっているだけでも二十六人。それが今後も続く。

天秤にかけろということなのだろうか。僕はどう考えても象などという大きな存在ではない。だが象の蹄の先程度の役割は果たすことになる。敵の象と戦う。何の罪もない、ただ、たまたま足元に生えていただけの草を踏み潰しながら。自分は「大きなことに関わっている特別の人間」だから、残念だが「一般人」は切り捨てる。そういう傲慢さを受け入れろというのか。

僕の脳裏に、先刻の病院での光景が浮かんでいた。救急外来で涙ながらに医師に礼を言っていた女性。そして城ケ島の時の、金子巡査長の言葉が蘇る。

——若い新人には多いんですよ。熱心なのはいいが、全部自分一人でやろうとする。

『俺がやらなきゃ誰がやる』と、一人で全部背負い込んで、結局パンクしてしまう。……非常にもったいないことです。

力を抜け、と言われた。

後部座席を振り返る。辰巳さんは腕を組んだまま、微動だにせず眠っていた。

僕は画面をスクロールさせる。二十六人目の後に、もう一人のプロフィールがあった。

対応開始後の救出成功事例

No. 1

氏名 澁谷 翼（しぶたに つばさ）

性別 男性

救出時の年齢 一九歳

身長 一七二センチ **体重** 六一キロ

職業 学生

解決したSD案件 SDミギ一一七号

現在の状況 グループ内にて身柄を保護 健康状態は良好 グループ内企業への就職を希望

宮城の澁谷さんが、真面目な顔で写っている写真がついている。きっと何かの時に撮った証明写真なのだろう。

澁谷さんの顔写真が、携帯の画面から僕を見上げている。

僕は大きく深呼吸した。

11

厨房(ちゅうぼう)で一人、昼食の洗い物をしていると、食堂の方から幸村さんの声で呼ばれた。泡を流して手を拭きながら食堂に行こうとすると、幸村さんの方が入ってきた。携帯を持っている。

「一応手、空きました。何か」

そう言って見るが、幸村さんはすでに棚を開けている。それで用件が分かった。一応少しずつ仕事に慣れてきてはいる。午後のお茶にはまだだいぶ早いが、辰巳さんは今日、書斎にいるのだ。

「お茶ですね?」

「正解」

辰巳さんが在宅の時は、例えば書斎に入ってからしばらく後、といった感じでタイミングを計りつつお茶を持っていったりする。これは辰巳さんの行動パターンを熟知していないとできないことで、僕にはまだ無理だった。

「……でも、珍しいですね。このタイミングで」

「わたしも読めなくて、電話来た」

そういえばさっき内線が鳴っていた。「はい問題。この場合の茶葉とお供は？」

「あっ、はい。ええと」戸棚に並ぶ缶を見る。「ブラックでいいと思います。……季節的に、ダージリンかアッサム」

「どっち？」

相手の気分や体調を常に想像しろと言われている。「……食後ですし、たぶんさっぱりした方がいいのでダージリンで。お菓子はクッキー程度をちょっと」

「正解。次は手を動かしながらできるようになろう」幸村さんはすでにお湯を沸かし、カップとポットを温めている。

「はい」茶葉の缶を出す。

「それと、今回淹れるの、きみだから」

「僕ですか？」辰巳さんはお茶にうるさい。僕はいつも幸村さんの後ろで見ているだけだった。

「っていう注文」幸村さんはカートを押してくる。すでに準備ができてしまっている。

「覚えてるよね？　大丈夫。プルシェンコ[※12]だって最初は転んだはずだから」

「そうなんですか」

「たぶん。[※13]……はい、頑張ろう！　ダージリンのセカンドフラッシュの場合、茶葉は何杯？　抽出時間は？」

　金メダリストを引き合いに出されても勇気など湧いてこない。「ええと、一杯勝負なんでティースプーン一杯、ですよね？　それからこの葉だと、約四分半」

「お湯の温度は？」

「ぐつぐつだと渋みが出るので九十℃で」

「覚えてるね。えらいえらい。ほら、そろそろだよ」

「このケトル早いですよね」

　ケトルのお湯の中にぷつぷつと気泡が現れているのを確認しながらタイミングを計る。季節の変わり目だからと予習していてよかったと思う。しかし僕が淹れるのか。「……えっ、ひょっとして僕一人で上がるんですか？」

※12　男子フィギュアスケートの皇帝。エキシビションでは肉じゅばんを着て出てくる。
※13　あまり転ばない。

「そうだよ。一人でできるようにならなきゃ」

仕事に関しては、幸村さんは甘くない。お湯ができ、「さあいってみよー！」と楽しげな幸村さんを背にして高めの位置からお湯を注ぎ、懐中時計を出して時間を見る。ここから四分半。幸村さんはプロボクサーのごとく時間を体で覚えているが、僕は時計なしではできない。まさか御子柴の懐中時計に実用的な役割があるとは、貰った当初は思っていなかったが。

カートを押して厨房のエレベーターに入ると、幸村さんはにこにこしながら謎の決めポーズで激励してくれた。機械というものは無情で、僕の決心のつく、つかないにかかわらずいつものスピードで二階に上がり、さあ出ていけと言わんばかりにドアを開ける。僕は再び時間を確かめた後、いつものスピードでカートを押し、いつものように書斎をノックせざるを得なかった。何か怒られるのではないか、という不安があったが、辰巳さんは机に向かい、ノートパソコンのキーボードをブラインドタッチで打っている。

こちらに背中を向けているとはいえ、主と一対一だとやはり手が震える。脳内には肉じゅばんを着てステップを踏むプルシェンコが無意味に浮かぶ。時計を見るのはご容赦を、と思いつつタイミングを計り、ポットの様子を確かめてからダージリンをカップへ注ぐ。注いだ瞬間にふわりと広がる香りに少し勇気が出た。ポットは陶器なので、注いでみるその瞬間まで「透明だったりコールタールみたいなのが出てきたらどうしよう」「茶が出ずに髪の毛の塊がずるりと出てきたらどうしよう」といった理不尽な不安が頭を離れないのだ。

主の仕事中はなるべく自分の存在を意識させないように、と気をつけ、そっと傍らにカップとクッキーを置く。逃げるようにカートの横に戻って控えると、辰巳さんはキーボードを叩きながら言った。

「少し待て」

「はい」

辰巳さんはエンターキーを叩くと、くるりと椅子を回し、カップを取った。わざわざこちらを向いてから飲まなくてもいいのに、と目を閉じたい気分になったが、辰巳さんは一口飲むと思案顔でカップの中を見ただけだった。

「……結論だけ聞こうか」

やはりその話なのだなと思う。まずお茶の感想を聞いてすっきりしてからがよかったが、僕はきちんと背筋を伸ばして言った。

「……別解が見つかりました」

辰巳さんは僕の答えを予想していたように言う。「言ってみろ」

「夫婦が『バスを降りなければよかった』と言っていたのは、あの夫婦が超能力者だったからです。夫の方は落ちてくる岩の位置を予知能力で察知できるし、妻の方はそれを念力で粉砕できるからです。彼らは『降りなければバスに岩が当たらなかった』から後悔しているんじゃなく、降りずに現場付近まで行っていれば、落ちてくるはずの岩を先に破壊できたのに、それをしなかったことを後悔しているんです」辰巳さんを見て言う。「自分の乗っていたバスに当たらなくても、山道です。後ろから来た別の車に当たるかもしれない。下を走る車に当たるかもしれない。当たらなくても、見通しの悪い道に巨大な障害物が残ってしまいます。そうしないようにする力があったのに、使う機会を逃した。だからあの夫婦は後悔しているんです」

僕が言い終わると、辰巳さんはカップに視線を落としたまましばらく沈黙していた。

それから、もう一口お茶を飲んで言った。

「……突飛な答えだな」

僕は黙って待つ。辰巳さんは味わうようにまた一口飲む。

「……だが、別解を探すのが俺たちの仕事だ」

辰巳さんは視線を上げ、僕を見た。

「お前も連れていくことにする。出るぞ。石和を呼んでくれ」

「はい」

クッキーはそのままだったが、空になったカップと一緒に下げる。

すでに僕に背を向けて携帯を出していた辰巳さんは、まだカートの傍らにいる僕を振り返り、ついでのように言った。

「悪くなかった」

「あの……」

「紅茶の話だ」

12

厨房に戻ると、洗い物をしていた幸村さんが笑顔で迎えてくれた。「お疲れ。どうだった？」

「……まああっぽいです」

「よし。それじゃ」幸村さんはさっと手を拭いて振り返る。「七海ちゃんもちょうど帰ってきたし、支度(したく)しようか」

振り返ると、水色のランドセルを背負った妹が厨房を覗いていた。僕がおかえりと声をかけるのに続いて、幸村さんが彼女の背中を叩く。「七海ちゃんも着替えておいで。すぐ出かけるよ」

そういえば、外からはもう車のエンジン音がしている。

「あの、どこに行くんですか？」

幸村さんはエプロンを外しながら答えた。「ミコ・ホールディングス本社だって!」

東京都千代田区に本社ビルがあるというのはどこかで聞いていた。ミコ・ホールディングス本社ビルは神殿のような巨大な石造りで、幅がどこまでも広かった。皇居周辺などは行ったことがあったから、大手町にある某銀行の本社ビルのようなものは見たことがある。だがそれはあくまで街の背景として知っているに過ぎなかった。自分がそこに、しかも運転手(上司だが……)付きの車に乗って当然のように地下駐車場に入っていくことになろうとは思わなかった。御子柴家に仕え、泊まり込みで当主の三男の世話をしているのに、である。普段いるのが日光で、御子柴第二別邸は歴史こそあるものの実物はこぢんまりとしていることもあって、要するに僕は自分がどれだけすごい場所で働いているか、実感していなかったのである。だが車から降りた辰巳さんを迎えたのは明らかにかなり偉いと思われる初老の紳士だったし、普通では目立つ幸村さんや妹の恰好に注目する人もいない。案内してくれる紳士に続いて廊下を通り、上階への直通エレベーターに乗る。明らかに一般従業員の入れないルートなので緊張したが、きちんとそれらしく振舞わなければとしゃちほこばっていたのは僕だけで、妹は高速エレベーターで鼓膜がおかしくなったらしく耳を押さえて唾を飲み込もうと必死だったし、幸村さんはにこにこして「こういう構造好き。警備しやすくていいよね」などと、およそ誰も抱かないであろう感想を述べていた。

エレベーターは二十八階で止まったが、そもそもビルの全体像すら把握していない僕は自分がどこにいるのか全く見当がつかず、ドアが開くときっちり直立不動で待っていた別の紳士に挨拶をして廊下を案内されながらも、これはエレベーターの移動中に異次元に飛んでも分からないな、というどうでもいい空想をすることぐらいしかできなかった。

通された会議室は窓側が一面ガラス張りであり、青空と、二十八階から見下ろす東京の街並みが一気に広がった。普通なら妹がそちらに駆け寄ってへばりついて下を見るところだったが、今回はそうはいかなかった。かなり重要な誰かとの会見に同行しているというのは雰囲気で分かったし、それに僕と妹が会議室に入った途端、先に入った辰巳さんと何やら言葉を交わしていた巨大な黒人男性と鋭い容貌の白人女性がくるりとこちらを向き、オーゥとか言いながら満面の笑みで突撃してきたのである。

「Fantastic! Are you the one? Really?」

「Oh, was für eine niedliche Detektivin!」

ドレッドヘアの黒人男性の方は英語なのだろうがブロンドの白人女性の方は何語か分からない。むろん英語の方も早口すぎて何を言われているのか分からないのだが、黒人男性は無理矢理僕の手を取って握手してくる。「Oh, amazing! Great detective from Hogwarts!」

今絶対ホグワーツって言ったなと思ったら黒人男性は杖(つえ)を構えるジェスチャーで「デンソージオ！」と呪文(じゅもん)を飛ばしてきた。そのシーンは映画版にはなかったじゃないかと思いながら真似して「ファーナンキュラス！」と返すと、黒人男性は鼻を押さえるふりをし、手を叩いて大喜びで爆笑した。『ハリー・ポッター』のダニエル・ラドクリフに似ているとはよく言われるしそれはどうやら外国人から見ても同様らしいが、何なんだこれはと思って隣を見ると、妹は白人女性に抱きしめられて白い顔をし、速射砲のごとき早口でアインとかヒュプシュとかどうやらドイツ語でまくしたてられているらしい幸村さんはなぜか中文能说(ジュンウェンネンシュオ)と中国語で返している。万国博覧会である。

「少し落ち着いてくれ。Calm down. Beruhigen Sie sich.」

辰巳さんが三ヵ国語でたしなめるとようやく黒人男性は僕の背中を叩いて離れ、白人女性も妹を解放した。妹が幸村さんの後ろに駆け込んで背中にひっつく。

「『賑やかな二人組だ』とは聞いていたが」辰巳さんは肩をすくめる。

「Interessant. Sie sieht auch Tatsumi sehr ähnlich. Sind sie vielleicht Verwandte?」

「Hey Tatsumi. How old is he? ILO scolds you.」

「落ち着いてくれ」辰巳さんは二人を手で制すると、僕と妹に振り返った。「紹介する。白い方がＢＭＩ(ドイツ連邦内務省)のFrauアルベルティーナ・ブルーメ。黒い方がＳＡＮＤＦ(南アフリカ共和国防軍)のMr.ヤコブス・バトラーだ」

「ドイツ……南アフリカ」にこにこしている二人を見比べ、それから急いでお辞儀をする。「あ、御子柴家使用人の天野直人です。こっちは妹の七海」

「Nice to meet you.」

「Es freut mich, Sie kennenzulernen.」

「ええと、はじめまして」

「Oh, I know you well. Densaugeo!」

「……ファーナンキュラス」

「Oh」

「Ah」

なぜか隣のブルーメ氏も笑いながら歯を押さえた。[※14] さすが世界的人気作品、と思うがブルーメ氏にまでラドクリフだと思われていたらしい。辰巳さんが溜め息をついている。

「本題に入らせてもらうぞ」この二人の行動は抑えようがないらしく、辰巳さんは騒ぐ二人を無視して言った。「相手は『機関』だけではないが、活動範囲の広さからみれば奴らが圧倒的だ。そして日本同様、真っ向から妨害できない国も多いからな。対抗策として、

※14　「デンソージオ」は「歯呪い」の呪文。「ファーナンキュラス」は「鼻呪い」の呪文。原作でハリーとマルフォイがこれを撃ちあい、横にいたハーマイオニーがとばっちりをくうシーンがある。

御子柴の活動を参考にしたいという国も多いんだ。韓国、シンガポール、それにカナダとフランス。今、各国と情報交換をしているところだ」

幸村さんの後ろから出てきた妹と顔を見合わせる。

「日本以外だって動いている。『機関』の工作員が殺人事件を起こす現状を打破するためにな」

真面目な顔に戻ったバトラー氏とブルーメ氏が石和さんの通訳を聞いて頷き、ブルーメ氏が僕にドイツ語で何か言った。

石和さんが訳してくれる。「『私たちはあなたたちに期待している』とのことです」

「降りない覚悟ができたというから、こちらも遠慮なくプレッシャーをかけさせてもらう」

辰巳さんは僕を見下ろして言った。

「戦うぞ。我々の背中を世界が見ている」

前の二人を見る。二人の真摯な視線はプレッシャーだったが、僕は息を吸い込んで頷いた。

戦う。この世界を、少しでもいい方向に動かすために。

あとがき

お読みいただきましてまことにありがとうございました。著者の似鳥鶏と申します。前巻のあとがきを書き上げたあと、窓の外に鈴なりになっていたネコたちの重みにカフェの窓ガラスが耐えきれなくなり、グワシャーンというすごい音とともにダンゴ状態になったネコのかたまりがガラスをぶち破ってなだれ込んできまして、ふわふわでぬくぬくなネコたちのお腹に押し潰されました。仕事中だった私はネコたちと一緒に床に倒れ込み、まあだいたい一緒に転んだり倒れたり階段から落ちたりするとお互いの体が入れ替わってしまうというのがよくあるパターンであるため、危うく隣に倒れたネコと体が入れ替わるところでした。幸いまだ人間です。カフェからは無事に脱出し、体にも怪我や病気はありません。それどころか最近、何やら爪を出し入れすることができるようになりました。便利です。

あとがきでご挨拶する時、私は「著者」という言い方をします。これは「作者」という単語がなんとなく気恥ずかしいからです。同様に「作家」もなかなか名乗れません。「小説家」がせいぜいで、各種届出書類の職業欄にも「文筆業」と書き、曖昧な書き方をするせいで各所で怪しまれています。「作家」というのは何かひどく偉そうな感じがして恥ずかしいのです。私はそんな立派な人間ではなく、朝のろのろと起きてはスマホをいじり（これをやらないと目が覚めない）、のろのろと家事をし、メールのチェックをし、時々そのまま寝落ちし、朝十一時頃になってようやくのろのろと原稿を書き始めます。ひどい時は昼まで寝ていて午後四時頃にようやく書き始めます。ダメ人間です。それが何ですか「作家」って。「作家」という単語からイメージされるのは、きっちり整頓された立派な本棚が壁一面に広がる仕事場で、一階の応接室には寿司を取って担当編集者を待たせつつ葉巻をくわえてペンを走らせる知的な大先生、または山奥の隠れ家的温泉宿で和服で文机に向かい、隣の部屋に担当編集者を正座で待たせつつ葉巻をくわえてペンを走らせる、私生活はちょっと無頼で銀座に何軒も行きつけのクラブがあり酒が入るとちょっと破天荒な大先生——の、どちらかです。ちょっと私には無理です。喘息及び不整脈持ちで医者から「君タバコ吸ったら死ぬよ」と言われているので葉巻は無理ですし、和服は着方が分からないので仕方なくかわりにジャージで仕事していますし、本棚に並んでいるのはポケモン大図鑑とか『人殺し大百科』[※1]とか『ジョジョリオン』[※2]全巻とかです。何の話だったでしょうか。とにかくそういう人間が「作家」などと名乗るのはいささか抵抗があるわけです。ただ、現実には「文筆業」では具体的に何なのか分からないわけで、自己紹介する相手のことを考えるなら、本当は「作家」と名乗るべきだとは思います。今後の課題です。

それはさておき。

本書の刊行にあたりお世話になりました皆様には、この場を借りまして厚くお礼を申し上げたく存じます。講談社の担当河北様、毎度のことながらお世話になりました。本文の前後にいろいろ付属物があるシリーズですので、毎回組みが大変だったかと思います。また今回はカバーのみならず

※1　ホミサイドラボ／データハウス。
※2　荒木飛呂彦／集英社。二〇一六年十月現在で十三巻まで。以下続刊。

登場人物紹介でのキャラクターデザインまでしていただきました丹地陽子先生、ありがとうございました。登場人物に姿形が与えられるというのは、いつ見ても嬉しいものです。そしてドイツ語及び博多弁のご指導をいただきました溝口様、菅様、講談社校閲ボーイ&ガールの皆様[※3]、ブックデザイン及び製本・印刷業者の皆様、ありがとうございました。ばたばたしましたが発売が遅れることもなく本ができました。あとはどれだけ売れるかです。講談社営業部の皆様、取次及び運送業者の皆様、全国書店の皆様、いつもお世話になっております。サイン本等ご用命がありましたらいつでも承ります。どうかよろしくお願いいたします。

そして読者の皆様。まだまだ未熟な名探偵チームの活躍を見守ってくださいまして、ありがとうございました。作中で登場した水平思考パズルに関しましては、『ポール・スローンのウミガメのスープ』(ポール・スローン+デス・マクヘール/株式会社エクスナレッジ)をご覧くださいますよう。あと、こんな書き方をしていますがこのシリーズはまだまだ続きます。彼らも少しずつ成長していくことでしょう。その姿を今後も見守っていただけるなら、「作家」としてこれ以上の幸福はございません。どうか次巻で、というより正直に申し上げれば次の本で、またお目にかかれますように。

二〇一六年一〇月　　似鳥鶏

Twitter: @nitadorikei

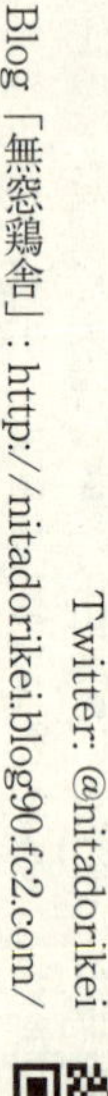

Blog「無窓鶏舎」: http://nitadorikei.blog90.fc2.com/

※3 『地味にスゴイ! 校閲ガール・河野悦子』が放送中なのでこうなった。(二〇一六年一〇月現在)

クイズの答え

第１問　　幅10kmの橋をかけると、最短距離になる。

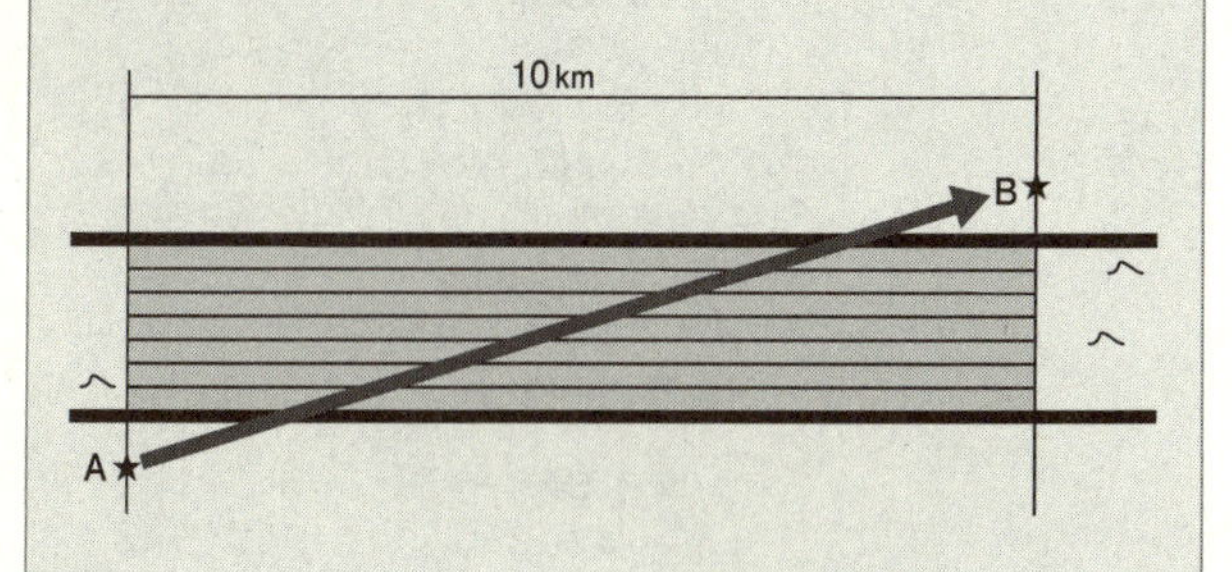

第２問

四角や三角のマンホールだと、斜めにすると落ちてしまう。
正円以外にも、落ちない図形はあるので考えてみよう！

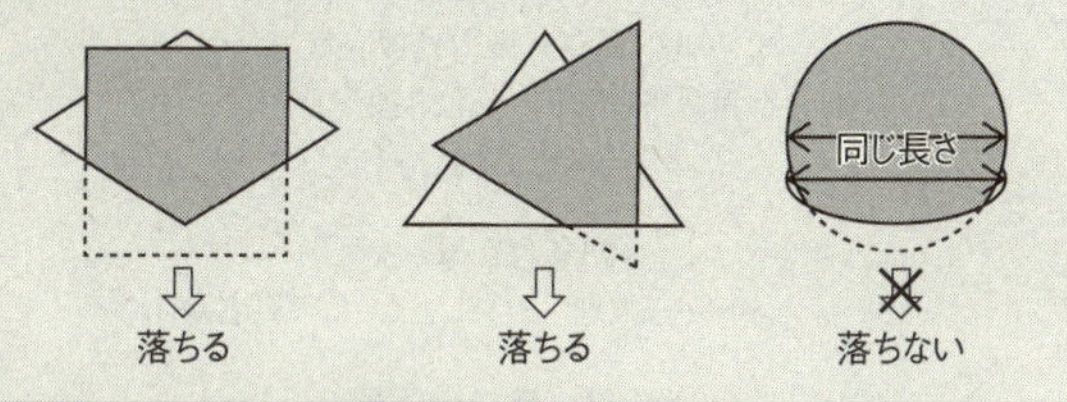

第３問

被害者の家は、テントだった！

著作リスト

◉

〈創元推理文庫〉

『理由（わけ）あって冬に出る』

『さよならの次にくる〈卒業式編〉』

『さよならの次にくる〈新学期編〉』

『まもなく電車が出現します』

『いわゆる天使の文化祭』

『昨日まで不思議の校舎』

『家庭用事件』

〈文春文庫〉

『午後からはワニ日和』

『ダチョウは軽車両に該当します』

『迷いアルパカ拾いました』

〈河出書房新社／河出文庫〉

『戦力外捜査官　姫デカ・海月千波』（河出文庫）

『神様の値段　戦力外捜査官2』（河出文庫）

『ゼロの日に叫ぶ　戦力外捜査官3』

『世界が終わる街　戦力外捜査官4』

『一〇一教室』

〈幻冬舎文庫〉

『パティシエの秘密推理　お召し上がりは容疑者から』

〈光文社／光文社文庫〉

『迫りくる自分』

『レジまでの推理　本屋さんの名探偵』

〈KADOKAWA〉

『青藍病治療マニュアル』

講談社
タイガ

シャーロック・ホームズの不均衡
Disproportion of "Sherlock Holmes"
Kei Nitadori
似鳥鶏

本書は書き下ろしです。

この物語はフィクションです。実在の人物・団体とは一切関係ありません。

〈著者紹介〉

似鳥 鶏（にたどり・けい）

2006年『理由(わけ)あって冬に出る』で第16回鮎川哲也賞に佳作入選しデビュー。デビュー作の人気シリーズ「市立高校」シリーズ（創元推理文庫）、「戦力外捜査官」シリーズ（河出書房新社）、「楓ヶ丘動物園」シリーズ（文春文庫）など、複数の人気シリーズを執筆している。

シャーロック・ホームズの十字架(じゅうじか)

2016年11月16日　第1刷発行　　定価はカバーに表示してあります

著者……………………………似鳥(にたどり) 鶏(けい)

発行者…………………………鈴木　哲
発行所…………………………株式会社 講談社
〒112-8001 東京都文京区音羽2-12-21
編集03-5395-3506
販売03-5395-5817
業務03-5395-3615

本文データ制作……………講談社デジタル製作
印刷……………………………豊国印刷株式会社
製本……………………………株式会社国宝社
カバー印刷…………………慶昌堂印刷株式会社
装丁フォーマット…………ムシカゴグラフィクス
本文フォーマット…………next door design

ISBN978-4-06-294050-4　N.D.C.913　350p　15cm